Hans-Erich
Schröder - Conrad

Der Alte und das Mädchen Sun

Roman

Eine Sonate in 3 Teilen und 48 Episoden

*Für die,
die mir am nächsten sind*

Aut prodesse volunt aut delectare poetae
aut simul et iucunda et idonea dicere vitae

Horaz

"*Dieses Lesen, meine ich, hat doch das Unangenehme,*
dass man gewissermaßen genötigt wird,
an das zu denken, was man liest:
Dies ist aber offenbar dem Zweck der Zerstreuung entgegen."

E.T.A. Hoffmann, "Kreisleriana"

"*Und doch spielte die Schwester so schön. (...)*
War er ein Tier, da ihn Musik so ergriff?
Ihm war, als zeige sich ihm der Weg zu der ersehnten,
unbekannten Nahrung."

Gregor Samsa in Franz Kafka, "Die Verwandlung"

Bibliografische Information der Deutschen Nationalbibliothek: Die Deutsche
Nationalbibliothek verzeichnet diese Publikation in der Deutschen Nationalbibliografie;
detaillierte bibliografische Daten sind im Internet über dnb.dnb.de abrufbar.

© 2020 Hans-Erich Schröder-Conrad
Herstellung und Verlag: BoD – Books on Demand, Norderstedt
ISBN 978-3-7504-4602-1

Teil I

1

*Der alte Mann öffnete die Augen und augenblicklich
kam er zurück, von weit, weit her.* 1)
Dieses Mal war der alte Mann besonders weit weg gewesen,
und dieses Mal fiel es ihm besonders schwer zurückzufinden
aus jener geheimnisvollen Gegenwelt von Erinnerungsfetzen,
bizarren Halluzinationen, zeitlicher Unordnung
und unkontrollierbaren exzessiven Gefühlsausbrüchen,
wo alles Unmögliche möglich zu sein scheint,
aber auch stärkste und schönste Sehnsüchte in Erfüllung gehen,
wo Ängste ungebremst den Körper schweißtreibend erzittern lassen
und in Panik, ja Todesangst versetzen,
wo Schauplätze der Jugendzeit, selbst Gerüche
und der Geschmack von Speisen, auch Ekel, zurückkehren
und Personen wieder lebendig werden.
In dieser Gegenwelt ist stets mit dem Sammelsurium
von erinnerten Erlebnissen und Ereignissen zu rechnen,
welche sich in den Windungen und Faltungen des Hirns
eingraviert haben und aus den Tiefen der Seele
eruptiv an die Oberfläche geschleudert werden können.

Dieses Mal fiel es dem alten Mann besonders schwer,
zurückzukommen aus jener dunklen Gegenwelt,
denn dieses Mal war der verfluchte Traum zurückgekehrt,
der den Alten während so vieler Jahre seiner Kindheit und
der Zeit seines Heranwachsens regelmäßig heimgesucht hatte.
Er war also nicht verschwunden, dieser kurze wuchtige Traum,
er hatte nur geschlummert,
um nun umso heftiger zurückzukommen
und den alten Mann zu erschüttern.

1) E. Hemingway, The old man and the sea

'Jemand, und es war ihm irgendwie klar, dass er selbst es war, öffnet das Etui seines Instruments, und darin liegt seine Violine, zerbrochen in tausend Stücke.'

Dies war der Traum, der sich ohne jegliche Vorankündigung und ohne jegliche Veränderung immer wieder eingestellt hatte.
So, wie der Alte sich jetzt fühlte, musste sich ein Boxer fühlen, der nach einem fulminanten Treffer zu Boden gegangen war und angezählt wurde.

Der Alte saß eine ganze Weile regungslos am Küchentisch, an welchem er noch einmal eingenickt war, betäubt von der Wucht dieser kurzen Traumepisode.
'Was ein solcher Traum mit einem macht', dachte der Alte, 'kann nur jemand nachempfinden,
für den ein Musikinstrument zu einem Teil seines Körpers, einem zusätzlichen Sinnesorgan,
einem Sprachwerkzeug seiner Seele geworden ist, dessen man nun mit einem Mal beraubt ist,
wie ein zertrümmerter Arm, eine plötzliche Blindheit, der Verlust des Gehörs oder der Geschmacksnerven.'

Der Alte konnte sich keineswegs genau erklären, wo die Ursache für diesen schrecklichen Traum zu suchen war.
Einmal war ein Kollege eine Treppe hinaufgeeilt und gestürzt.
Dabei hatte er seine Violine unter sich begraben, und es dauerte sehr lange, bis alle Bruchstücke und Splitter eingesammelt waren, um sie einem Geigenbaumeister zum Wiederzusammenflicken zu übergeben.
Aber dieser Unfall war noch nicht so lange her, er konnte nicht die Ursache dieses Traumes gewesen sein.

Ein anderes Erlebnis kam da schon eher als Auslöser in Betracht, als sein Vater nämlich einmal damit gedroht hatte, seine Geige, die Schülergeige, aus Wut über seine schlechte Leistungen in der Schule, auf der Kante der Balkonbrüstung zu zerschlagen.

Diese Barbarei hatte der Alte sein Leben lang nicht vergessen.
Dafür hasste er seinen Vater bis heute, obwohl er längst tot war,
war doch die Violine damals sein einziger Halt,
seine alleinige Freude und Trostgeberin gewesen, mehr noch,
sie war das Einzige, was ihn am Leben erhalten
und seinem Leben einen Sinn und eine Richtung gegeben hatte.
'Nun bin ich alt', dachte der alte Mann,
'nun ist zwar vieles verändert und auch nicht mehr so wichtig,
aber die Gefühle dieser Verletzungen und Demütigungen
sind immer noch da, als wären sie erst gestern geschehen.'

Es gab noch ein weiteres Erlebnis, an das er denken musste.
Es war in seiner Jugendzeit, auf dem Weg zum Geigenunterricht
geschehen, als die alten Straßenbahnen noch mit offenen Türen
und so langsam fuhren, besonders in den Kurven,
dass man bequem nebenherlaufen
und auf- oder abspringen konnte.
Er hatte neben der offenen Tür gestanden
und das Geigenetui hinter sich in der Ecke abgestellt,
als dieses sich plötzlich in einer Kurve selbstständig machte
und durch die offene Tür hinaustrudelte,
dabei zunächst auf dem Trittbrett,
dann auf dem Pflaster der Straße aufschlug.
Ein Schaffner, der damals noch in jedem Waggon mitfuhr,
hatte dies beobachtet, sprang beherzt aus der Bahn hinaus,
schnappte das Etui,
noch bevor es von einem Auto erfasst werden konnte,
lief neben der Straßenbahn her und holte sie wieder ein,
sprang auf sie auf und überreichte ihm,
der den Vorfall wie versteinert verfolgt hatte, seinen Geigenkasten.
Mit der Befürchtung, darin alles zertrümmert vorzufinden,
wurde das Etui hastig und nervös geöffnet.
Auf den ersten Blick waren keine Schädigungen festzustellen,
und auch eine spätere genauere Prüfung bestätigte diesen Befund.
Aber der Schreck steckte ihm noch lange in den Gliedern.

Der Alte saß noch immer regungslos in der Küche,
in sich gekehrt und mit diesen Erinnerungen beschäftigt.
Allmählich aber begann er, sich von den unangenehmen
Nachwirkungen seines düsteren Traumes zu erholen,
und er war sich sicher, dass die Wiederkehr dieses Albtraums
aus tiefsten Regionen seines Unterbewusstseins
auch mit dem Mädchen Sun zu tun hatte.

2

Er beendete sein Frühstück am Küchentisch 2),
nahm seinen Kaffeebecher sowie sein Französischbuch,
das seit vielen Jahren zu seinen Favoriten gehörte,
und ging ins Wohnzimmer hinüber.
Das Französische hatte ihn nicht losgelassen seit jener Zeit,
da er dieses von ihm so bewunderte Frankreich
zum ersten Mal bereist hatte, als musizierender Schüler,
auf einer Tournée mit dem städtischen Jugendorchester.
Im Wohnzimmer setzte er sich auf die Couch,
seinen Lieblingsplatz, von wo aus er den Garten vollständig
überblicken konnte. Es war noch früh am Morgen.
Soeben stieg die Sonne hinter den Bäumen hervor,
malte geheimnisvolle Gestalten aus Licht und Schatten
auf Boden und Wände und füllte den Raum zunehmend
mit Helligkeit und Wärme.
Der Alte fühlte sich nun deutlich besser, und die Erinnerung
an die düstere Traumepisode verblasste mehr und mehr.
"Die göttliche Sonne bringt Leben und Wonne"
summte er diese alte Volksweise aus dem 17. Jahrhundert,
deren Anfang ihm aus Kindertagen noch im Gedächtnis
geblieben war, leise vor sich hin.
'Es ist eine schöne Sache um die Sonne', dachte der Alte,
'wenn nur die Sonnenbrände, Waldbrände
und die Wüstenhitze nicht wären.' 3)
'Ich kann die Anbetung der Sonne in den alten Kulturen
sehr gut verstehen, denn von diesem Himmelskörper
hängt doch alles ab für uns auf dieser Erde,
ganz einfach und doch einfach ganz unfassbar.
Kein Objekt dieser Welt wird auch nur annähernd so häufig
fotografiert wie der Sonnenuntergang', setzte der Alte seinen
Gedankengang fort, 'und dies ist im Grunde eine moderne Form
von Sonnenanbetung, der Sonnenkult unserer heutigen Zeit.'

2) L. Begley, About Schmidt
3) s. G. Büchner, Leonce und Lena (Valerio)

Und in diesem Moment musste er an einen anderen
furchteinflößenden Traum aus seiner Jugendzeit denken,
in welchem die Sonne schwarz war,
ähnlich wie bei einer Sonnenfinsternis,
und plötzlich abgeschaltet wurde,
als gäbe es einen Lichtschalter für die Sonne.
Sofort herrschten völlige Dunkelheit und Todeskälte,
die alles Leben auf der Stelle zum Erlöschen brachten.
"Die göttliche Sonne", summte der Alte erneut,
um seine düsteren Gedanken zu vertreiben.

Voller Bewunderung schaute er nun in den Garten hinüber,
der etwas verwildert aussah seit seine Frau weg war,
aber das störte den Alten nicht besonders.
Die japanischen Azaleen und etwas später die Rhododendren hatten
dieses Jahr auf Grund des milden Winters früh geblüht.
'So prachtvoll wie dieses Jahr sind sie nur selten gewesen',
dachte er, 'und schnell, viel zu schnell,
war diese herrliche Blütenpracht wieder vorüber.
So ist es mit dem Leben auch,' dachte der Alte,
'so schrecklich einfach es klingt, aber ehe du dich versiehst,
ist alles vorbei.'
Genau den gleichen Satz hatte seine Großmutter oft gesagt,
als er noch klein war, und er hatte diesen Satz gehasst,
aber im Grunde auch nicht verstanden, wie sollte er auch.
Für die Azaleen und Rhododendren jedenfalls gab es jedes Jahr
eine grandiose Auferstehung.

3

In diesem Moment begann der Hund der Nachbarn heftig zu bellen
und riss den Alten abrupt aus seinen Gedanken.
"Bes de jeck?
Wat sull dat dann!"
schrie die Nachbarin in ihrem bäuerlichen bergischen Tonfall,
und es war viel lauter noch als das Bellen des Hundes.
Ohne etwas mit ihrem Gebrüll zu bewirken,
bellte der Hund unbeeindruckt weiter.
"Hör op!
Hörst de wol op!
De sollst dat net!
De bes endoch beklopp!"
schrie sie erneut, und diese für Mensch und Hund
unwürdige Vorstellung wiederholte sich nun etliche Male.
"Schickt euren Hund doch zum Deutschkurs, verdammt noch mal,
damit er euch endlich versteht", grummelte der Alte.

Es dauerte eine ganze Weile, bis der Hund sich beruhigt hatte
und der Alte ganz allmählich wieder in seine Gedankenwelt
zurückfand. -

4

Zum ersten Mal seit geraumer Zeit hatte der Alte
wieder allein gefrühstückt, ohne das Mädchen Sun.
Er war am Küchentisch noch einmal eingenickt
und von jenem zurückgekehrten schrecklichen Traum
mit der zertrümmerten Geige heimgesucht worden.
Nun erinnerte er sich daran, wie er vor etlichen Wochen,
er war gerade aus dem Norden zurückgekommen,
ebenso auf der Couch im Wohnzimmer gesessen hatte,
mit seinem Kaffeebecher und seinem Französischbuch,
den Garten betrachtend und mit seinen Gedanken beschäftigt,
als die Geschichte mit dem Mädchen Sun anfing.

Eigentlich war sie kein Mädchen mehr,
aber weil sie klein von Gestalt und sehr schlank war,
sah sie immer noch wie ein junges Mädchen aus.
Das Mädchen Sun wohnte nun schon eine ganze Weile
in der Einliegerwohnung im Souterrain seines Hauses.
Diese Wohnung war über viele Jahre von der Familie des Alten
selbst genutzt worden,
obwohl sie beim Finanzamt die ganze Zeit über offiziell
als 'vermietet' gemeldet war.
Zahllose 'unbescholtene' Bürger waren ebenso verfahren und
hatten auf diese Weise Steuern in beträchtlicher Höhe hinterzogen.
Dieses 'Steuersparmodell' war vielleicht der größte
geduldete Steuerbetrug in der Geschichte der Zweiten Republik,
denn obwohl es vermutlich alle Beteiligten wussten,
hatte es zu keiner Zeit irgendwelche Kontrollen gegeben.

"Ich komme aus dem Land der Morgenröte",
hatte Sun damals, als sie sich für die Wohnung interessierte,
auf die Frage des Alten nach ihrem Herkunftsland, ihrer Heimat
geantwortet, und er war sofort hingerissen von ihr.
Eigentlich hieß sie Sun-Yin, aber der Alte nannte sie nur Sun,
mit einem langen 'u', wie sie den Alten einmal korrigierte.

Manchmal, wenn er gut aufgelegt war, sagte er auch 'Sonne'
oder 'meine Sonne', und sie ließ es geschehen,
mit diesem undurchschaubaren, asiatischen Prinzessinnen-Lächeln.
Zu gerne hätte der Alte einmal gewusst,
was sie in diesen Momenten des Lächelns wirklich dachte,
denn es erschien ihm von Mal zu Mal geheimnisvoller,
ja maskenhafter, so, als hielte sie unter ihrem Lächeln noch
ein zweites, ein drittes oder gar viertes Gesicht verborgen,
ohne diese aber jemals preisgeben zu wollen oder zu können.
Unwillkürlich musste der Alte an *Valerio* denken
und an die Stelle, wo dieser fragt:
'Bin ich das? Oder das? Oder das?' 4)
und dabei langsam mehrere Masken abnimmt.

Sun hatte außer diesem Lächeln nur noch ein anderes Gesicht,
ihr Normalgesicht, ein 'Gesicht in Null-Stellung' sozusagen,
ausgeglichen oder vielleicht auch gleichgültig,
gelassen oder vielleicht doch eher gelangweilt,
niemand vermochte es genau zu sagen.
Vielleicht war es auch einfach antrainiert,
durch ständige Selbstkontrolle und Selbstdisziplin.
Der Alte konnte sich nicht erinnern, außer diesen beiden Varianten
jemals einen anderen Gesichtsausdruck an ihr gesehen zu haben.
'Und wenn man bedenkt', so sinnierte er,
'wie viele verschiedene Emotionen in einem Gesicht ausgedrückt
und ablesbar sein können,
so war dies schon eine erstaunliche Leistung ihrer Selbstdisziplin'.

Der Alte öffnete sein Französischbuch,
fand hinten eine unbedruckte Seite und begann zu notieren,
was ihm spontan an verschiedenen,
im Gesicht ablesbaren Emotionen in den Sinn kam:

4) G. Büchner, Leonce und Lena

Undurchschaubar, ausgeglichen, gleichgültig, gelassen, gelangweilt, ratlos, überrascht, ängstlich, verstört, trotzig, benommen, erstaunt, enttäuscht, verständnislos, ungläubig, verlegen, ergriffen, ernst, nachdenklich, unsicher, verwundert, müde, begeistert, schwärmerisch, heiter, wütend, amüsiert, andächtig.

Der Alte war selbst überrascht, wie viele Möglichkeiten verschiedenartiger Gesichtsausdrücke ihm spontan einfielen.
Wahrscheinlich aber gab es noch einige mehr.

Trotz alledem gefiel dem Alten das Gesicht von Sun.
Er fand ihr Gesicht sogar sehr schön, voller Harmonie,
mit einer ebenmäßigen Blässe versehen,
ähnlich einer alten venezianischen Porzellanmaske,
eingerahmt von ihren langen, glatten, tiefschwarzen Haaren.
Immer wieder hatte er ihr Gesicht voller Bewunderung betrachtet.
Ganz ohne Zweifel, es war ein schönes Gesicht,
das vielen gefiel und um welches sie sicher beneidet wurde.
Sun sah dies allerdings überhaupt nicht so.
"Ich möchte meine Nase operieren lassen und meine Augen",
hatte sie einmal zu dem Alten gesagt.
"Die Nase soll schmaler sein und die Augen größer,
mit einer Lidfalte, so wie die Frauen hier bei euch aussehen.
Bei uns zu Hause machen es alle.
Die Mütter wollen, dass ihre Töchter es machen,
und die Väter bezahlen es.
Oft bekommt man eine Schönheitsoperation zum Geburtstag
oder zum Abitur geschenkt", und sie fügte noch hinzu:
"Mein Gesicht ist nicht perfekt, aber es soll perfekt sein.
Man kann es noch besser machen, was ist dabei?
Nur wenn ich perfekt aussehe, habe ich wirklich alle Chancen",
und bei diesen Worten lächelte sie ihr Prinzessinnen-Lächeln.
Der Alte machte ein ratloses Gesicht und erwiderte:
"Einen perfekten Menschen gibt es nicht, wird es nie geben,
äußerlich nicht, und auch nicht was den Charakter angeht."

Vielleicht aber hatte sie sich schon operieren lassen.
Dieser Gedanke jedenfalls ließ ihn fortan nicht mehr los.
"Chancen wofür, für was, bei wem?" fragte der Alte zurück
und dachte dabei für einen kurzen Moment an
*Kunigunde und die Morgenstunde, wenn ihre Reize
auf den Stühlen liegen.* 5)
Ohne Suns Reaktion abzuwarten setzte der Alte fort:
"Bald seht ihr alle gleich aus, wie Retortenmenschen,
wie lebende Barbiepuppen." Dies waren seine Worte damals,
und er erinnerte sich an den Teil eines Liedes,
welches ihm aus einer der letzten Carneval-Sessionen
im Gedächtnis geblieben war:

*Die Brüste sind nun groß und straff,
die Haare transplantiert,
die Nase wurde schmal gemacht,
die Augen korrigiert.*

*Die Ohren sind nun angelegt
und auch der Mund ist nett,
die Falten hat man glatt gemacht
und abgepumpt das Fett.*

Dann kam zweimal der Refrain:

*// : Du bist eine echte,
eine echte Traumfrau.
Wenn ich dich anschau',
seh' ich deinen absolut perfekten Körperbau. : //*

Und dann kam der Abgesang:

*Doch was eigentlich, ja, was eigentlich,
was ist eigentlich noch echt an dir ?*

5) H. von Kleist, Das Käthchen von Heilbronn

5

Der Alte erinnerte sich nun,
wie er vor etlichen Wochen ebenso auf der Couch gesessen hatte,
mit seinem Kaffeebecher und seinem Französischbuch,
den Garten betrachtend, die aufsteigende Sonne genießend
und mit seinen Gedanken beschäftigt,
bevor die Geschichte mit dem Mädchen Sun anfing.

Damals hatte gerade sein letzter Lebensabschnitt begonnen,
der 'Ruhestand', wie diese Lebensphase allgemein genannt wird.
Der Alte konnte dieses Wort überhaupt nicht gut leiden,
genauer gesagt, er hasste dieses Wort wie nur wenige Wörter.
Für ihn klang es zu sehr nach 'letzter Ruhe' und 'Stillstand',
und auf beides war er nicht sonderlich gut zu sprechen.

Im Grunde hatte er das Ende seines Berufslebens herbeigesehnt.
In den letzten Jahren hatte er nicht mehr viel Freude gehabt
an seinem Beruf als Musiker in einem 'deutschen Kulturorchester'.
Diese Bezeichnung wurde übrigens immer dann gern benutzt,
wenn jemand damit angeben wollte,
was unser Land an großartigen Kultureinrichtungen zu bieten hat.
In Wahrheit aber wurden die Zuschüsse für alle möglichen
kulturellen Institutionen immer weiter reduziert,
es wurden sogar ganze Einrichtungen geschlossen.
Diese Maßnahmen wurden zumeist durch solche Politiker
verantwortet, die sich in Fragen von Kunst und Kultur
durch Desinteresse und mangelhafte Bildung auszeichneten,
und denen zumeist Musik, Theater, Tanz, Literatur, Film
oder Bildende Kunst, salopp gesagt, 'am Arsch vorbeigingen'.

Der Alte hatte sich in den letzten Jahren seines Berufslebens
gefühlt wie eine 'Musikhure', beziehungsweise,
da er sehr gut bezahlt wurde, wie eine 'Edelnutte', von der man,
so hatte es den Anschein, jede Art von Dienstleistung verlangen
und erwarten durfte, auch wenn diese barer Unfug
und durch den Notentext nicht zu rechtfertigen war.

Hier herrschte bedingungslos das 'diktatorische Prinzip'
dei gratia, welches anscheinend zu jeder Form respektloser,
mürrischer, beleidigender Äußerung, auch Bloßstellung berechtigte
und in keinerlei Hinsicht eingeschränkt schien.

Hinzu kam eine Erfahrung, an die er sich nicht hatte gewöhnen
können. Er wurde nämlich in den letzten Jahren
von vielen jungen Kollegen gar nicht mehr gegrüßt.
Der Alte fand dies ziemlich kulturlos
und fühlte sich dabei ein wenig wie der *Hungerkünstler* 6),
der am Ende, zusammengeschrumpft,
nicht mehr gebraucht und vergessen,
einfach mit dem Stroh hinausgefegt wird.

Außerdem waren die Dirigenten mit der Zeit immer schlechter
geworden.
Wahrscheinlich sparte man auf diese Weise viel Geld,
denn das Orchester spielte trotzdem meistens auf hohem Niveau.
Dabei lief es immer auf dasselbe hinaus:
War es gut oder sehr gut gewesen, so lag es an dem Dirigenten,
war es nicht so gut, so waren die Musiker schuld daran.
Für den Alten jedenfalls war die Berufsgruppe der Dirigenten
ähnlich maßlos überschätzt wie die der Manager.
Einmal war er zu einem ziemlich berühmten Dirigenten
hingegangen, weil ein Übergang in einer *Sinfonie von Schumann*
immer und immer wieder nicht klappte.
"Wir brauchen an dieser Stelle ein deutliches Zeichen",
hatte er den Dirigenten gebeten.
"Ach, wissen Sie", war seine Antwort,
"ich bin immer froh, wenn diese Stelle vorbei ist."
So überraschend und verblüffend die Offenheit dieser Antwort
gewesen war, so sehr hatte sich der Alte andererseits doch gefragt,
wozu jener denn eigentlich da war,
und wofür er so gut bezahlt wurde,
wenn er nicht in der Lage war, das zu tun, wozu er gebraucht wurde.

6) F. Kafka, Der Hungerkünstler

Das alles wussten die Leute im Publikum natürlich nicht.
Sie starrten nur gebannt auf den 'Maestro', den 'Pultmagier',
den Chef d'Orchestre.
Vielleicht wollten sie es auch nicht besser wissen,
und was soll man auch erwarten von Leuten,
die immer noch, und immer wieder,
zwischen den Sätzen einer Sinfonie applaudierten.

Auch hatte es in den letzten Jahren immer weniger Reisen gegeben.
Der Alte hatte sie geliebt, die Konzertreisen, einmal,
weil er in der Welt herumkam, aber vor allem auch,
weil das Orchester dann auf höchstem Niveau spielte.
Gab es doch noch die eine oder andere Reise,
dann waren die Hotels von Mal zu Mal schlechter geworden.
All dies waren für ihn Indizien eines schleichenden,
aber kontinuierlichen Niedergangs gewesen.
Vielleicht brauchen die Menschen bald gar keine
sogenannte 'Klassische Musik' mehr.
Sie lebte dann vielleicht nur noch irgendwo in Asien,
geschätzt, gepflegt und hoch verehrt.
Hierzulande hatte man bald vergessen,
dass es sie überhaupt gegeben hatte.
Ideen, Konzepte, Perspektiven, Visionen, Initiativen,
welche diesen Trend möglicherweise hätten stoppen können,
hatte er nicht erkennen können in den letzten Jahren.

Das Schlimmste für den Alten aber war, festzustellen,
wie sehr das Musikmachen vor Mikrofonen
während mehr als dreißig Jahren
seine Art und Weise Musik zu hören völlig verändert hatte.
Er konnte Musik nur noch rein technisch hören,
stets ausschließlich darauf bedacht, ob eine Stelle zu hoch, zu tief,
nicht zusammen, zu laut, zu leise oder im richtigen Tempo war.
Es war in etwa so, als würde man beim Sprechen
nicht wahrnehmen 'was' jemand sagt,
sondern nur 'wie' gesprochen wird, vor allem aber,
ob etwas grammatikalisch richtig ist oder nicht.

Auf eine Verabschiedung hatte er vollständig verzichtet.
"Diesen Zirkus brauche ich nicht", hatte er gesagt und hinzugefügt:
"Nirgendwo wird so viel gelogen wie auf Verabschiedungen
und Beerdigungen." Der Alte war sich allerdings nicht sicher,
ob er diesen Satz nicht vielleicht aus dem Film *'About Schmidt'*
aufgeschnappt hatte.
Zu oft hatte er erlebt, wie schnell jemand vergessen war,
sobald er weg war, und er hatte die folgenden Zeilen einfach
so hin geschrieben, wie sie ihm in den Sinn gekommen waren:

Mach' dir nichts vor, du Tor!
Du bist noch nicht ganz aus dem Leben geschieden,
da ist schon von dir nichts mehr übrig geblieben.
Ersetzbar ist jeder, ob Kluger, ob Clown oder Blöder,
ob Frau oder Mann, egal, was man kann,
ob arm oder reich, man hat dich ersetzt sogleich.

Aber ja doch, er war durchaus positiv gestimmt,
er freute sich auf ein neues, zweites Leben sozusagen,
und er fand dies keineswegs selbstverständlich.
Er freute sich auf seine Selbstbestimmtheit
und die finanzielle Unabhängigkeit.
Er wollte noch etwas anfangen mit seinen letzten Jahren,
die ihm hoffentlich noch blieben,
aber auf gar keinen Fall wollte er Stillstand.

"Wie viel ist draußen in der Welt und wie viel daheim,
Merkwürdiges und Schönes, das ich noch gar nicht kenne,
an Wunderwerken der Natur, an Wissenschaften,
Künsten und nützlichen Gewerben." 7)

Diese Worte, welche *Mörike* seinem *Mozart* in den Mund legte,
entsprachen haargenau seinen eigenen Gedanken damals.
Tatsächlich, es gab noch so viel anderes, das ihn interessierte,
und wofür kein Raum gewesen war in all den Jahren.

7) E. Mörike, Mozart auf der Reise nach Prag

Er hatte Pläne, er war fest entschlossen,
nicht auf der Couch hocken zu bleiben, bis er nicht mehr hochkam.
Er wollte nicht wie andere vor dem Fernseher abstumpfen
und verblöden und dort seine kostbare Zeit vergeuden.
Er wollte noch einmal zur Universität gehen.
Er wollte die Nähe suchen zu intelligenten, begabten, wachen,
offenen, interessierten, engagierten, freundlichen und
gut erzogenen jungen Menschen,
zu solchen, die es *cool* finden, klug zu sein,
die es *sexy* finden, intelligent zu sein,
und die es *geil* finden, gierig nach Wissen zu sein.
Von ihrem *spirit,* ihrer Neugier, ihrer Kreativität,
ihrem positiven Denken wollte er sich anstecken lassen,
um dann den vielen, sehr vielen Dingen und Fragen nachzugehen,
die ihn brennend interessierten.

6

Dann, mit Beginn seines letzten Lebensabschnitts,
und nachdem seine Frau sich auf und davon gemacht hatte,
um diese Welt noch ein wenig zu verbessern,
war er auch erst einmal für ein paar Tage weggefahren,
in den Norden, in *die enge Stadt mit ihren giebeligen Gassen 8)*
und den sieben hoch aufsteigenden Kirchtürmen.
Für den Alten war es eine Reise in die Vergangenheit.
Diese Stadt im Norden war zwar nicht seine Geburtsstadt,
aber er betrachtete sie doch als seinen *'Ausgangspunkt' 8)*, insoweit,
als zum einen seine Großmutter väterlicherseits von dort stammte,
zum anderen die Stadt ihn kulturell geprägt hatte in einer Weise,
wie es ihm erst sehr viel später deutlich wurde.

Dort angekommen, hatte ihn sein Gang *über die Brücke,
an deren Geländer diese mythologischen Statuen standen 8)*,
zu dem massigen, mittelalterlichen Stadttor geführt.
Hier, unter dessen lateinischer Inschrift
'Concordia domi foris pax' 9),
welche als Postulat für ein gutes menschliches Zusammenleben,
aber auch als Prämisse für einen freien Handel genommen werden
kann, hier, an diesem gedrungenen Stadttor,
hatte er vor so vielen Jahren sehnsüchtig auf *Simonetta* gewartet,
seine Geliebte, *die ihm anfangs wie ein Engel erschienen war 10)*,
ihn später aber in tiefste Verzweiflung gestürzt hatte.
Er hatte die alten Speicher passiert, war dann links abgebogen,
am Hafen entlang gegangen, hatte einen Moment gezögert
und überlegt, ob er die Straße zu dem berühmtesten Haus der Stadt
hinaufsteigen sollte.

   8) *T. Mann, Tonio Kröger*
   9) *'Eintracht drinnen, draußen Frieden'*
  10) *s. H. von Kleist, Novellen*

Er hatte es jedoch unterlassen, weil er andere Ziele im Kopf hatte,
und weil man an dieser Gasse schmerzlich ablesen konnte,
was 1942 in der einen Bombennacht verloren gegangen war.
Dies galt insbesondere für den mittleren Bereich der Straße,
denn im unteren Bereich, zum Flusse hin,
waren die alten Giebelhäuser weitgehend unbeschädigt geblieben.
Aber es war nicht das, was er im Moment sehen wollte,
und die Katastrophen des Wiederaufbaus kannte er zur Genüge.

Er bog in die Beckergrube ein, dort, wo sich das Theater befand,
und wo er im Haus der *Gemeinschaft der wahren Christen*
eine Zeit lang ein einfaches Zimmer bezogen hatte,
nachdem man ihn wegen einer Bagatelle, wie er fand,
aus dem Studentenwohnheim hinausgeworfen hatte.
Dieses Zimmer im Haus der *Gemeinschaft der wahren Christen*
aber war ihm nicht gut bekommen.
Nachts suchten ihn dort immer wieder 'böse Geister' heim,
die ihm Angst machten, ihn aus dem Schlaf rissen
und ihn nicht wieder zur Ruhe kommen ließen.
Dieses Zimmer war im hinteren Bereich des Hauses gelegen,
und wenn die *wahren Christen* Gottesdienste
oder andere Versammlungen abhielten,
so war es ihm nicht möglich, sein Zimmer zu verlassen
oder dort hineinzugelangen.
'Die bösen Geister' ließen ihn erst wieder in Ruhe,
nachdem er dort ausgezogen war.

Von der Beckergrube aus hatte der Alte den kleinen Umweg
durch die enge Clemensstraße gemacht.
Als er am Haus Nummer 10 hinaufschaute,
kam es ihm für einen Moment so vor,
als habe er im 1. Stock hinter einer Gardine
die Künstlerin Rosa Fröhlich 11) wahrgenommen.
Mit ein paar Schritten gelangte er nun wieder zum Fluss
und setzte seinen Weg fort.

11) H. Mann, Professor Unrat (Der blaue Engel)

Er ging an der Fischergrube vorbei, wo im unteren Bereich
Annas bescheidener Blumenladen 12) gewesen sein musste.
Dieses kurze Kapitel mit der Abschiedsszene
hatte ihn immer wieder besonders tief berührt.

Nun erreichte er die Engelsgrube.
Dort bog er ab, stieg sie allmählich hinauf
und strebte der *Schiffergesellschaft* zu.
'*Allen zu gefallen - ist unmöglich!*'
Diese Inschrift, welche dem Alten nur zu gut bekannt war,
ist dort am Eingang zu diesem ehemaligen Versammlungshaus
der Schiffer und Kapitäne in zwei Säulen eingraviert.
Sie wird auch heute noch jedermann ans Herz gelegt,
der dieses Haus betritt oder lediglich daran vorübergeht.
'Hat man sich diesen Satz erst einmal auf der Zunge zergehen
lassen', sinnierte der Alte kurioserweise auf Plattdeutsch,
'so ist dies vielleicht der erste Schritt, endlich damit aufzuhören,
allen gefallen zu wollen.
Aber leicht ist es durchaus nicht.'

Oben am Kuhberg angekommen, wandte er sich nach links.
Nun beschleunigte er seinen Gang,
denn sein Ziel lag ein gutes Stück außerhalb des Burgtores.
Es war der Jerusalemsberg, wohin es ihn zog.
Dort befanden sich früher die Akademie sowie
das Studentenwohnheim, aus dem man ihn hinausgeworfen hatte,
weil er sich am Zuckertopf seines Zimmermitbewohners
in dessen Abwesenheit bedient hatte. Sich dies einzugestehen,
war ihm damals nicht besonders schwergefallen,
fand er seine 'Verfehlung', wie man sich ausdrückte,
doch nicht so schwerwiegend, dass sie,
nach seinem eigenen Rechtsempfinden,
einen Hinauswurf gerechtfertigt hätte.
Wirklich verstanden hatte er diese unverhältnismäßige
Bestrafung jedenfalls nicht.

12) T. Mann, Buddenbrooks

Er hatte das Turmzimmer in der alten Villa noch einmal
sehen wollen, wo sie als junge Studenten immer,
also ausnahmslos, mindestens zwei Stunden hatten warten müssen,
bis der Professor endlich angereist und erschienen war.
Hatte dieser seine Studenten der Reihe nach 'abgefertigt',
so hinterließ er jedes Mal einen Berg von Zigarettenstummeln.
Außerdem hatte er mehrere Kannen Kaffee zu sich genommen,
welche die Frau des Hausmeisters ihm ständig gebracht hatte.
Der Alte war aber imgrunde in erster Linie hierhergekommen,
um seine Verzweiflung noch einmal erinnernd zu durchleben,
als er erkannt hatte,
in welchem Maße das Studium ihm nicht gutgetan
und er sich nicht verbessert hatte, sondern im Gegenteil,
er sich nach und nach selbst eingestehen musste,
immer schlechter geworden zu sein.
Niemand hatte ihm damals helfen können,
niemand hatte Ratschläge geben können, und so hatte er,
ganz allein auf sich und seine innere Stimme gestellt,
die Akademie und die Stadt verlassen,
begleitet von der bohrenden und brennenden,
stets wiederkehrenden quälenden Frage:
'Was soll eigentlich einmal aus mir werden?'

Aber noch etwas hatte den Alten dort am Jerusalemsberg bewegt.
'Auch ich bin einer blonden *Inge Holm* 8) begegnet',
ging es dem Alten durch den Kopf,
auch wenn er nicht gern daran dachte.
Sie war ihm fremd, fern und unerreichbar geblieben,
denn sie hatte ihn nicht weiter beachtet.
Irgendwo jenseits der Allee,
in einem der stattlichen Bürgerhäuser am Stadtpark,
musste sie gelebt haben.

Mit ein wenig Wehmut war der Alte durch das Burgtor
in die Stadt zurückgekehrt.

8) vgl. Seite 20

Er hatte dann aber die Königsstraße genommen,
an der 'Gemeinnützigen Gesellschaft' entlang,
mit dem markanten Gründungsdatum 1789,
einem frühen und deutlichen Hinweis auf das soziale Engagement
der Bürger der Stadt,
welches allenthalben Spuren hinterlassen hatte,
vor allem in Gestalt der zahllosen Stiftshöfe,
den Unterkünften für Bedürftige.
Deswegen, und weil ihn das barocke Eingangsportal
jedes Mal in Erstaunen versetzte,
hatte es ihn noch einmal in den Füchtingshof
in der Glockengießergasse getrieben,
obwohl er mittlerweile schon recht müde gewesen war.
Als er den Hof betreten hatte, war aus einem der geöffneten Fenster
das *Quodlibet* aus den *Goldbergvariationen*
von *Johann Sebastian Bach* erklungen,
mit dieser witzigen und kunstvollen Montage von Straßenliedern,
auf einem Cembalo gespielt, nicht auf einem modernen Flügel.
Er hatte dort noch so lange verweilt,
um dem geheimnisvollen Zauber der *Aria*,
welche dann noch einmal am Ende gespielt wird,
bis zum Schluss zu lauschen und sich entrücken zu lassen,
wenigstens für diesen kurzen Moment.
Es war nicht besonders gut gespielt gewesen,
aber zu seinem Erstaunen hatte es der Größe dieser Musik
keinerlei Abbruch getan.
So war sein Gang am ersten Tag gewesen,
den er mit einem Stück Marzipantorte auf dem Marktplatz
beendet hatte.

In den nächsten Tagen hatte er weitere Gänge unternommen,
zum Dom etwa, dessen Wiederaufbau erst spät erfolgt
und sehr langwierig gewesen war.
Als junger Student hatte er in dieser
damals gerade erst wieder aufgebauten Kathedrale
bei einem der ersten Konzerte in einem Streichquartett mitgewirkt.

Zu jener Zeit war der Kirchenbau noch völlig schmucklos gewesen,
ohne christliches Dekor, ohne Altar, ohne Bilder und ohne Gestühl.
Und dieses sich in der Größe des Sakralbaus so winzig ausnehmende
Streichquartett brachte damals in einem derart kahlen,
aber dennoch majestätischen Raum
Die Kunst der Fuge von Bach zum Erklingen,
umgeben von Zuhörern, welche bereit waren,
diese 'Architektur aus Tönen' stehend zu verfolgen,
zu bestaunen und zu genießen,
um nicht zuletzt auch ihre stille Freude
über das wieder auferstandene epochale Bauwerk
würdig zum Ausdruck zu bringen.

Gern wäre der Alte noch, so wie es sein Plan gewesen war,
an den Teichen vorbei, zu den herrschaftlichen Villen
jenseits des Kanals gegangen,
wo sie seinerzeit als junge Studenten ihre Proben
mit dem Streichquartett abgehalten hatten.
Diese Zusammenkünfte waren häufig in heftigen Krächen,
mit Beschimpfungen und Beleidigungen, lautstark geendet
und hatten den jungen Musikern drastisch die Schwierigkeiten
eines 'demokratischen' Agierens in der Musik,
auf der Basis von Gleichberechtigung, deutlich gemacht.
Dieser Stil stand ganz im Gegensatz zu dem sonst üblichen
'diktatorischen Prinzip', bei dem einer den 'Ton angab'
und die anderen gehorchen sowie
dessen Ideen respektieren und umsetzen mussten.
Nein, dorthin war er nicht mehr gekommen.
Wahrscheinlich lebte dort auch niemand mehr, den er noch kannte.

Er hatte es vorgezogen nachzusehen,
ob die Badeanstalt an der *Wakenitz* noch existierte,
wo er in jenen Tagen damals eine junge Frau
mit wahrhaft magischen Brüsten kennengelernt hatte.
Er war derart von ihrer Weiblichkeit beeindruckt gewesen,
dass er seine Augen einfach nicht hatte von ihr lassen können.
Einen Tag später hatte er sie noch einmal zu Hause aufgesucht.

Dort standen sie eine Weile im Flur des Mietshauses.
Währenddessen hatte sie ihm sehr freundlich, sehr verständnisvoll,
jedoch sehr entschieden eine Absage erteilt,
weil er ihr für eine Beziehung viel zu jung erschien.
Der Alte hatte in all den Jahren dieses offenbar so einschneidende,
schmerzliche Erlebnis nicht vergessen.
Nur verblasst war es schon ein wenig, nach all den Jahren.

Schließlich und endlich hatte er unbedingt den größten Sakralbau
der Backsteingotik aufsuchen müssen,
welcher zu Ehren der Mutter Christi errichtet worden war,
und der in seiner Größe und Pracht ein Spiegelbild
des vergangenen Reichtums der Stadt darstellte.
Diesen Besuch hatte er sich bis zum Schluss aufgehoben.
Er war nicht in erster Linie gekommen
wegen der Anekdoten um *Buxtehude* und *Bach,*
auch nicht wegen der in der Bombennacht herabgestürzten
und zerborstenen Glocke, welche immer noch so dalag wie damals,
und die der Hauptanziehungspunkt für viele fremde Besucher war.
Nein, es war ihm hauptsächlich um die Darstellung des *Totentanzes*
auf den Glasfenstern im Nordschiff der Kirche gegangen,
welche erst nach dem Krieg entstanden waren,
und die den Alten an die szenisch - musikalische Aufführung
des *Totentanzes* erinnerte, an der er hier an diesem Ort
während seiner Studienzeit mitgewirkt hatte.
Dieses pantomimische Schauspiel basierte auf der mittelalterlichen,
ursprünglich gemalten Darstellung des *Totentanzes,*
welche sich mit einer Höhe von fast zwei Metern und
einer Länge von etwa dreißig Metern an den Wänden
des gotischen Prachtbaus befunden hatte.
Hier war ein Reigen von Figuren dargestellt, die hierarchisch
angeordnet, vom Papst bis zum Handwerker hinunter,
alle Stände der mittelalterlichen Gesellschaft repräsentiert hatten.
Zu jeder dieser Figuren aber hatte sich eine Verkörperung des Todes,
ein *Freund Hain, der Knochenmann 13),* als Partner hinzugesellt.

13) s. M. Claudius, Werke

Nach der großen Pest, welche die Stadt heimgesucht hatte,
sollte unmissverständlich verdeutlicht werden:
Vor dem Tode sind alle Menschen gleich,
vom Papst hinunter bis zum Handwerker.
'Heutzutage müsste man dort noch Fußballer, Showmaster,
Schauspieler und Schriftsteller ergänzen',
dachte sich der Alte und schmunzelte,
'zumal diese Leute gern mit 'Unsterblichkeit' in Verbindung
gebracht werden.'
Aber er wurde sofort wieder ernst.
'Wie werde ich wohl meinen eigenen Tod erleben',
dachte er und musste erneut schmunzeln
angesichts dieser seltsamen und paradoxen Formulierung.

Die bildliche Darstellung dieses Totentanzes jedenfalls
war in den Flammen der Bombennacht unwiederbringlich
zerstört worden.
Die grausame Wirklichkeit des Krieges hatte die künstlerische
Aussage des Bildes nicht nur bestätigt,
sondern als Kunstgegenstand sogar überflüssig werden lassen.

Während seines Rundgangs durch die geliebte Stadt, seinem
mit Geschichte und Geschichten angefüllten *'Ausgangspunkt'*,
war auch jene quälende Frage wieder gegenwärtig,
die sich wie ein *'Cantus firmus'* durch seine gesamte Jugendzeit
und darüber hinaus unaufhörlich, auf Schritt und Tritt,
als sein ständiger Begleiter gestellt hatte.
Diese eine Frage, welche eigentlich die Frage seines Vaters
gewesen war, und die er sich, mit der kleinen Umformung
durch das Wörtchen 'mir' anstelle von 'dir',
völlig zu eigen gemacht hatte, diese existenzielle Frage
'Was soll eigentlich einmal aus mir werden?'
war über viele Jahre hindurch nicht zu beantworten gewesen.

7

Im Wohnzimmer des Alten stand die Sonne mittlerweile
deutlich höher.
Es war dort angenehm hell und warm geworden.
Der Alte saß noch immer auf seiner geliebten Couch.
Er hatte seinen zurückgekehrten, schrecklichen Traum
nun fast vergessen
und kehrte allmählich aus seiner Gedankenwelt zurück,
um sich nun endlich seinem Französischbuch zuwenden zu können
und zu wollen.
Er schlug es auf.
'Peux-tu te présenter un peu?' las er laut vor sich hin.
Er musste diesen Satz mehrere Male wiederholen,
da er sich jedes Mal aufs Neue verhaspelte.
Dieser Satz war für ihn ein echter Zungenbrecher.

8

In diesem Moment setzte in der Nähe ein Hahn
sein 'Morgenkonzert' fort,
das er schon gegen fünf Uhr in der Frühe begonnen hatte.
Darüber hinaus wurden jetzt in der Nachbarschaft zusätzlich
und fast gleichzeitig zwei Rasenmäher in Gang gesetzt
und begannen in dieser Herrgottsfrühe mit ihrem lärmenden Terror,
welcher keinerlei Aufmerksamkeit mehr für irgendeinen
anderen Gegenstand zuließ.
"Je, den Düwel ook", 14)
stieß der Alte fluchend zwischen den Zähnen hervor,
denn er war ja im Norden aufgewachsen
und des Plattdeutschen mächtig.
"Warum, zum Donnerwetter", schimpfte er laut vor sich hin,
"müssen diese Leute alle zwei Tage den Rasen mähen?!
Können sie nichts Sinnvolleres mit ihrer kostbaren Lebenszeit
anfangen?" Er legte sein Französischbuch beiseite.
Es hatte keinen Sinn, es war fast jeden Morgen dasselbe.
"Diese Leute wissen einfach nicht mehr, was sich gehört",
schimpfte der Alte weiter, als sei jemand zugegen,
bei dem er seinen Ärger abladen konnte.
"Sie nehmen keine Rücksicht auf nichts und niemanden.
Deswegen brauchen wir für alles Gesetze, wegen bellender Hunde,
krähender Hähne, scheißender Hunde in Grünanlagen
und Kinderspielplätzen, wegen jagender Hunde im Wald,
welche Kitze zu Tode hetzen, wegen der Rücksichtslosigkeit
der Raucher und der Raser auf Autobahnen
und wegen des penetranten, hemmungslosen Telefonierens
in Bussen und Bahnen, wegen Grenzbepflanzungen,
privater Müllverbrennung in den eigenen Kaminen
und weiß der Himmel was noch alles."
Das Schlimmste für den Alten aber war der Terror der Rasenmäher,
und es stand für ihn außer Frage,
dass Widerstand dagegen völlig zwecklos war.

14) T. Mann, Buddenbrooks

Kaum war es trocken und die Sonne zeigte sich,
wurde Rasen gemäht, was das Zeug hielt,
im gesamten Umkreis, morgens früh, abends spät,
während der Mittagszeit, sogar am Sonntag.
"Die Leute wissen einfach nicht mehr, was sich gehört."
Der Alte schimpfte die ganze Zeit laut vor sich hin.

"Und wenn das ganze Leben durch Gesetze und Vorschriften
geregelt ist, werden diese nicht eingehalten,
weil etliche Leute glauben, man könne tun und lassen was man will,
mit seinen Kindern oder mit seinem Ehepartner zum Beispiel,
oder Steuern hinterziehen. Dann nennen sie es Freiheit,
ihre persönliche Freiheit, aber in Wahrheit ist es Anarchie!"

Der Alte hatte sich in Rage geschimpft.
Dabei war ihm längst klar geworden,
dass es genau diese Denkweise war,
welche ihm das deutliche Gefühl gab, nun tatsächlich alt zu sein.
Es waren gar nicht so sehr die Krampfadern,
die wackligen Zähne, die Falten, der kurze Atem oder die Tatsache,
nicht mehr so schnell laufen zu können wie früher, nein,
es war das Gefühl, nun mehr und mehr in Widerspruch
zum jetzigen Zeitgeist geraten zu sein.
Es war das deprimierende Gefühl,
nun allmählich aus der Zeit herauszufallen
und nicht mehr dazuzugehören.

Die nächsten ein bis zwei Stunden gehörten den Rasenmähern,
das war dem Alten völlig klar.
Er erhob sich, ging in die Küche hinüber,
um die Spuren seines Frühstücks zu beseitigen
und das Mittagessen vorzubereiten.
Es dauerte lange, bis die Rasenmäher wieder verstummten
und der Alte aufs Neue auf die Couch im Wohnzimmer
zu seinem Französischbuch zurückkehren konnte.

9

Hier auf der Couch im Wohnzimmer, seinem Lieblingsplatz,
hatte er auch gesessen vor etlichen Wochen,
mit seinem Kaffeebecher, seinem Französischbuch
und dem Blick in den Garten,
als die Geschichte mit dem Mädchen Sun begann.
Er konnte sich noch genau an alles erinnern.
Nur wie lange es nun her war, vermochte er nicht präzise zu sagen,
ein paar Wochen kamen da schon zusammen.
Auf alle Fälle war es unmittelbar nach seiner Rückkehr
aus dem Norden gewesen.

Etwas war verändert nach seiner Rückkehr aus der Stadt
im Norden, die ihm so sehr am Herzen lag,
weil er dort sein Studium begonnen hatte mit siebzehn,
weil er dort die ersten schmerzhaften Erfahrungen mit der
Liebe gemacht hatte und weil seine Großmutter von dort stammte.
Er liebte diese Stadt wegen ihrer bedeutenden kulturellen
Vergangenheit und der zahllosen literarischen Schauplätze.
Er liebte sie auch, trotz oder vielleicht sogar
wegen der schmerzhaften Wunden des letzten Krieges
und des nicht überall wirklich gelungenen Wiederaufbaus.

Etwas fühlte sich anders an seit seiner Rückkehr
aus der geliebten Stadt, das spürte er, aber was genau es war,
hatte er damals in jenem Moment nicht zu benennen vermocht.
Er hatte sich umgeschaut, hatte den Garten betrachtet.
Soweit er hatte sehen und einschätzen können,
war alles an seinem geordneten Platz.
Er hatte das Gefühl, sein Leben war gut geregelt,
und es fehlte anscheinend an nichts.

Da, plötzlich, bei dem Gedanken an das Wort 'fehlen',
war es dem Alten ins Bewusstsein geschossen.

Ja, tatsächlich, es hatte etwas gefehlt, genauer gesagt,
zwei Dinge hatte er seit seiner Rückkehr nicht mehr
wahrgenommen, die üblicherweise zum akustischen *Continuum*
seines Alltags gehörten.
Zunächst war es Suns Geigeüben gewesen,
das er seit seiner Rückkehr nicht mehr vernommen hatte.
Sie übte viel und normalerweise jeden Tag.
Sie gehörte zu den fleißigsten Instrumentalistinnen,
die dem Alten in seinem Leben begegnet waren,
und zu den diszipliniertesten.

Oft hatte der Alte ihr aus der Ferne beim Üben zugehört,
voller Bewunderung über ihre strenge Übemethodik.
Er war sich sicher,
dass Sun sehr gute Lehrer gehabt haben musste,
ganz im Gegensatz zu ihm selbst.
Meist übte sie ungefähr eine halbe Stunde,
dann machte sie eine Pause,
in der sie sich offensichtlich mit anderen Dingen beschäftigte.
Danach übte sie eine weitere halbe Stunde und so fort.
"Selbstverständlich", hatte Sun auf die Frage geantwortet,
ob sie sich denn auch des Metronoms,
des bei Musikern nicht sonderlich beliebten Hilfsmittels,
bedienen würde.
"Nur so kann man Ungenauigkeiten im Rhythmischen
ausfindig machen.
Nur so kann man das Tempo genau bestimmen und überprüfen,
ob man zum Beispiel schneller oder langsamer wird",
hatte sie dem Alten erklärt.
Immer übte sie in musikalisch sinnvollen Abschnitten.
Zunächst langsam, häufig auch exakt im halben Tempo.
"So kann ich von Anfang an auch die anderen Parameter
wie Lautstärke, Artikulation und Bogeneinteilung gut kontrollieren,
und vor allem natürlich auch die Sauberkeit", erklärte sie.
Danach begann sie irgendwann im richtigen Tempo zu spielen.

"Ich überlege mir nun, welchen Ausdruck, welchen Charakter
die jeweilige Passage haben soll", sagte sie einmal,
"und allmählich bekommt alles eine 'gute Gestalt'.
Natürlich muss man auch zu jeder Zeit wissen,
was die anderen Stimmen zu spielen haben.
Außerdem liegt immer ein Haufen Euros bereit.
Wenn mir eine Passage fehlerfrei gelungen ist,
lege ich einen Euro auf die Seite. Habe ich einen Fehler gemacht,
so wandert der Euro zurück auf den Haufen.
Habe ich zehnmal richtig gespielt, und zehn Euro 'verdient',
belohne ich mich anschließend, indem ich Eis essen gehe
oder mir etwas Schönes von dem Geld kaufe."
Und noch etwas zeichnete sie aus:
Wo andere aufhörten und sagten, das könne man nicht spielen,
man würde dies oder das im Zusammenspiel sowieso nicht hören,
übte sie mit besonderem Eifer weiter.
"Man kann sich immer noch steigern,
man kann immer noch etwas verbessern", war ihre Einstellung,
welche den Alten enorm beeindruckte.

Das also war die eine Sache, welche er vermisst hatte,
nämlich Suns Geigeüben.
Aber es gab noch etwas anderes,
ebenfalls etwas Akustisches, das fehlte.
"Ich habe einen Tick",
hatte sie kurz nach ihrem Einzug zu dem Alten gesagt.
"Wundern Sie sich nicht, wenn Sie einmal pro Woche,
vielleicht mitunter auch öfter, das Verrücken von Möbeln hören.
Dann ziehe ich nicht wieder aus,
sondern ich verändere einfach meine Wohnung.
Wissen Sie, es gibt nicht mehr viele Veränderungen in meinem
Leben, deshalb gestalte ich meine nächste Umgebung einfach um.
Wenn ich meine Möbel verschoben habe, habe ich das Gefühl,
nun das beste *Feng-Shui* gefunden zu haben.
Nach kurzer Zeit aber fühle ich mich schon nicht mehr wohl
und beginne von Neuem, eine bessere Atmosphäre zu finden.
Wahrscheinlich ist es ein Problem in meinem Kopf."

10

Das also war es gewesen, was anders war als vor seiner Abreise.
Jetzt war es ihm klar geworden,
er hatte Sun seit seiner Rückkehr weder gesehen, noch gehört,
noch irgend ein Lebenszeichen von ihr wahrgenommen.
Diese Erkenntnis hatte begonnen, den Alten zu beunruhigen,
sehr sogar, er musste der Sache unbedingt nachgehen,
er machte sich Sorgen.

Er erinnerte sich, wie er sich von seiner Couch erhoben
und die Terrassentür geöffnet hatte.
Dann war er um das Haus herumgegangen,
dorthin, wo sich der Eingang zu Suns Wohnung befand.
Normalerweise stand neben ihrer Wohnungstür immer,
wenn sie zu Hause war, ihr Fahrrad, ein Fabrikat aus Holland,
und dies war im Grunde ein untrügliches Zeichen für ihre
Anwesenheit. Der Alte hatte ihr Fahrrad auch sogleich entdeckt,
aber es lag am Boden, vor ihrer Wohnungstür, wie hingeworfen,
und er hatte sich darüber gewundert, denn es war nicht ihre Art.
'Nun, vielleicht hat es ein Windstoß umgeworfen', sagte er sich,
um sich selbst zu beruhigen.
Je mehr er sich ihrer Wohnungstür genähert hatte,
desto nervöser war er geworden. 'Um Himmels willen,
wenn ihr etwas zugestoßen ist während meiner Abwesenheit'.
Dieser Gedanke versetzte ihn in helle Aufregung,
denn die Zahl der Wohnungseinbrüche hatte leider stark
zugenommen in den letzten Jahren,
und die Polizei sah sich nicht in der Lage,
diesen Trend zu stoppen oder umzukehren.
Die Aufklärungsquote war gleichbleibend gering,
die Einbrecher aber wurden immer 'erfolgreicher',
immer geschickter, immer dreister und immer brutaler.
Erst kürzlich war eine Frau in Frankfurt von einem Einbrecher
überfallen, vergewaltigt und mit einem Messer verletzt worden.
Die Frau war zweiundsiebzig Jahre alt.

Der Alte hatte an Suns Tür geklopft, zunächst etwas zaghaft,
es war ja möglich, dass sie schlief oder es ihr nicht gut ging.
Er spürte wie sein Puls raste und die Angst ihm den Hals
zuschnürte. Er lauschte. Er hoffte auf eine erlösende Reaktion,
wünschte zu sehr, sie möge nun im nächsten Moment die Tür öffnen
und den Alten mit ihrem Prinzessinnen-Lächeln begrüßen.

Doch es hatte sich nichts geregt und er hatte nichts gehört,
soweit er überhaupt in der Lage war, etwas zu hören,
denn eine Horde von sieben zänkischen, kohlschwarzen
Rabenkrähen war soeben in seinen Garten eingefallen
und übertönte alles andere mit ihrem lauten, eintönigen,
hässlichen, aufgeregten, nervtötenden Gekreische.
"Ihr verfluchten Raben", zischte der Alte durch die Zähne.
Er hielt sich eigentlich für einen aufgeklärten rationalen Menschen,
aber in jenem Moment damals
verspürte er einen Anflug von Aberglauben in sich aufsteigen.
Nachdem er eine Weile gewartet hatte, klopfte er erneut,
nun allerdings etwas stärker.
Wiederum rührte sich nichts, auch nach einer Weile nicht,
und der Alte war schon im Begriff wieder zurückzugehen.
Doch die sieben verfluchten, hemmungslos sich ereifernden Raben
machten noch immer einen Höllenlärm über seinem Kopf
und verunsicherten ihn.
'Vielleicht geht es ihr nicht gut, vielleicht braucht sie Hilfe',
dachte er damals und drückte die Klinke hinunter.
Zu seiner Verwunderung war die Tür nicht abgesperrt.
Das erste, was er im Windfang wahrgenommen hatte,
war ihre Velours-Lederjacke aus dünnem, braunen Ziegenleder,
die hier und da schon etwas verschlissen war,
weil sie fast täglich getragen wurde.
Sun sah in dieser Jacke bildschön aus,
wie der Alte immer wieder feststellte,
denn sie korrespondierte vortrefflich mit ihren schwarzen Haaren.
Irgendwie sah es danach aus,
als sei ihre Jacke hastig über den Haken geworfen worden,
nicht mit der üblichen Sorgfalt, die er von Sun gewohnt war.

"Wegen der Ziegen braucht man kein schlechtes Gewissen
zu haben", hatte sie einmal argumentiert und geglaubt,
sich irgendwie rechtfertigen zu müssen.
"In Africa zum Beispiel, gibt es viel zu viele von ihnen.
Sie klettern auf Bäume, sie fressen alles weg, was grün ist,
bis alles kahl ist und nur noch Wüste übrig bleibt."
"Hallo, du hübsche Ziege", hatte der Alte einmal im Spaß
zu ihr gesagt, als er sie mit der Lederjacke angetroffen hatte,
und sich dabei köstlich amüsiert. Sie aber hatte nur gelächelt.

Daraufhin war sein Blick auf ihre zierlichen Ballerinaschuhe
gefallen, welche ganz chaotisch herumlagen und nicht wie sonst
auf der Matte völlig zentriert abgestellt worden waren,
indem sie exakt im Schnittpunkt der Diagonalen standen,
präzise parallel ausgerichtet, mit einem Abstand zueinander
von etwa zwei Zentimetern.
Immer wieder hatte der Alte diese Akribie mit einer Mischung
aus Faszination und Fassungslosigkeit registriert
und hierin erneut Suns außergewöhnlichen Sinn für Ordnung
und Symmetrie, auch bis ins letzte Detail, bestätigt gefunden.
Dennoch schien mit ihr alles in Ordnung zu sein,
und der Alte war erneut im Begriff umzukehren
und sich wieder zurückzuziehen,
auf seine Couch in seinem Wohnzimmer, um nun endlich
einen Blick in sein Französischbuch werfen zu können.
Aber irgendein eigenartiges Gefühl hatte ihn zurückgehalten.
War es das Lärmen der Raben, welches noch weiter zugenommen
hatte und den Alten beunruhigte?
Hatten diese mythologischen Vögel *15)*,
die als besonders intelligent galten und denen man nachsagte,
umfassende und vielschichtige Handlungen planen zu können
und zu außergewöhnlichen Lernerfolgen fähig zu sein,
hatten diese 'Boten der Götter' vielleicht doch eine Botschaft
für ihn? Schnell wischte er diesen aufkeimenden,
irrationalen Gedanken innerlich sofort wieder weg.

15) s. Odins Raben Hugin und Mulin / s. römische Auguren

Der Alte hatte nun noch einmal an der Innentür geklopft, und
nachdem sein zweimaliges "Hallo?" ohne Antwort geblieben war,
spürte er das wilde Rasen seines Herzens,
welches sich nicht beruhigen ließ
und in seinem Alter nun wirklich alles andere als gesund war.
Sein Hausarzt hatte ihm erst kürzlich dringend geraten,
Aufregungen jeder Art möglichst zu vermeiden.
Aber was sollte er tun?
Die Spannung steigerte sich ins Unerträgliche,
ein 'Zurück' gab es nun nicht mehr,
zu stark waren die Sorge um das Mädchen Sun,
die Neugier und natürlich der Drang nach Klärung.
Vorsichtig hatte er die Zimmertür geöffnet und zaghaft,
voller nervöser Anspannung, den Raum betreten.

Er hatte es schon vermutet, und in der Tat waren die Möbel
und Gegenstände vollständig anders angeordnet,
als er es von seinem letzten Besuch bei ihr in Erinnerung hatte.
Er musste sich also erst einmal neu orientieren.
Ihr Bett war sorgfältig gemacht und unberührt.
Das hatte er sofort registriert.
Auf dem Schreibtisch, der nun unter dem Fenster stand,
lag ein Haufen Euros, 'Übe-Euros', wie Sun sie immer nannte.

Das Bild an der Wand hatte er vorher nie gesehen.
Es zeigte eine Frau und einen Mann mit Gitarre,
nebeneinandersitzend, offenbar ein Liebespaar,
deren Köpfe einander zugeneigt waren
und deren Gesichter gestaltlos, quasi anonym, geblieben waren.
Alles war in kräftigen Pastellfarben gehalten.
Das Auffälligste daran aber war der schwarze Rahmen,
welcher sich wie der Rand einer Trauerkarte ausmachte und
der vermuteten Liebesidylle eine völlig andere Richtung gab *16)*.
Auch die riesige Europa-Fahne an der anderen Wand
hatte er vorher noch nicht dort gesehen.

16) Bild von Pjotr Dik

'Wieso Europa?' fragte sich der Alte für einen kurzen Moment.
'Wieso nicht die Flagge ihres Heimatlandes?'
Er nahm sich vor, sie einmal danach zu fragen.

Der Alte war nun fast in der Mitte des Zimmers angekommen.
Doch wo war das Mädchen Sun?
Sein Blick fiel jetzt auf die Hängematte,
welche Sun über Eck angebracht hatte.
Sie hatte den Alten nach ihrem Einzug ausdrücklich um Erlaubnis
gebeten, mehrere Haken so anbringen zu dürfen,
'wie es die Regeln des *Feng Shui* erfordern'.
So jedenfalls hatte sie sich seinerzeit ausgedrückt.
Der Alte hatte ihr diese Bitte einfach nicht abschlagen können.

Plötzlich hatte er sie entdeckt, genauer gesagt,
zunächst die Kontur ihres grazilen Körpers, welcher sich,
tief eingesunken und gänzlich eingehüllt, nun deutlich erkennbar
in der Ausbuchtung der Hängematte abzeichnete.
Von ihr selbst aber war nichts zu erkennen gewesen.
Sie hatte sich bislang nicht bewegt. Scheinbar schlief sie.
Insoweit schien eigentlich alles in Ordnung zu sein.
Der Alte atmete zunächst auf, entspannte und beruhigte sich.
Doch schlagartig war ihm die ganze Situation unangenehm.
Schließlich war er einfach unrechtmäßig in ihre Wohnung
eingedrungen, und er war schon im Begriff gewesen,
sich leise wieder hinauszuschleichen,
als er doch etwas von ihr hörte, ein leises Murmeln,
oder eher ein Röcheln, welches sich wie 'Alter' angehört hatte.
Es konnte aber auch etwas anderes,
etwas Ähnliches aus einer anderen Sprache gewesen sein.
Er war also wieder an die Hängematte herangetreten,
in der Vermutung, sie habe ihn nun sowieso bemerkt.
"Es tut mir leid, dass ich einfach so hereingekommen bin.
Ich habe mir Sorgen gemacht, und die Tür war nicht verschlossen",
stammelte der Alte verlegen, und weil er nicht wusste,
was er jetzt tun sollte, hatte er damit begonnen, die Hängematte
vorsichtig, wie eine Wiege, in Schwingungen zu versetzen.

Und weil ihm in jenem Moment, aus reiner Verlegenheit,
nichts Besseres eingefallen war und er geglaubt hatte,
sie auf diese Weise aufmuntern zu können,
um so vielleicht die ganze Situation zu retten,
hatte er diesen seit vielen Jahren so populären
und erfolgreichen Gassenhauer angestimmt, in der Hoffnung,
sie würde sich nun aus der Hängematte herausrekeln
und ihn anlächeln:

" *Ich und meine Braut, wir essen so gern Sauerkraut,
Sauerkraut, Sauer ...*'

Abrupt hatte er seinen Singsang wieder beendet,
denn erneut hatte er ein Röcheln und Stammeln wahrgenommen.
Es schienen nun Laute aus einer fremden Sprache zu sein.
Zwischendurch aber waren deutlich deutsche Wörter
zu erkennen gewesen, die ihm fast wie gesungen vorkamen:
'sanft ... schlafen'..., 'lass sterben...'. Dann aber,
eher gesprochen: 'die Männer ..., das Schiff ..., möchte sanft ...'
Dazwischen vernahm er immer wieder Laute einer Sprache,
die er nicht verstand.
Jedoch einige Male hatte er auch ganz deutlich 'meine Geige'
herausgehört.
Der Alte schaute sich im Zimmer um,
aber nirgendwo konnte er ihre Geige entdecken.
Normalerweise lag sie auf ihrem Schreibtisch,
in dem geöffneten Etui, neben einem Haufen Übe-Euros.
Dort aber war sie nicht.
Stattdessen lagen dort ein gummiertes Übungsbrett für Schlagzeuger
sowie neben einem Metronom zwei Schlagzeugstöcke.
Mit diesen machte sie offenbar rhythmische Übungen,
und der Alte erinnerte sich an ihre Worte,
als sie ihm einmal erklärt hatte,
dass ihrer Meinung nach das Gefühl für Tempi und Rhythmen
allgemein unterentwickelt sei und deswegen mehr trainiert werden
müsse.

Im Moment aber gab es für ihn Wichtigeres zu tun
als ihre Geige zu suchen oder
sich mit ihren rhythmischen Übungen zu befassen,
denn dem Alten war nun völlig klar:
Etwas stimmte nicht mit ihr.
Es ging ihr ganz offensichtlich nicht gut.

Nun zog er die Hängematte auseinander.
Zum ersten Mal konnte er ihr Gesicht sehen.
Er war zutiefst erschrocken,
denn ihr Gesichtsausdruck war völlig verändert.
Sie war noch viel blasser als sonst, dabei schweißüberströmt.
Ihre Augen waren ein wenig geöffnet,
ihr Blick aber war diffus, ins Leere gehend,
so als stünde sie unter Drogen.
Sie zitterte am ganzen Körper und vor ihrem Mund,
welcher offen stand, sowie auf ihren Lippen,
hatte sich schon einiger Schaum angesammelt.
Leise röchelnd phantasierte sie unaufhörlich vor sich hin.
Nur ab und zu traten einige Wörter etwas deutlicher hervor.
Dem Alten war nun vollends klar, Sun halluzinierte.
Er musste umgehend etwas unternehmen.
"Sun, erkennst du mich? Wie heiße ich? Was ist passiert?"
fragte er aufgeregt, nervös, hektisch, voller Sorge.
Und dann fiel ihm die Frage ein, die man dem Alten gestellt hatte,
als er einmal in der Nacht kollabiert war und
der Notdienst ihn ins Krankenhaus gebracht hatte.
"Wann ist dein Geburtstag, Sun?"
Er hatte sich ganz nah zu ihr hinuntergebeugt,
aber auf keine seiner Fragen hatte sie in irgendeiner Weise reagiert.
Weiterhin gab sie nichts als Stammeln und Röcheln von sich.
Sie brauchte Hilfe, dringend, daran bestand kein Zweifel mehr.
Vielleicht bestand sogar akute Lebensgefahr.
Jetzt musste alles sehr schnell gehen.
Dank Suns Ordnungssinn fand der Alte ihr Telefon sogleich
an seinem Platz in der Ladestation.
Er wählte die bekannte Notruf-Nummer.

Dabei fiel ihm wieder ein,
was er früher einmal über die fünf **W**s gelernt hatte.
Sofort meldete sich jemand am anderen Ende der Leitung,
und er schilderte **wo** und **was** geschehen war,
wie viele Personen betroffen, **welcher Art** die Symptome waren
und **wartete** dann auf Rückfragen.
Dabei versuchte er die ganze Zeit seine innere Aufregung
unter Kontrolle zu halten und nicht erkennbar werden zu lassen.
"Ja", antwortete er auf die Frage, ob Lebensgefahr bestünde,
"ja, ich glaube ja, bitte kommen Sie schnell, so schnell es geht.
Gehen Sie rechts um das Haus herum, dort ist die Tür",
fügte er hastig hinzu, nachdem er die Anschrift genannt hatte.

"Unsere Leute sind in circa zehn Minuten bei Ihnen",
hörte er die Stimme am anderen Ende sagen.
Und die Zuversicht, fast Sicherheit,
mit der er die Retter in Kürze würde in Empfang nehmen können,
um Sun zu helfen oder möglicherweise ihr Leben zu retten,
ließ ein unbeschreibliches Glücksgefühl in ihm aufsteigen.
Der Alte wandte sich nun wieder der Hängematte zu
und begann erneut, sie sanft hin und her zu wiegen.
Ohne weiter darüber nachzudenken, was nun zu tun sei,
fing er an, leise die schlichte Melodie eines der schönsten
Liebeslieder aus dem Norden zu summen,
welche zu Beginn nur aus einfachen Dreiklängen gebaut ist:

"Dat du min Leevsten büst, dat du woll weeßt ..."

'Wie gut, ein solches verlässliches Rettungswesen in unserer Nähe
zu haben', sagte sich der Alte,
nachdem er mit allen drei Strophen fertig war,
denn er hatte einmal gelesen,
es würden täglich weit mehr als 30 000 Rettungsfahrzeuge
überall im Land ausrücken, um Menschen zu behandeln
oder zu retten.

Über diese 'Helden des Alltags' aber stand nur selten etwas
in den Zeitungen.
Herzinfarkte, Schlaganfälle, Knochenbrüche, zerfetzte Menschen
nach Verkehrsunfällen, verletzte Kinder, Volltrunkene, Selbstmörder
und auch Gebärende mussten von Ihnen versorgt werden.
Ihre Hilfe aber war nicht überall willkommen,
hatte der Alte zur Kenntnis nehmen müssen.
Mitunter wurden Hilfskräfte beleidigt, bedroht, sogar angegriffen.
Diese schlimme und dem Alten völlig unverständliche Entwicklung
hatte in letzter Zeit brisant zugenommen.
'Für all dies dankt unsere Gesellschaft ihnen
mit einer ziemlich miesen Bezahlung',
resümierte der Alte zynisch all das,
was er sich zu diesem Thema hatte merken können.

Dann waren sie da, eine Frau und ein Mann,
in ihren leuchtenden Rettungsanzügen, ihren schweren Stiefeln,
mit ihrem Notfallkoffer und der Trage,
welche sie ebenfalls gleich mitgebracht hatten.
"Ich habe keine Ahnung, ich habe sie zufällig hier gefunden",
hatte der Alte auf ihre Frage geantwortet, ob er sagen könne,
was mit ihr geschehen und
wie lange sie schon in diesem Zustand war.
Sie warfen einen kurzen, prüfenden Blick auf Sun,
sprachen sie an,
machten einen schnellen Check der wichtigsten Körperfunktionen
und streiften ihr eine Maske zur künstlichen Beatmung über.

"Wir müssen sie mitnehmen. Sie ist nicht ansprechbar.
Sie scheint lebensbedrohlich gefährdet zu sein.
Sie muss dringend gründlich untersucht
und anschließend intensiv behandelt werden."

So lautete der nüchterne Kommentar der Rettungskräfte.
Und schon hatten die beiden Helfer Sun auf die Trage gelegt,
in eine wärmende Folie gewickelt und festgegurtet.
"Darf ich Sie begleiten?" fragte der Alte vorsichtig.

"Sind Sie mit ihr verwandt? "
"Nein, das nicht, aber sie hat sonst niemanden,
ich stehe ihr am nächsten", war die Antwort des Alten,
und er war selbst überrascht, wie nah er sich ihr fühlte,
und wie sehr sie ihm ans Herz gewachsen war.
"Das geht leider nicht, wenn Sie nicht verwandt sind.
Rufen Sie nach ein paar Tagen im Krankenhaus an,
dann kann man Ihnen vielleicht etwas sagen",
und schon waren sie zur Tür hinaus.

Nun, schlagartig, war der Alte wieder allein,
und um ihn herum war alles still, bedrückend still.
Ganz offensichtlich hatten die Raben zwischenzeitlich
ihr Spektakel beendet, auch ließen sich keine Rasenmäher,
bellenden Hunde oder krähenden Hähne mehr hören.
Es kam ihm so vor, als hätten sich alle miteinander
zu dieser erdrückenden Stille verabredet,
welche in dem Alten das Gefühl einer großen Leere erzeugte.
Ja, es bestand kein Zweifel, er fühlte sich plötzlich sehr allein.
'Niemand sollte in seinem Alter allein sein, dachte der Alte,
aber es ist unvermeidlich' 17) und er meinte nicht nur sich selbst,
nein, er dachte dabei an viele andere die er kannte,
und er dachte auch an das Mädchen Sun.

Die letzten Ereignisse kamen ihm nun ganz und gar unwirklich vor,
wie ein Spuk, wie die Episode eines Traumes,
so als sei alles bloße Einbildung
oder eine Täuschung seines Gehirns gewesen.
Diese plötzliche äußere Stille hatte sich wie eine Giftwolke
auf sein Gemüt herabgesenkt.
Umso deutlicher hatte er seine innere, sorgenvolle Unruhe
über Suns weiteres ungewisses Schicksal verspürt,
die in dem Alten ein Gefühl von Angst zu erzeugen begann.
'Sie ist noch viel zu jung zum Sterben', sagte er sich,
wohl wissend, dass dies eine lächerliche Argumentation war.

17) E. Hemingway, The old man and the sea

Aber vielleicht ging es noch gar nicht ums Sterben,
vielleicht war die Hilfe ja doch noch rechtzeitig gekommen
und Sun in ein paar Tagen schon soweit wiederhergestellt,
um in ihre Wohnung zurückkehren zu können.

Dann hatte der Alte sich vorgenommen,
am nächsten Morgen Suns Arbeitgeber anzurufen,
um sie für nicht absehbare Zeit krank zu melden.

11

Der Alte fühlte sich sehr allein, so wie lange nicht mehr,
seit die Rettungskräfte Sun abgeholt hatten.
Dieser Zustand hielt auch in den kommenden Tagen an,
in denen der Alte einem ständigen Wechselbad ausgesetzt war,
pendelnd zwischen Sorgen und Optimismus,
zwischen Verzweiflung und Hoffnung.
Und jedes Mal, wenn das Telefon klingelte,
erwartete er diesen klärenden, erlösenden Anruf aus dem
Krankenhaus. Tagelang geschah jedoch nichts.

Gelegentlich stieg auch ein gutes Gefühl in ihm auf,
nämlich, sich um jemanden zu sorgen, für jemanden da zu sein,
das beglückende Gefühl gebraucht zu werden,
weil Sun ja sonst niemanden hatte,
jedenfalls keinen Partner, auch keine Partnerin,
und ihre Familie ja weit weg war.
Das Schlimmste aber war die Ungewissheit über Suns Befinden
und ihre Zukunft.

Es war ja nicht so, als hätte der Alte grundsätzlich ein Problem
mit dem Alleinsein, im Gegensatz zu einigen Leuten,
die er kannte und die überhaupt nicht gut allein sein konnten.
Bei dem Alten war es nicht so. Es gab sogar eine Reihe
von Tätigkeiten, die man nur allein mit sich selbst tun kann
und denen der Alte ausgesprochen gern nachging, auch
wenn diese vielleicht ein wenig aus der Mode gekommen waren:
Sich mit seinen Gedanken und Erinnerungen beschäftigen,
seinen Träumen Aufmerksamkeit schenken,
Bücher oder Zeitung lesen, Musik hören,
Briefe oder E-Mails schreiben, Gedichte verfassen, komponieren,
malen, Schachpartien nachspielen und natürlich Geige üben.
Durch das Üben war er schon früh an das Alleinsein gewöhnt
worden, denn er selbst hatte im Alter von neun Jahren begonnen,
Geige zu lernen.

Andererseits hatte er mit den Jahren auch ein Gespür entwickelt,
wann es für ihn brenzlig wurde und er 'unter Leute musste',
denn es bestand ansonsten die reale Gefahr,
allmählich 'sonderbar' zu werden.
Allerdings musste er auch an frühere Zeiten, Umstände, Situationen
denken, in denen er orientierungslos hin und hergerissen war,
stets auf der Flucht vor sich selbst einerseits
oder vor seinen Mitmenschen andererseits.
Er hatte dieses 'hüh und hott' einmal in den folgenden Zeilen
ausgedrückt:

Oft, wenn ich mit andern Menschen bin,
wär' ich lieber gern allein.
Wenn ich dann alleine bin,
möcht' ich doch viel lieber unter Menschen sein.
So geht es fort in diesem Trott:
Mal hott mal hüh, mal hüh mal hott.

Dieses Mal aber war es etwas ganz anderes,
Komplizierteres, mit dem Alleinsein, denn dieses Mal
kamen auf erhebliche Weise zusätzliche starke Gefühle hinzu,
wie die Ungewissheit und Sorge um Suns Gesundheit,
das Mitgefühl mit einem Menschen, der ihm viel bedeutete
und die Angst um eine Künstlerpersönlichkeit
mit großen Talenten und Fähigkeiten, welche nicht alltäglich waren.

Die Tage vergingen, ohne dass etwas Nennenswertes geschah.
Es waren Tage eines zähen Ringens mit der Zeit,
die der Alte, in ständiger Erwartung einer Nachricht,
nach Möglichkeit hauptsächlich im Haus verbrachte.
Notwendige Einkäufe erledigte er hektisch am nahegelegenen
Kiosk, nicht im Supermarkt,
um so schnell wieder zu Hause sein zu können.
Einmal, nachdem er am Kiosk bezahlt hatte, ertappte er sich dabei,
wie er die Geldscheine nahm und sortierte,
indem er Vorderseite auf Vorderseite legte und darauf achtete,
dass alle Scheine in gleicher Weise angeordnet waren.

Diese Vorgehensweise hatte er einmal bei Sun beobachtet.
Er war nun offenbar in Gedanken so sehr bei ihr,
dass er ihre Eigenart für sich übernommen hatte,
ohne sich zunächst darüber bewusst zu sein, dass er dies tat.

Einen routinemäßigen Zahnarzttermin sagte er einfach ab,
ebenso ein turnusmäßiges Treffen mit ehemaligen Kollegen.
Rief jemand an, so war er äußerst 'kurz angebunden', wie man sagt.
"Nicht böse sein, ich erwarte einen sehr wichtigen Anruf,
melde mich demnächst", war die immer wiederkehrende Floskel,
um das Gespräch abzukürzen
und die Leitung schnell wieder frei zu bekommen.
Aber der sehnlichst erwartete Anruf aus dem Hospital blieb
weiterhin aus.

Nun begann der Alte, in der Hoffnung, sich damit abzulenken
und das zähe Fließen der Zeit zu überlisten,
mit allerlei Tätigkeiten im Haus.
Beispielsweise bezog er sein Bett mit frischer Wäsche
sowie das seiner Frau gleich mit,
obwohl diese sich schon seit einiger Zeit
in einem 'sozialen Projekt' im Ausland befand
und ihre Rückkehr noch nicht so bald zu erwarten war.

Er putzte sämtliche Schuhe, seine Wanderstiefel, Gummistiefel,
Gartenschuhe eingeschlossen und auch die Schuhe seiner Frau,
die, wie man sich denken kann, einige Paare mehr besaß.
Er putzte auch die, welche sie schon lange nicht mehr trug.

Mit diesen Tätigkeiten war er eine Weile beschäftigt,
wie man sich unschwer vorstellen kann.
Doch die erhoffte Ablenkung blieb aus.
Er grübelte weiter und dachte unaufhörlich an Sun.
Er putzte das Bad und das Gäste-WC so sorgfältig wie nie zuvor.
Seine Frau wäre entzückt gewesen vor Begeisterung,
hätte sie den Alten dabei beobachten können.

Sorgfältig entfernte er Kalkablagerungen an Fliesen und
Wasserhähnen, polierte die Armaturen, scheuerte die Böden,
reparierte lockere Steckdosen, beseitigte das Quietschen der Türen.
Er putzte sein Fahrrad wie seit zwanzig Jahren nicht mehr,
bis er erneut feststellen musste, dass all dies nichts half,
um Sun eine Zeit lang zu vergessen.
Auch die Beschäftigung mit seinem Französischbuch brachte
keinen Erfolg. Er konnte sich einfach nicht konzentrieren.

Daraufhin versuchte er, sich durch das Fernsehen abzulenken.
Der Alte konnte sich nicht erinnern,
wann er das Gerät zum letzten Mal eingeschaltet
und was er gesehen hatte.

Zunächst wurde er nun aufgefordert, seine Kanäle
zu aktualisieren, woraufhin ihm anschließend angezeigt wurde,
er habe nunmehr 441 verschiedene Programme zur Verfügung.
Sie hatten mitunter ziemlich sonderbare Namen,
wie Gute Laune TV, Gusto, Servus, Fun, Passion, Crime,
Romance, Motors, Center, God TV, Anleger TV, Baby TV,
Family TV, Astro TV, Reise TV, Pearl TV, Goldstar,
Shop für Bodybuilder, Lust Pur, Heimatkanal.

Ein anderer Sender bot 611 verschiedene Fußballspiele an.
Überhaupt gab es alle möglichen Sportarten zu sehen,
und selbstverständlich wurde auch viel und lecker gekocht.
Es gab Programme, in denen Tier-Babies gefüttert wurden,
Comic-Filme, in denen die Figuren wie Idioten sprachen,
Schnulzen am Königshof, jede Menge Schlachten
von der Antike bis zum 2. Weltkrieg,
Katastrophenfilme über sinkende Schiffe, abstürzende Flugzeuge,
ausbrechende Vulkane, Horrorfilme schon am Vormittag,
mehrere Autorennen und Filme über außersinnliche Phänomene,
Filme aus Gerichtssälen, in denen Leute sich laut anbrüllten.
Auch konnte man mit der Polizei auf Streife gehen,
und überall waren offenbar Kameras zugegen,
um das Geschehen einzufangen.

Binnen Minuten waren zahlreiche Menschen ermordet worden.
Außerdem gab es viel Feuer zu sehen, zumeist in Form von
gigantischen Explosionen. Mitunter standen Leute auf Feldern,
vor klaren Bergen, bei Sonnenschein und sangen.
Und immer wieder kam Werbung, Werbung, Werbung.
Es wurde auch ausdrücklich für Filme ohne Werbung geworben.
Der Alte fand dies alles schon sehr amüsant.
Er kam aus dem Staunen über das umfangreiche, vielfältige
'Kulturangebot' nicht heraus. Tatsächlich hatte dieses
Fernseherlebnis für kurze Zeit die gewünschte Ablenkung gebracht.
Er hatte Sun für einige Augenblicke vergessen können.
Andererseits hatte sich dieser Galopp durch die Fernsehlandschaft
nicht günstig auf seine körperliche Verfassung ausgewirkt.
Er spürte nämlich seinen beschleunigten Puls.
Seine Augen waren gereizt und er bekam Kopfschmerzen.
Wahrscheinlich war sein Blutdruck in Folge
des visuellen Bombardements in die Höhe gegangen.
Es hatte ihn nervös und aggressiv gemacht,
vor allem aber war er unzufrieden, weil nichts von alledem,
was er gesehen hatte, ihn wirklich interessierte.
Er hatte Sun zwar für einige Zeit vergessen,
aber um den Preis von Unwohlsein und Unzufriedenheit.
Als er das Gerät wieder abschaltete, fiel ihm diese letzte Strophe
eines Gedichts ein, dessen Autor ihm allerdings entfallen war:

Halt! Stop! Man wird sich übergeben,
den Magen sich versau'n!
Es schafft der stärkste Magen nicht,
dies alles auch noch zu verdau'n.

Dann, irgendwann, er war sich nicht im Klaren,
wie viele Tage inzwischen vergangen waren,
hielt der Alte die Spannung nicht mehr aus.
Er rief im Krankenhaus an, um sich nach Suns Zustand
zu erkundigen. "Sind sie verwandt? Nein?
Dann dürfen wir Ihnen leider nichts sagen",
wurde ihm am anderen Ende der Leitung mitgeteilt.

Diesen Satz kannte der Alte ja schon und er spürte,
wie die Wut in ihm aufstieg. Aber er 'riss sich am Riemen',
so, wie sein Vater es immer von ihm verlangt hatte, als er jung war.
Natürlich wusste der Alte selbst aus langjähriger Erfahrung,
dass Wut selten zu etwas Gutem führt.
"Ja, natürlich, ich verstehe das, aber bitte sagen Sie mir nur,
ob sie sich noch auf der Intensivstation befindet,"
bat der Alte betont freundlich.
"Ja, das kann ich bestätigen. Auf Wiederhören."
"Dieses Affentheater mit dem Datenschutz!"
schimpfte der Alte ungehemmt, nachdem das Gespräch beendet war.
"Die sind ja wohl die letzten Hüter des Datenschutzes.
Während die Bürger allenthalben komplett ausspioniert werden,
lassen es staatliche Institutionen zu,
dass Grundrechte einfach abgeschafft werden."
Und er fügte noch hinzu, "ich wollte doch nur wissen,
ob es ihr besser geht, verdammt noch mal!"
Dann, nach diesem Ausbruch, besann er sich schnell wieder,
denn immerhin war er einen kleinen Schritt weitergekommen.
Sun wurde also immer noch auf der Intensivstation behandelt.
Diese Information sorgte bei dem Alten natürlich nicht gerade
für Entspannung. Es war ihm absolut klar,
dass er im Moment nichts für sie tun konnte.

Zu der Zeit erreichte ihn eine E-Mail seiner Frau und
verschaffte ihm glücklicherweise doch noch ein wenig Ablenkung.
Sie war nun schon einige Zeit in einem 'sozialen Projekt'
auf einer Vulkaninsel in Lateinamerica tätig.
Dort waren durch die Initiative eines Ehepaares über mehrere Jahre
ein kleines Krankenhaus sowie eine Schule aufgebaut worden,
in welcher seine Frau nun Englisch unterrichtete,
sowie zur Aufgabenbetreuung am Nachmittag eingesetzt war.

Sie beschrieb Lage und Ausgestaltung
sowie die Geschichte des Projekts
und vermittelte Einblicke in ihre persönliche Arbeit.

Sie stellte Personen vor, sympathische und
auch weniger sympathische, schilderte das Verhalten der Schüler,
welches nicht anders sei als das zu Hause in Deutschland,
machte den Alten mit landesüblichen Speisen und Getränken
bekannt.
"Ich bin sehr glücklich hier", schrieb sie, "hier werde ich gebraucht.
Es ist ein gutes Gefühl,
etwas derart Sinnvolles und Wichtiges zu tun.
Es sind auch eine Reihe junger Leute aus Europa hier, Idealisten,
Menschen mit den ehrenwertesten Vor- und Grundsätzen,
nur darauf bedacht zu helfen,
um diese Welt ein wenig besser zu machen.
Sie tragen zumeist die Reisekosten selbst
und bekommen in der Regel kein Geld für ihre Tätigkeiten.
An den Wochenenden habe ich ein wenig Zeit für mich selbst,
sodass ich schon mit einigen dieser jungen Leute 'unseren' Vulkan
bestiegen habe.
Selten habe ich etwas Ergreifenderes gesehen,
als vom Kraterrand, auf dem Bauch liegend,
in das kochende Magma hinabzuschauen.
Es war, als blickte man in die leibhaftige Hölle,
verbunden mit den unheimlichsten Geräuschen aus der Tiefe.
Sie vermittelten das beängstigende Gefühl,
als würde im nächsten Moment nicht nur der ganze Berg,
sondern unsere gesamte schöne Erde in die Luft fliegen."

Als der Alte ihr auf diese E-Mail antwortete,
hatte er einen Augenblick lang überlegt,
ob er ihr etwas über Sun schreibe sollte.
Da die Geschichte allerdings noch völlig unklar war,
hatte er es unterlassen, mit dem Effekt,
nun gedanklich wieder vollkommen bei Sun angekommen zu sein.

Immer und immer wieder musste der Alte an die Episode denken,
als er Sun fand und sie schon in einer anderen Welt zu sein schien.
Er dachte an das am Boden liegende Fahrrad und
an die flüchtig auf den Kleiderhaken geworfene Lederjacke.

Er sah noch einmal die offenbar hastig, ja panikartig
abgestreiften Ballerina-Schuhe vor sich,
dieses für Sun so ganz und gar untypische Chaos.
Er fragte sich erneut,
wieso sie die Wohnungstür nicht abgesperrt hatte.
Er dachte an das unbekannte Bild mit dem Liebespaar,
der Gitarre und dem schwarzen Rahmen.
Er hatte sofort irgendwie gespürt,
dass dieses Bild eine ganz persönliche Bedeutung für Sun
haben musste.
Was hatte es auf sich mit der Europa-Fahne an der Wand,
und vor allem: Wo war Suns Geige?
Diese Frage beunruhigte den Alten in besonderer Weise,
denn er wusste nur zu gut,
was der Verlust eines Instruments bedeuten konnte.
Immer wieder sah er Sun vor sich und in welchem Zustand
er sie in der Hängematte vorgefunden hatte.
Was war nur mit ihr geschehen?
Was wäre geschehen, hätte der Alte sie nicht gefunden
und die Rettungskräfte rechtzeitig alarmiert?
Noch einmal war ihm der Gassenhauer vom 'Sauerkraut'
unangenehm 'aufgestoßen'. Glücklicherweise aber hatte Sun
wahrscheinlich nichts von diesem Singsang mitbekommen.
Er erinnerte sich an ihr Röcheln und das Stammeln einzelner Wörter.
'Sanft ... schlafen ...' hatte sie gemurmelt.
Er hatte es klar und deutlich verstanden
und sich über die Verwendung dieses altmodischen Wortes
'sanft' gewundert,
welches heutzutage kaum noch jemand benutzte,
und wenn doch, dann eventuell in einer lyrischen Dichtung.
Hatte sie vielleicht aus einem Gedicht rezitiert,
möglicherweise ohne sich dessen bewusst zu sein,
in einer Art mechanischem Reflex ihres Unterbewusstseins?
In diesem Moment kam die Erkenntnis wie eine plötzliche
Erleuchtung: Es waren Bruchstücke gewesen
aus *'Der Tod und das Mädchen'* von *Matthias Claudius*.

'Sollst sanft in meinen Armen schlafen', spricht der Tod
am Ende dieses Gedichts zu dem schönen, jungen Mädchen.
Und der Alte erinnerte sich,
wie es sich bei Sun beinahe wie gesungen angehört hatte.
Hatte Sun sich umbringen wollen?
War es vielleicht doch ein Selbstmordversuch?
Der Alte konnte sich so etwas bei Sun nicht vorstellen.
So, wie er sie kannte und einschätzte,
hielt er es für äußerst unwahrscheinlich,
aber völlig auszuschließen war es natürlich nicht.
Wie genau kannte er sie denn eigentlich?
Sie hatte ihm doch zu keiner Zeit tiefere Einblicke gewährt
oder ihm offenbart,
was sich wirklich hinter ihrem Prinzessinnen-Lächeln verbarg.
Der Alte verspürte den starken Drang, dieses außergewöhnliche,
von *Franz Schubert* in Töne gesetzte Lied noch einmal zu hören.

Nachdem er eine Weile im Internet gesucht hatte,
fand er tatsächlich eine ganze Reihe von Versionen dieses
ergreifenden Liedes, wunderschön gesungen,
von bedeutenden Interpreten.
Keine dieser Darbietungen aber gefiel dem Alten wirklich.
Ausnahmslos nahmen alle das Tempo viel zu langsam,
besonders im letzten Abschnitt.
Die Tempovorgabe des Komponisten wurde nicht nur einfach
ignoriert, man war sogar erheblich weit davon entfernt.
Dadurch bekam das Lied einen völlig anderen,
ja falschen Ausdruck.
Es wirkte weinerlich, sentimental, voller Selbstmitleid.
Der Alte war sie sicher, dass es so nicht gemeint war.
'Der Tod ist doch hier als etwas Positives dargestellt',
sinnierte er weiter, 'und man kann doch bei der Textstelle
'komme nicht zu strafen' deutlich hören, wie *Schubert*
die Hinwendung zum Positiven musikalisch unterstreicht,
indem er über F-Dur gehend bei der Stelle *'Sei gutes Muts,
ich bin nicht wild'* eine Weile in B-Dur verweilt.

Sodann führt er bei dem Wort *'sanft'*
mit Hilfe des überraschenden E-Dur-Septakkords
über die Dominante A-Dur zum Grundton d zurück,
lässt den Abgesang jedoch nicht mehr im anfänglichen d-moll,
sondern im versöhnlichen D-Dur ausklingen, so,
als habe das *'schön und zart Gebild'* den Tod nun angenommen.

'Man muss auch bedenken', spann der Alte seinen Gedanken fort,
'*Claudius* hat ja nicht ohne Grund *'Hain, den Freund,
den Knochenmann'* seiner Gesamtausgabe vorangestellt
und ihn sogar zum Schirmherrn seiner Werke erkoren.'
Die Beschäftigung mit diesem Lied und
die Möglichkeit eines Selbstmordversuchs des Mädchen Sun
hatten den Alten sehr nachdenklich gemacht.

'Es gibt doch genügend Menschen, die nicht mehr leben wollen',
sagte er sich, 'und für die der Tod eine Erlösung bedeutet
von unendlichen Leiden und schier unerträglichen Schmerzen.
Er wusste beispielsweise von einer verzweifelten Nachbarin
in seiner Straße, die ihrem Leben am liebsten ein Ende setzen würde,
weil sie die Streitigkeiten und Zerwürfnisse in ihrer Familie
nicht länger ertragen konnte und wollte
und darüber sehr krank geworden war.
'Jeder Hund, welcher unheilbar krank ist,
hat es besser als wir Menschen', hatte sie gesagt,
'er bekommt eine Spritze, legt den Kopf auf seine Pfoten
und schläft ein.'

Soweit der Alte wusste, war Sun kerngesund, und selbst
wenn ihre Geige auf irgendeine Weise verschwunden war,
war dies doch kein Grund, sich umzubringen.
Innerlich aufgewühlt von diesen Gedanken nahm er sich vor,
am nächsten Tag erneut im Krankenhaus anzurufen.

12

"Sie wurde gestern auf die normale Station verlegt
und kann seit heute besucht werden", war die schlichte, sachliche,
telefonische Auskunft am nächsten Tag, welche allerdings
bei dem Alten einen urzeitlich anmutenden Freudentanz auslöste.
Nun fiel mit einem Mal die ganze Anspannung der letzten Zeit
von ihm ab. Er warf die Arme in die Höhe,
sprang von einem Bein aufs andere, drehte sich dabei im Kreis,
begann mit den Fäusten auf seiner Brust zu trommeln.
Dabei rief er mehrmals laut "Ju, ja, hurra!"

Schnell packte er das Nötigste zusammen, nahm sein Fahrrad
und fuhr damit zur Haltestelle der Straßenbahn.
Diese altmodische Fortbewegungsart hatte in der Stadt
angesichts der zunehmenden Verkehrsdichte, samt Chaos,
welches durch marode Brücken und Tunnel noch erheblich
verschlimmert worden war, eine grandiose Renaissance erlebt
und erschien ihm die beste zu sein, um so schnell wie möglich
ins Krankenhaus zu dem Mädchen Sun zu gelangen.
Unterwegs erstand er einen Strauß gelber Rosen.
Er hatte sich aus gutem Grund gegen die roten entschieden,
wohlwissend um die Bedeutung der Farben.
Viel lieber hätte er ihr eine Tüte Lakritze mitgebracht,
denn sie liebte Lakritze in allen möglichen Variationen.
Der Alte hatte jedoch einmal gelesen,
Lakritze könne sich ungünstig auf den Blutdruck auswirken,
und so hatte er besser darauf verzichtet.

Auf der Station angekommen, steuerte er direkt
auf das Stationszimmer zu, um sich dort anzumelden.
"Haben Sie eine Ahnung, was mit ihr geschehen ist?"
fragte die Stationsschwester, nachdem der Alte sich vorgestellt
und die Schwester ihm die Zimmernummer 34 genannt hatte.

"Wir haben sie auf den Kopf gestellt,
aber nichts Organisches gefunden,
auch keine Hinweise auf Drogen, Tabletten oder dergleichen."
Der Alte fragte sich, woher die überraschende Bereitschaft
zur Kooperation ihm gegenüber kam und
wieso der Datenschutz nun plötzlich keine Rolle mehr spielte.
'Jetzt wollen sie wahrscheinlich Informationen von mir',
sagte er sich. 'Sie brauchen mich nun als Informanten'.
"Auf alle Fälle muss sie über einen längeren,
über einen viel zu langen Zeitraum, nichts gegessen
und auch nichts getrunken haben",
setzte die Schwester fort. "Es war allerhöchste Zeit,
denn einzelne Organe drohten bereits zu versagen.
Obwohl wir sonst keine Anhaltspunkte gefunden haben,
müssen wir dennoch von einem Suizidversuch ausgehen.
Wir werden sie wohl hierbehalten und
wohl oder übel unter Beobachtung stellen müssen", sagte sie.
Dabei betonte sie beide Male ausdrücklich das Wort 'müssen',
so als wäre dieser Akt der Entmündigung unausweichlich
und als gäbe es keinerlei Entscheidungsspielräume mehr.
"Unsinn", entfuhr es dem Alten, denn er spürte instinktiv,
dass es nun richtiger war, hier energisch zu widersprechen,
statt zu offenbaren,
dass ihm diese Gedanken keineswegs fremd waren
und er auch schon an Suizid gedacht hatte.
"Unsinn", wiederholte er, "sie ist eine Künstlerin,
eine Geigerin mit großen Fähigkeiten.
Sie hat einen erstklassigen Job in einem Weltklasse-Orchester.
Sie liebt die Musik über die Maßen,
und all das gibt ihr innerlich Halt und Stärke."
"Das heißt gar nichts. Das beweist nichts.
Für einen Suizid kann es viele verschiedene Gründe geben",
antwortete die Oberschwester betont höflich.
Der Alte war sich sicher, dass sie keinerlei Vorstellung hatte,
wovon er überhaupt sprach. Er allerdings glaubte seinerseits,
die Schwester nun verstanden zu haben.

"Ich werde versuchen, ob ich etwas in Erfahrung bringen kann",
antwortete er,
und sie schien mit dieser Aussage ganz zufrieden zu sein.
Vorsichtig öffnete der Alte die Tür zu dem Krankenzimmer 34,
welches die Schwester ihm genannt hatte.

'Was für ein nettes Zimmer, und zum Glück liegt sie allein',
dachte er sofort. 'So können wir besser reden',
denn das zweite Bett war zur Zeit nicht belegt.
Er hatte dies unmittelbar als Erstes wahrgenommen.
Sun sah noch sehr blass und mitgenommen aus.
Dennoch empfing sie ihn, wie konnte es sonst anders sein,
mit ihrem hinreißenden Prinzessinnen-Lächeln.
"Wie geht es?" fragte er, dabei die Anrede vermeidend,
denn sowohl das 'du' als auch das 'Sie'
erschienen ihm für den Moment irgendwie unpassend zu sein.
'Meine Sonne' empfand er hier ebenfalls nicht als angemessen.
"Danke, besser, noch etwas schwach, aber in ein paar Tagen ..."
"In ein paar Tagen", unterbrach der Alte und setzte den Satz fort,
"wirst du wahrscheinlich noch nicht zu Hause sein."
Er hatte sich nun doch instinktiv für das 'du' entschieden,
denn ganz ohne Anrede ging es einfach nicht.
Außerdem hatte das 'du' etwas Väterliches
und drückte natürlich auch mehr Nähe aus.
"Wieso?" fragte sie überrascht.
"Weil sie dich hierbehalten wollen, es sei denn, du sagst,
was geschehen ist oder was du gemacht hast."
Sie lächelte. Das war ihre einzige Antwort.
Ansonsten schwieg sie.
Es war das erste Mal, dass der Alte sich über ihr Lächeln ärgerte.
"Sie vermuten bei dir einen Selbstmordversuch,
und wenn du nicht sagst, was passiert ist, behalten sie dich hier
und verlegen dich zur Beobachtung in die Psychiatrie."
Der Alte hatte nun mit etwas mehr Nachdruck gesprochen.
Sun aber zeigte nur ein Lächeln und schwieg weiterhin.

Da der Alte zunächst nicht wusste,
wie die Kommunikation zwischen ihnen weitergehen sollte,
versorgte er erst einmal den Strauß gelber Rosen,
indem er sie in eine Vase stellte, ihnen Wasser gab und sie,
für Sun gut sichtbar, auf dem Tisch ihr gegenüber abstellte.
"Sag mal, wo ist eigentlich deine Geige geblieben?
Wo ist deine wundervolle *Jean Baptiste Vuillaume*? 18)
Sie war nicht in deiner Wohnung,
jedenfalls habe ich sie dort nicht gesehen,
als die Rettungskräfte dich abgeholt haben."
In diesem Moment verwandelte sich ihr Gesichtsausdruck,
und nachdem das Lächeln völlig verschwunden war
und ihr Gesicht einen ängstlichen,
fast verstörten Ausdruck angenommen hatte,
begannen zwei dicke Tränen über ihre Wangen
zu den Mundwinkeln hinabzulaufen.
"Was hast du? Was ist passiert?" fragte der Alte unbeholfen
und irritiert von ihrem überraschenden Gefühlsausbruch.
Er setzte sich, da sie nun in Tränen zerfloss und
auf seine Worte nicht hörte, auf den Rand des Bettes nieder
und wiederholte, indem er ihre Hand bald streichelte,
bald küsste 19), noch einmal sanft seine Frage:
"Was ist passiert, Sun ?"

Und nun begann sie unter Tränen,
mit brüchiger und heiserer Stimme, ihre Geschichte zu erzählen,
welche immer wieder durch heftiges Schluchzen
und das Abwischen der Tränen unterbrochen wurde.

"Wir hatten *'Tristan und Isolde'* 20) gespielt",
begann sie zögerlich, "und jeder, der dies schon einmal gemacht hat,
weiß ja, wie man sich fühlt nach diesen fünfeinhalb Stunden.

18) J. B. Vuillaume (1798-1875) französischer Geigenbauer
19) H. von Kleist, Novellen
20) Oper von Richard Wagner

Man ist wie benommen, wie abständig, wie unter Drogen.
Man sieht die Welt wie hinter einem Schleier, und
es dauert eine Weile, bis man wieder einigermaßen 'normal' ist.
Viele brauchen Alkohol dazu, um 'runterzukommen'.
Mich aber zog es nach draußen, an die frische Luft.
Ich wollte noch ein wenig spazierengehen,
über die Fußgängerbrücke, wo auch die Züge fahren,
um anschließend auf der anderen Seite die Straßenbahn zu nehmen.
Ich habe dies ja schon häufig so gemacht.

Es war schon spät, und es waren keine Menschen mehr
auf der Brücke. Mir war es ein wenig unheimlich.
Dann kam langsam ein Nachtzug über die Brücke gerollt.
Ich sah die Menschen im erleuchteten Zug,
Zeitung lesend oder sich fröhlich unterhaltend
oder im Speisewagen sich zuprostend.
Auf der rechten Seite, auf dem Fluss, erblickte ich ein Schiff,
welches gerade unter der anderen Brücke hervorkam.
Schon fühlte ich mich nicht mehr so allein und verloren,
auch wenn dies natürlich im Grunde Unsinn war.

Auf einmal, als der Zug gerade an mir vorbeigefahren war,
bemerkte ich ein Fahrrad auf mich zukommen.
Es hatte kein Licht an, und ich erkannte es nur schemenhaft,
undeutlich im Schummerlicht der Brückenbeleuchtung.
Sofort hatte ich ein mulmiges Gefühl im Bauch.
Mein Herz begann schneller und schneller zu schlagen.
Ganz allmählich kam das Rad näher.
Dann konnte ich den Radfahrer etwas deutlicher erkennen.
Er hatte seine Kapuze weit über den Kopf gezogen,
wodurch der größte Teil seines Gesichts verdeckt war.

Plötzlich hörte ich hinter mir ein Fahrrad zu Boden fallen.
Offenbar hatte sich ein zweiter Radfahrer
von der anderen Seite geräuschlos genähert,
ohne dass ich ihn bemerkt hatte.

Flüchtig konnte ich sein maskiertes Gesicht sehen.
Ich glaube es war eine Maske, wie man sie im Carneval trägt.
Er sah furchtbar aus. Ich hatte schreckliche Angst,
und im nächsten Augenblick war auch der 'Kapuzenmann'
bei mir.
Er warf sein Fahrrad auf den Boden.
Beide Gestalten drückten mich nun gegen das Geländer,
mit meinem Gesicht zum Fluss hin.
"Schnauze!" raunte der eine mir ins Ohr, "sonst bist du tot!"

In diesem Moment wurde Sun erneut von einer heftigen Erregung
ergriffen und war nicht in der Lage weiterzusprechen.
Die Tränen flossen in Strömen, sie stammelte und schluchzte:
"Ich hatte solche Angst!
Niemals zuvor in meinem Leben hatte ich solche Angst!
Ich hatte Angst um mein Leben!"
Es dauerte eine Weile, bis sie sich wieder einigermaßen gefangen
hatte. Dann fuhr sie schließlich fort:
"Plötzlich war das Gewicht des Geigenkoffers auf meinem Rücken
nicht mehr da, und ich begriff sofort,
sie hatten es auf meine Geige abgesehen.
Wahrscheinlich hatten sie die Gurte einfach durchtrennt.
Aber das war noch nicht alles", setzte sie fort.
"Sie waren noch nicht fertig. Sie ließen noch nicht ab von mir.

Sie begannen nun, an mir zu drücken und zu reißen
und versuchten, mich über das Geländer zu wuchten.
Sie hatten ganz offenbar die Absicht, mich in den Fluss zu werfen."
Erneut wurde Sun von einem heftigen Gefühlsausbruch ergriffen,
sodass sie abermals die Selbstkontrolle verlor
und immer wieder von Tränenstürzen heimgesucht wurde,
welche ihre Wangen hinab liefen und
sie in ein hilfloses, hilfebedürftiges Kind zurückverwandelten.
Erst nach einiger Zeit konnte sie ihre Geschichte fortsetzen.

"Ich hatte meine Füße zwischen die Sprossen des Geländers
geschoben, instinktiv, und ich hatte sie dabei verdreht,
sodass sie mich nicht losbekommen konnten.
Meine Füße schmerzten, als sie an mir rissen,
meine Knie taten mir weh von der Drehung der Beine
und von der Anstrengung.
Ich wusste nicht, wie lange ich das durchhalten würde.
Ich hielt mich mit beiden Händen krampfhaft am Geländer fest.
Dann sah ich, dass das Schiff inzwischen näher gekommen war.
Ich hörte bereits das rhythmische Stampfen der Motoren.
Es kam genau auf uns zu.
Ich begriff plötzlich, ich hatte nur eine Chance, nur diese eine,
um mich vielleicht doch noch aus der Situation zu befreien.
Ich ließ eine Hand los, fuchtelte wild und schrie dabei.
Ich bin mir aber nicht sicher, ob ich wirklich geschrien habe."
Zum wiederholten Male wischte sie die Tränen aus ihrem Gesicht.
"Plötzlich ging ein Scheinwerfer auf dem Boot an.
Er schwenkte langsam auf uns zu, bis er uns voll erfasste
und dann genau auf uns gerichtet blieb.
Der Strahl erschien mir so grell wie die Sonne am hellsten Tag.
Ich war derart geblendet, dass ich nichts mehr sehen konnte.
Ich registrierte nur, die beiden ließen sofort ab von mir,
nahmen ihre Räder auf und verschwanden schnell gemeinsam
aus dem Lichtkegel hinaus in das Dämmerlicht der Brücke,
in Richtung Innenstadt.
Geblendet von dem grellen Licht des Scheinwerfers
konnte ich eine Weile nichts wahrnehmen.
Ich fühlte mich wie blind
und hielt instinktiv die Augen geschlossen.
Dann, in jenem Moment, wurde mir bewusst,
wie sehr ich am ganzen Körper zitterte."
Auch in diesem Augenblick ihrer Erzählung,
da sie die ganze Episode noch einmal durchlebte,
zitterte sie am ganzen Körper.
Dem Alten war dies nicht verborgen geblieben.

"Nach einer Weile war das Licht plötzlich aus", fuhr sie fort.
"Als ich die Augen öffnete, registrierte ich,
dass das Schiff soeben unter mir die Brücke passierte.
Die Geige war weg, und sie wollten mich in den Fluss werfen",
schluchzte sie erneut.
Ihre Stimme war noch brüchiger als zu Beginn ihrer Schilderung.
"Ich kann doch nicht schwimmen ...,
ich habe es nicht gelernt ...,
ich habe doch immer nur Geige geübt."
Und sie fügte hinzu:
"Jetzt, da die Geige weg ist, kommt es mir vor,
als habe man mir ein Bein abgeschnitten."
Wieder verlor sie die Contenance für einige Zeit.
"Nicht nur die Geige ist weg, Sun, es war ein Mordversuch.
Sie hätten dich aus zehn Metern, je nach Wasserstand
vielleicht auch aus fünfzehn Metern Höhe, in den Fluss gestürzt.
Möglicherweise hätte man dich nie wiedergefunden,
so wie es ja schon in anderen Fällen geschehen ist."

Die ganze Zeit hatte der Alte ihre Hand liebevoll gestreichelt
und gespürt, wie sehr ihr gesamter Körper zitterte.
'Die Männer... , das Schiff ...',
der Alte erinnerte sich nun wieder an diese Wörter,
die Sun ebenfalls gemurmelt hatte,
als er sie in der Hängematte fand.
Abermals fügten sich einige Bruchstücke zusammen und
bekamen einen Sinn. "Hast du irgendetwas bemerkt?
Ist dir etwas im Gedächtnis geblieben, ein Merkmal, ein Detail?"

Der Alte ertappte sich dabei, sich nun die stereotype Fragerei
eines Kommissars zu eigen gemacht zu haben,
wie sie fast immer in Krimis anzutreffen ist.

"Ja, ich habe etwas gesehen als sie mich ans Geländer und
meinen Kopf nach unten gedrückt haben", antwortete sie.

"Ich konnte ihre Schuhe erkennen. Es waren Turnschuhe.
Einer der beiden Männer hatte blau und grau geringelte Strümpfe an.
Er hatte das rechte Hosenbein ein Stück hochgekrempelt,
vielleicht wegen der Fahrradkette."
"Das ist alles? Mehr nicht? Überlege doch noch einmal genau.
Die Polizei wird dich sicher ebenfalls danach fragen".

"Ich fühle mich mitschuldig", sagte sie plötzlich.
Diese Aussage kam für den Alten völlig überraschend.
"Hätte ich nicht diesen Weg über die Brücke genommen ..."
"Moment", unterbrach der Alte, um sie zu beschwichtigen.
"Es kann doch sein, dass sie deine Wege kannten,
weil sie dich vielleicht schon länger beobachtet hatten.
Sie hätten dich möglicherweise auch woanders überfallen."

" Ich fühle mich mitschuldig", wiederholte sie hartnäckig
und bekam einen trotzigen Gesichtsausdruck.
"Ich hätte einen anderen Weg nehmen können.
Ich hätte die Geige im Konzerthaus lassen können.
Das könnt ihr hier im Westen nicht verstehen",
sagte sie nach einer kurzen Pause.
Der Alte spürte, wie ernst es ihr mit dieser Aussage war.
"Ihr hier im Westen sucht ja Schuld und Verantwortung immer nur
bei den anderen Menschen. Wir in Asien denken anders.
Wir verlangen mehr von uns selbst.
Nur der Primitive stellt immer Forderungen an die anderen.
Das hat *Meister Kon-Fu-Tse* schon vor über zweitausend Jahren
gelehrt und damit unser Denken und Handeln bis heute beeinflusst."

Es gab ja noch vielerlei Fragen,
die für den Alten noch nicht beantwortet waren.
Aber er bemerkte durchaus, wie mitgenommen Sun aussah
von der emotionalen Schilderung der Ereignisse.
Daher hielt er es für besser, sie zunächst nicht weiter zu strapazieren.
Das Wichtigste war außerdem, sie nach Hause zu holen.
Als er sich verabschiedete, küsste er noch einmal ihre Hand.

"Kopf hoch!" sagte er. "Ich werde alles versuchen,
die Leute hier im Krankenhaus zu überzeugen,
damit du bald wieder herauskommst.
Wenn du einverstanden bist, werde ich mich für dich verbürgen."
Bevor er das Zimmer 34 verlies, schaute er sich noch einmal um.
Sun lächelte, aber dieses Mal war es ein anderes Lächeln,
welches der Alte bisher nicht kannte.
Ein Lächeln voller Vertrauen, Zuneigung und Dankbarkeit.
Ein Lächeln, das aus ihrem tiefsten Innern zu kommen schien.
Zum ersten Mal hatte er das Gefühl, dass es wirklich echt war.

"Es gibt meiner Ansicht nach keine Hinweise auf Suizid",
hatte der Alte beim Hinausgehen zu der Oberschwester gesagt,
nachdem er ihr die Vorfälle, welche er soeben erfahren hatte,
kurz und sachlich geschildert hatte.
"Wenn sie draußen ist, werde ich besser auf sie aufpassen", sagte er.
Dabei konnte er ein leichtes Schmunzeln nicht völlig unterdrücken.
"Darauf können Sie sich verlassen!"
"Ich werde mit den Ärzten sprechen", antwortete sie trocken,
distanziert und fast schon ein wenig unterkühlt.
"Sie hören von uns."

Teil II

1

Die letzten Stunden hatten den Rasenmähern gehört,
und es hatte lange gedauert, bis sie wieder verstummt waren.
Der Alte hatte in der Küche die Spuren seines Frühstücks beseitigt
und damit begonnen, das Mittagessen vorzubereiten.
Seit langem hatte er sein Frühstück wieder allein, ohne Sun,
eingenommen, an diesem sonnigen Morgen.
Dann war er noch einmal am Küchentisch eingenickt
und von diesem furchteinflößenden Traum
mit der zersplitterten Geige heimgesucht worden.
Nun saß er wieder auf der Couch im Wohnzimmer,
mit seinem Kaffeebecher und dem Französischbuch,
und erwartete Suns baldige Rückkehr.

Den ganzen Morgen über hatte er in dem Sammelsurium
seiner Erinnerungen voller bunter und schwarz-weißer,
scharfer und verschwommener Bilder gestöbert.
'Wie viel aber mag noch dort unten schlummern,
in tiefsten geheimnisvollen Regionen der Hirnwindungen,
zu denen ich keinen Zugang habe', dachte er sich.

In der Zwischenzeit hatte er die Vorhänge zugezogen,
weil die Sonne nun zu grell und
es im Zimmer inzwischen zu heiß geworden war.
"Peux-tu te, peux-tu, peux-tu te présenter un peu",
begann er erneut laut vor sich hin zu sprechen
und verhaspelte sich abermals,
wie schon so viele Male vorher.

2

In diesem Augenblick wurde der Alte durch ein
hemmungsloses Gekeife von nebenan aufgeschreckt.
Wahrscheinlich war die Nachbarin wieder wie eine Furie
auf ihren Sohn losgegangen, welcher schon über fünfzig war,
aber immer noch im Hause seiner Eltern lebte.
"Er findet einfach keine Frau",
hatte sie einmal versucht, es dem Alten zu erklären.
"Die Frauen von heute taugen einfach nichts mehr!"
'Daran wird es wohl gelegen haben', hatte er sich gedacht
und sich über die ironische Form seines Gedankens gewundert.
'Es würde mich wirklich brennend interessieren,
ob sie tatsächlich glaubt,
ich würde ihr diese Geschichte abnehmen'.
Der Alte öffnete die Terrassentür und trat hinaus.
Nebenan waren Mutter und Sohn damit beschäftigt,
Berge von Kaminholz zu stapeln.
Ständig bekamen diese Nachbarn neue Holzlieferungen.
Rundherum, am Zaun entlang,
war das gesamte Grundstück schon voller gestapelter Holzscheite.
Wahrscheinlich stauchte sie ihren Sohn zusammen,
weil ihr irgendetwas gegen den Strich gegangen war.
'Sie behandelt ihn immer noch wie einen kleinen Jungen',
dachte der Alte.
'Außerdem, was haben diese Leute nur vor,
stellen sie sich auf Notzeiten ein, auf den nächsten Krieg vielleicht?'
Diese Frage hatte er sich schon häufig gestellt.

"Guten Morgen", grüßte die Nachbarin den Alten freundlich
und war schlagartig wie verwandelt, als sie diesen bemerkte.
"Nun ist die Mathilde auch schon sechs Wochen tot", rief sie
und machte hier eine kurze Pause.
"Sie war ja die Letzte!" und darauf:
"Wer hätte das alles gedacht!"

Der Alte hatte jedoch keine Lust, auf das Gesagte einzugehen,
zu gegenwärtig waren ihm noch die bizarren Vorkommnisse
bei der Beerdigung Mathildes.
So wandte er sich wortlos wieder ab, ging ins Haus zurück
und ließ sich erneut auf der Couch in seinem Wohnzimmer nieder.
Hier wollte er Sun erwarten, an diesem sonnigen Morgen.
Er war äußerst gespannt, ob es Neuigkeiten gab
bezüglich ihrer gestohlenen Geige.

3

'Man hatte Sun tatsächlich aus dem Krankenhaus entlassen,
was nicht unbedingt zu erwarten war', erinnerte sich der Alte,
'denn nicht alle Fragen waren schlüssig geklärt worden',
wie man sich dort auf der Station ausdrückte.
Ob diese Entscheidung auf die Initiative des Alten zurückging,
war nicht klar zu beantworten. Es war auch nicht so wichtig.
Entscheidend war doch, Sun wurde entlassen
und konnte bis auf Weiteres wieder nach Hause.
"Im Wiederholungsfall müssen wir Sie mit Sicherheit hierbehalten",
hatte die Stationsschwester Sun abschließend mit auf den Weg
gegeben, als der Alte sie abholte.
Die Schwester hatte routinemäßig hinzugefügt,
"jetzt müssen Sie aber erst einmal schnell wieder zu Kräften
kommen."
Bei der Verabschiedung hatte der Alte noch einmal ausdrücklich
betont, sich in jedem Fall kümmern zu wollen und
für Suns weitere Genesung Sorge zu tragen.

Sun hatte auf den Vorschlag des Alten, auf dem Heimweg
vom Krankenhaus direkt bei der Polizei vorbeizufahren,
um wegen des Überfalls und der gestohlenen Geige
Anzeige zu erstatten, überraschend zögerlich reagiert.
"Dann hast du es hinter dir", argumentierte er.
Dieser Satz schien ihr wenig überzeugend zu sein.
Sun schwieg zunächst, und der Alte spürte durchaus,
dass sie nur aufgrund des asiatischen Höflichkeitsgebots
nicht widersprach.
"Ist es wegen Kung-Fu-Tse?" fragte er nun,
denn Sun hatte sich ja mitverantwortlich gefühlt
an dem Überfalls auf der Brücke. Weiterhin schwieg sie nur.
"Du hast kein Vertrauen in die Polizei, nicht wahr?"
Der Alte hätte in gewisser Weise sogar Verständnis
gehabt für diese Einstellung, dachte er doch an die erschreckende
Zunahme von Wohnungseinbrüchen und die extrem niedrige
Aufklärungsrate.

"Vor vielen Jahren hat es in meinem Land durch Polizei und Militär
schreckliche Gewaltaktionen bis hin zu Massakern gegeben",
erklärte sie nun überraschend.
"Der Diktator hatte das Kriegsrecht verhängt.
Gegen sein eigenes Volk. Viele Menschen starben.
Die genaue Zahl der Opfer jedoch ist bis heute nicht bekannt.
Ich war zu jener Zeit noch ziemlich jung,
aber so etwas vergisst man sein Leben lang nicht.
Das Vertrauen in diese staatstragenden Institutionen ist dann,
gelinde gesagt, dauerhaft zerstört."
"Das verstehe ich gut", erwiderte der Alte nachdenklich.
"Ich indes habe einmal eine ganz andere, eine positive Erfahrung
mit der Polizei gemacht, die ich dir unbedingt erzählen möchte.
Es muss 1967 oder 1968 gewesen sein.
Damals begannen alte, unverbesserliche Nazis sich wieder
in der Öffentlichkeit zu zeigen.
Zunehmend schlossen sich ihnen auch junge an.
"Schon damals?" fragte Sun erstaunt.
"Ja, schon damals!" erwiderte der Alte.
"Ich habe nämlich als jugendlicher Student an einer Demonstration
am Hermannsdenkmal im Teutoburger Wald
gegen die Sonnenwendfeier rechtsextremer Gruppen teilgenommen.
Dabei wurden einzelne Demonstranten von diesen gewaltbereiten
Radikalen mit Drahtschlingen angegriffen.
Zum Glück war die Polizei in der Nähe und konnte Schlimmstes
verhindern. Sonst hätte es wahrscheinlich sogar Tote gegeben.
Bei diesem Anlass war die Polizei tatsächlich unsere Rettung.
Ich werde dies hoffentlich niemals vergessen!"
sagte der Alte und spürte deutlich,
dass seine Erzählung bei Sun nicht ohne Eindruck geblieben war.

"Es ist wirklich unerlässlich die Anzeige zu machen,
allein wegen der Versicherung", setzte der Alte fort.
"Viel schwerer jedoch wiegt der Mordversuch, wie ich finde.
Man muss doch versuchen, jene Leute aufzuspüren,
um sie zur Rechenschaft zu ziehen
und sie an weiteren kriminellen Handlungen zu hindern.

Nur wenn du eine Anzeige machst, hast du eine Chance,
eventuell auch deine Geige wiederzubekommen.
Es muss sein, es muss sein!", skandierte der Alte überdeutlich,
nach einer kurzen Unterbrechung, in der Art eines Sprechgesangs.
Sun lächelte verständnisvoll,
hatte sie doch die Anspielung auf den letzten Satz
des *Streichquartetts* von *Beethoven 21)* deutlich verstanden und
nun ihren Entschluss gefasst, auch wenn es schwer fiel.

21) L. v. Beethoven, opus 135 ('Der schwer gefasste Entschluss')

4

Ein Taxi hatte das Mädchen Sun und den Alten
vom Krankenhaus direkt zum Polizeirevier gebracht.
Der Alte konnte sich noch an jedes Detail genau erinnern.
"Wir möchten eine Anzeige machen",
hatte Sun bei der Anmeldung an der Rezeption
auf die Frage des Beamten, ob er helfen könne, geantwortet.
"Eigentlich sogar zwei Anzeigen", ergänzte der Alte.
"Zimmer 305, dritte Etage", erhielten sie lapidar zur Antwort.

"Setzen Sie sich. Dann erzählen Sie mal, was passiert ist",
forderte sie der Beamte im Zimmer 305 auf.
Sun begann nun, den Überfall auf der Brücke zu schildern,
sachlich und kontrolliert, ohne die emotionalen Ausbrüche,
wie sie der Alte im Krankenhaus bei ihr erlebt hatte.
Während Suns Schilderungen tippte der Beamte alles
mühsam mit zwei Fingern in seinen Computer und
wiederholte dabei, fast buchstabierend, jedes Wort.
Immer wieder bremste er Sun, mahnte sie zur Langsamkeit.
Er konnte ihr einfach nicht folgen mit seinen zwei Fingern.

Als sie beim Diebstahl der Geige angekommen war,
blickte er zum ersten Mal auf und grinste über das ganze Gesicht.
"Es war sicherlich eine *Stradivari,* nicht wahr!" sagte er,
und es klang durchaus ein wenig spöttisch.
Anscheinend wollte er zum Ausdruck bringen,
dass er schon einmal etwas über *Stradivari*
und die unfassbaren Summen gehört hatte,
zu denen dessen Geigen gehandelt wurden.
Er hielt es natürlich nicht für wahrscheinlich,
dass Sun eine solche Geige besitzen könnte.
"Wissen Sie", mischte sich nun der Alte ein,
"es gab und gibt noch viele andere hervorragende Geigenbauer,
deren Instrumente auch sehr wertvoll sein können."
"Wie hoch ist denn der Wert des gestohlenen Instruments?"
"So viel wie ein Einfamilienhaus", entfuhr es dem Alten.

"Oder wie ein Porsche Carrera GT", fügte Sun hinzu,
"als Cabrio, in gehobener Ausstattung natürlich."
Der Beamte schaute Sun für einen Moment erstaunt an.
Er wunderte sich anscheinend, dass sie sich mit Autos auskannte.
Vielleicht fühlte er sich auch nicht wirklich ernst genommen.
"Mein Traumauto", fügte Sun erklärend hinzu und lächelte.
"Aber die Geige ist mir viel wertvoller und wichtiger.
Ich würde sie niemals gegen ein oder mehrere Autos tauschen.
Ohne meine Geige ist mein Leben absolut sinnlos,
und das könnte ich von einem Auto niemals sagen."

Das Gesicht des Beamten hatte nun einen völlig ratlosen Ausdruck
angenommen.
Dies war ganz offensichtlich eine fremde Welt für ihn.
"Nun gut", antwortete er schließlich,
"wir brauchen auf jeden Fall einen Kaufvertrag
oder etwas Vergleichbares, eine Bescheinigung der Versicherung
oder, wenn Sie darüber verfügen, ein Wertgutachten.
Sie können diese Unterlagen bei Gelegenheit nachreichen.
Eines kann ich Ihnen aber jetzt schon sagen:
Ich kann Ihnen nicht viel Hoffnung machen,
dass sie Ihr Instrument je wiedersehen werden."
"Wenn die Polizei mir keine Hoffnung machen kann,
wer denn dann?" Sun hatte diesen Satz sehr leise,
fast schüchtern und mit ein wenig Resignation gesprochen.

"Man wollte diese junge Frau umbringen, in den Rhein werfen",
mischte sich der Alte erneut mit Nachdruck in das Gespräch ein,
nachdem er sich seit seiner letzten Bemerkung still verhalten hatte.
"Ganz sicher?" fragte der Beamte
und zog dabei die Augenbrauen nach oben.
"Was macht Sie so sicher?"
"Es war mein Eindruck", antwortete Sun lakonisch.
Der Alte spürte deutlich, wie Suns Interesse abnahm,
diese Sache überhaupt noch weiter zu betreiben.

"Soso, aber immerhin leben Sie ja noch",
kam es kurz und trocken von dem Beamten zurück,
und er fügte weiter hinzu:
"Dann wollen wir das mal so ins Protokoll aufnehmen."
Es war mehr als deutlich, dass er ihr nicht wirklich glaubte.
Sun gab nun eine Personenbeschreibung ab,
so weit dies überhaupt möglich war,
denn außer der Maske bei dem einen
sowie Turnschuhen und Ringelsocken bei dem anderen,
hatte sie ja nichts weiter erkennen können.

Enttäuschung und Perspektivlosigkeit waren beiden,
sowohl dem Mädchen Sun als auch dem Alten,
tief ins Gesicht geschrieben.
Keiner von ihnen glaubte noch daran,
dass bei den polizeilichen Ermittlungen etwas Positives
herauskommen würde,
wenn man denn überhaupt Ermittlungen aufnahm.
Möglicherweise blieb der ganze Vorgang nichts weiter als
reiner Papierkram.
Wer interessierte sich auch schon für eine gestohlene Geige?
Hatte die Polizei nicht wahrlich Wichtigeres zu tun,
als einer gestohlenen Geige nachzuspüren?
Der Mordversuch war möglicherweise aus reiner Panik
überinterpretiert worden, Zeugen gab es ja keine,
und der Schiffsführer war wahrscheinlich nicht zu ermitteln.
Es war sowieso fraglich, ob dieser überhaupt etwas
von den Ereignissen auf der Brücke mitbekommen hatte.
Im Taxi, auf der Fahrt nach Hause,
sprachen sie kein weiteres Wort mehr über diese Sache.
Sie schienen sich auch ohne Worte einig zu sein und zu wissen,
was der jeweils andere dachte.

5

Sie waren um das Haus des Alten herumgegangen,
zu Suns Wohnung, nachdem das Taxi die beiden abgesetzt hatte.
Auch an diesem Tag war eine Horde von Raben zugegen,
welche auf den Baumspitzen ringsherum hockten,
als hätten sie sich hier zu einer Art Begrüßung versammelt,
denn ihr Gekrächze klang dieses Mal viel weniger aufgeregt
als zu dem Zeitpunkt, da der Alte Sun gefunden hatte.
"Die Raben haben dich gerettet", hatte der Alte gesagt.
Sun schaute verständnislos zu ihm hinüber.
"Sie haben mich gewarnt.
Sie haben nicht aufgehört, Rabatz zu machen,
bis ich das Gefühl bekam,
dass irgendetwas nicht stimmte.
Es kam mir so vor, als hätten sie mit ihren Schnäbeln
immer wieder in deine Richtung gezeigt."
Nun schaute Sun den Alten ganz und gar ungläubig an.
"Rabenvögel sind wunderliche Geschöpfe", setzte er fort,
"auch wenn sie bei uns keinen guten Ruf genießen.
Sie sind tatsächlich in der Lage, hinweisende Gesten auszuführen,
was bei den höher entwickelten Menschenaffen nur sehr selten
vorkommt."
Sun wusste nicht recht, was sie davon halten sollte.
"Aber als dich die Rettungsleute abholten", so der Alte,
"waren die Raben verschwunden.
Dies war schon sehr merkwürdig.
Vielleicht aber war alles nur purer Zufall."
Suns Fahrrad lag nicht mehr auf dem Boden, dort vor der Tür.
Der Alte hatte es aufgehoben und an die Wand gelehnt.
Nun schloss Sun die Tür auf, welche der Alte abgesperrt hatte,
mit Hilfe des Ersatzschlüssels, den er für sie verwahrte.
"Die Tür war nicht verschlossen, als ich dich fand",
sagte er, aber Sun strebte schon vorwärts in ihre Wohnung und
setzte sich dort sogleich in ihren innig geliebten Schaukelstuhl,
einer wundervoll geschwungenen indonesischen Arbeit aus Rattan,
welcher knarrte und quietschte, wenn man sich darin bewegte.

Das Buch, das noch auf dem Schaukelstuhl lag,
hatte sie neben sich auf den Boden gelegt,
und neugierig, wie der Alte schon immer und immer noch war,
konnte er den Titel erkennen. Es hieß *Kreisleriana -
Johannes Kreislers, des Kapellmeisters, musikalische Leiden 22)*
und war wohl das letzte Buch, in dem Sun gelesen hatte.
"Hier in diesem Schaukelstuhl meditiere ich, träume ich,
denke ich nach, entspanne mich, lese ich und
studiere Noten, zunächst ganz ohne Instrument",
hatte sie einmal dem Alten erklärt.

"Ich habe ein wenig aufgeräumt", sagte der Alte etwas verlegen
und nahm auf der Bettkante Platz.
"Als ich dich fand, lag dein Fahrrad draußen am Boden.
Deine Lederjacke war nicht so sorgfältig aufgehängt wie sonst,
und deine Ballerina-Schuhe waren chaotisch hingeworfen."
Eigentlich wollte er, in der Absicht sie aufzuheitern, noch sagen,
er habe sich von den 'Übe-Euros' eine kleine Summe ausgeliehen
und würde sie ihr bei Gelegenheit zurückgeben,
einschließlich ortsüblicher Zinsen natürlich.
Aber der Alte hatte schon früher mehrfach die Erfahrung gemacht,
dass Sun Ironie einfach nicht verstand
und darüber auch nicht lachen konnte.
Sie nahm alles so, wie man es sagte.
Offenbar war die rhetorische Form der Ironie,
diese besondere Art von Humor, in ihrem Kulturkreis nicht geläufig.

"Ich habe Angst, dass sie hierherkommen", sagte sie plötzlich.
Diese Angst war tatsächlich in ihrem Gesicht abzulesen,
besonders an ihren Augen und den weit geöffneten Pupillen.
Warum hast du denn nicht hinter dir abgesperrt?"
wiederholte der Alte hartnäckig seine Frage.
Da Sun nicht reagierte, fügte er ergänzend hinzu:
"Und wie ging es denn weiter, nach dem Überfall?"

22) E.T.A. Hoffmann

Sun pendelte mit ihrem Schaukelstuhl vor und zurück.
Diese Bewegung schien sie tatsächlich etwas zu beruhigen.
"Ich bin gerannt, zitternd, voller Panik,
mit dem Gefühl, gerade dem Ertrinken entkommen zu sein
und verzweifelt wegen des Verlustes meiner Geige.
Ich bin gerannt und gerannt, bis ich ein Taxi fand,
das mich zu meinem Fahrrad an der Straßenbahn brachte.
Vor meiner Wohnungtür habe ich dann mein Fahrrad hingeworfen.
Ich war völlig durcheinander und hatte Mühe aufzuschließen,
so sehr zitterten meine Hände.
Ich habe mir die Lederjacke vom Leib gerissen
und sie über den Haken geworfen,
habe hektisch meine Schuhe von mir geschleudert,
habe die Tür hinter mir abgesperrt,
die Fensterläden heruntergelassen
und mich in meiner Hängematte versteckt.
Stunden später habe ich die Tür wieder geöffnet.
Ich dachte mir, sollten die beiden kommen und mich finden,
müssten sie nicht auch noch die Tür aufbrechen.
Und so habe ich gewartet, tagelang, allein mit meiner Angst,
und mich nicht mehr aus der Wohnung hinausgetraut."

Erneut, wie seinerzeit, als er Suns Wohnung betreten hatte,
zog das Bild mit dem schwarzen Rahmen den Blick des Alten
magisch auf sich.
Jedoch schien es ihm nicht der richtige Zeitpunkt zu sein,
um sie nach dessen Bedeutung zu fragen.
Er nahm sich vor, dies bei nächster Gelegenheit zu tun
und sich auch nach der übergroßen Europafahne zu erkundigen.
Stattdessen wollte der Alte gern von ihr wissen,
ob sie sich eigentlich an die Situation erinnern konnte,
als er sie in der Hängematte fand, röchelnd, stammelnd
und Fragmente einer ihm fremden Sprache von sich gebend.
"Hattest du irgendwelche Phantasien, Halluzinationen, Träume,
Wahnvorstellungen, an die du dich vielleicht entsinnen kannst?"
fragte er, und während sie weiter in ihrem knarrenden Schaukelstuhl
wippte, begann Sun zu erzählen:

6

"Ich sah vor mir eine Mauer, und in dieser Mauer war ein Tor.
Die Mauer war sehr hoch und voller schönster Ornamente.
Überall in der Mauer wuchsen verschiedene Moose und Farne,
wodurch sie sehr, sehr alt aussah.
Sie erinnerte an die Mauer eines uralten Tempels.
Und ich sah das Tor vor mir, welches auch sehr hoch war,
dazu aber ziemlich schmal, und es war klar,
nur ein einzelner Mensch würde zu einer Zeit hindurchpassen.
Und ich erkannte mehrere Stufen, nicht viele,
die zu dem Tor hinaufführten.
Das Tor stand offen, es war weit geöffnet.

Jenseits des Tores erblickte ich einen wunderschönen Garten,
das heißt, ich vermutete ihn,
denn ich erkannte jenseits des Tores einen riesigen *Frangipani 23)*,
übervoll mit gelb-weißen Blüten,
deren mächtiger, süßlicher Duft meine Sinne betörte
und mich mit verführerischer Magie zu sich lockte.
Es war unbeschreiblich hell auf der anderen Seite der Tores.
Es fühlte sich so an, als sei es dort wunderbar warm.
Ich hörte Vogelstimmen, zunächst von exotischen Vögeln,
dann aber mischten sich *Nachtigall, Wachtel* und *Kuckuck*
als *Flöte, Oboe und Klarinette* mit hinein, und ich vernahm
diese himmlische Musik aus der *'Pastorale' 24)*.

Auch hinter mir spielte eine Musik.
Es war *Das lustige Zusammensein der Landleute 24)*.
Ich kannte das Stück nur zu gut,
und die fröhliche, ausgelassene Stimmung lockte mich ebenfalls.
So gab es eine Welt vor mir, jenseits des Tores,
und es gab eine Welt hinter mir.
Ich befand mich zwischen den beiden Welten und wusste nicht,
wohin ich gehen sollte.
23) Frangipani, tropischer Baum, auch Tempelbaum genannt
24) L. van Beethoven, 6. Symphonie 'Pastorale', Sätze 3,4,5

Plötzlich war da das unheimliche Tremolo der Kontrabässe.
Es folgte eine Musik, nicht bloß wie *Gewitter und Sturm 24)*,
nein, viel schlimmer noch, es hörte sich an,
als sei meine letzte Stunde gekommen.

Dann erkannte ich den Kapuzenmann auf der anderen Seite
des Tores.
Er sah genau so aus wie der Kapuzenmann auf der Brücke.
Er streckte mir eine knöcherne Hand entgegen,
und ich bekam schreckliche Angst.
Ich vernahm einen Chor von Stimmen,
die immer und immer wieder dieses Motiv aus den drei Tönen *24)*
mit der verminderten Quinte sangen.
Es hörte sich an als sängen sie: 'Erbarmen! Erbarmen!'

Plötzlich aber sangen sie '*Vorüber! Geh, Lieber!*
und darauf '*Sanft schlafen'*,
und auf einmal erklang dieses Lied von *Franz Schubert 25)*.
In jenen Moment spürte ich:
Vor mir war der Tod, und hinter mir, bei den Landleuten,
war das Leben.
Ich wusste nicht, wohin ich mich wenden sollte.
Sodann wurde mir klar:
Ich wollte nicht durch dieses Tor hindurch
und mit einer überraschenden Wendung war alles vorüber,
und löste sich auf in den *frohen und dankbaren Gefühlen
des Hirtengesangs 24)*.

25) M. Claudius / F. Schubert "Der Tod und das Mädchen"

7

Der Alte war so ergriffen,
dass ihm *etwas Nasses in die Augen gekommen war 26)*
und er eine Weile sprachlos verharrte,
angesichts dieser symphonischen Traumcollage
aus Klängen, Düften, Wörtern und Bildern.
"Ich liebe diese *Pastorale* über alles",
sagte er schließlich und wischte sich über die Augen.
"Ja", sagte sie, denn es entsprach ihrer kulturellen Herkunft,
nicht direkt zu widersprechen, sondern auch dann 'ja' zu sagen,
wenn sie eher 'nein' meinte.
"Es hatte nichts mehr mit Kunst zu tun", sagte Sun,
"alles war real, ganz existenziell, ganz Wirklichkeit,
diese seltsame Zwischenwelt, in der ich mich befand.
Ich roch den betäubenden Duft der Frangipani-Blüten,
ich hörte die Musik, hörte den Chor singen
und sah das Tor, sah den Kapuzenmann tatsächlich vor mir.
Mit Kunst hatte das Ganze nicht mehr zu tun",
wiederholte sie ernst und nachdenklich.

26) s. H. von Kleist

8

Der Alte erhob sich von seiner Couch und ging in die Küche hinüber,
um seinen Kaffeebecher erneut aufzufüllen.
Kurz schaute er prüfend in den Kochtopf auf dem Herd
und kehrte unverzüglich wieder zurück,
auf seinen Lieblingsplatz im Wohnzimmer,
von wo er den Garten vollständig überblicken konnte.
Er wollte sich noch einmal an alles erinnern
was er in den letzten Wochen mit Sun erlebt hatte,
bevor sie dann endlich zurückkommen würde,
an diesem sonnigen Morgen,
möglicherweise mit einigen Neuigkeiten,
so hoffte er jedenfalls. -

9

"Ich habe Angst, dass sie mich suchen ...,
dass sie hierher kommen..., dass sie mich finden und dann ..."
Sun hatte diesen Satz nicht zu Ende gesprochen.
"Bitte, lass mich nicht allein", hatte sie gesagt.
Es klang nun nicht nur bittend, es klang schon fast flehentlich.

"Bitte erzähl mir eine Geschichte", bat das Mädchen Sun
nun auf eine kindliche, sehnsüchtige Weise
mit einem unsicheren, ängstlichen Gesichtsausdruck,
welcher mit ihrem früheren Prinzessinnen-Lächeln
nichts mehr gemein hatte.
Währenddessen schaukelte sie mit ihrem Schaukelstuhl
gleichmäßig und geräuschvoll vor und zurück.
"Eine Geschichte?"
Der Alte war völlig überrascht. Außerdem war es das erste Mal,
dass sie den Alten duzte, und sie tat es wie selbstverständlich,
als wäre es nie anders gewesen.
"Ich habe, seit meine Kinder klein waren,
und das ist eine Weile her, keine Geschichten mehr erzählt."
"Dann erzähl' mir von dir, aus deinem Leben,
und wie alles anfing zum Beispiel."
"Wie alles anfing?" wiederholte der Alte,
um etwas Zeit zum Nachdenken zu gewinnen.
Er erhob sich von der Bettkante und dachte dabei an *Kleist* [27].
"L'idée vient en parlant", murmelte er leise vor sich hin.
"Wie alles anfing mit mir?" wiederholte er noch einmal laut
und wusste noch immer nicht recht, was er sagen
und wie es weitergehen sollte.
"Nun, mit Zeugung und Befruchtung natürlich,
so wie es meistens der Fall ist",
sprudelte es plötzlich aus ihm heraus.

27) H. von Kleist, Über die allmähliche Verfertigung der Gedanken beim Reden"

Der Alte schmunzelte dabei.
Er hatte den Ansatz gefunden und
hielt ihn auch noch für eine ziemlich gute Bemerkung,
während das Mädchen Sun keine Miene verzog.
"Allerdings haben intensive Nachforschungen ergeben",
fuhr der Alte fort, "weder die Wetterdaten im Februar 1948,
dem Monat meiner Zeugung,
noch die häuslichen, wirtschaftlichen und politischen Umstände
waren besonders geeignet für eine Fortpflanzung."
Während dieser Bemerkung hatte der Alte erneut
auf der Bettkante Platz genommen.
"Nun, immerhin war das Haus in der Alten Landstraße Nummer 48,
mit der kleinen 2 Zimmer-Wohnung plus Küche im 2. Stock,
welche schon von meinen Großeltern mit ihren vier Söhnen
bewohnt worden war, im Krieg unbeschädigt geblieben.
Man war also zu jener Zeit froh, überhaupt ein Dach über dem Kopf
zu haben und so in gewisser Weise nicht unzufrieden
und an die beengten Verhältnisse gewöhnt.
"Wie klein war denn die Wohnung? Wie sah sie aus?"
wollte Sun wissen.
Dem Alten war natürlich bekannt, dass die Wohnungen in Suns
Heimat in der Regel auch nicht sehr groß waren.

"Also...", antwortete der Alte zögerlich,
denn nach Möglichkeit hätte er dieses Thema lieber gemieden.
Er erinnerte sich, wie sehr er sich in seiner Jugend geschämt hatte
wegen dieser engen Behausung.
Er hatte sogar einmal seinen Wohnsitz verleugnet,
gegenüber einem Mädchen,
in das er damals sehr verliebt gewesen war.
"Also, die Wohnung bestand aus einem Wohnzimmer
mit einem großen Kachelofen, einem Schlafzimmer,
einem engen Flur,
einer nicht besonders geräumigen Küche mit einem Herd,
auf welchem noch über dem offenen Feuer gekocht wurde,
einer Speisekammer und einem kleinen Balkon zum Hinterhof.

Zum Zeitpunkt meiner Zeugung lebten dort:
mein Großvater, mein halbwüchsiger Onkel, meine Schwester,
die im September 1946 geboren worden war,
sowie meine Eltern."

"Hast du eine Idee, wo du gezeugt worden bist?"
Der alte Mann war völlig überrascht angesichts der Direktheit
und Unbefangenheit, mit der sie dies fragte.
"Darüber habe ich nie nachgedacht."
Der Alte wirkte etwas verlegen bei dieser Antwort.
"Warum willst du das wissen, Sun?"
"Weil ich genau das bei mir nicht weiß", antwortete sie
und fügte bekräftigend hinzu, "gar nichts weiß ich darüber."
"Welche Plätze und Gelegenheiten kamen denn überhaupt infrage?"
setzte er fort, als sei dies nun ein Selbstgespräch.
"Draußen der Schrebergarten und der Vliehberger Wald
schieden aufgrund der Witterungsverhältnisse aus.
Der Keller war gänzlich ungeeignet.
Er war dreckig vom Kohlenstaub und Kartoffelerde,
es gab nicht einmal elektrisches Licht,
außerdem konnte man jederzeit gestört werden.

Aber das Schlimmste am Keller waren sicherlich
diese Erinnerungen an die Bombennächte,
als man dort unten zitternd vor Angst hockte
und ständig damit rechnen musste, verschüttet zu werden.
Jeder nächste Augenblick konnte der letzte sein.
Nein, der Keller kam für ein Liebesspiel wirklich nicht in Frage.
Dann war da auf halber Höhe zwischen zwei Etagen das Klo,
welches zu der Zeit noch ein richtiges 'Plumps-Klo' war.
Weißt du, was ich meine?" Das Mädchen Sun lächelte.
Allerdings war der Alte sich nicht sicher,
ob sie wirklich Bescheid wusste,
oder nur aus asiatischer Höflichkeit lächelte.
"Dieses 'Örtchen' möchte ich mir ganz einfach nicht
als Platz meiner Zeugung vorstellen."

Bei diesen Worten sah das Gesicht des Alten so aus,
als habe er gerade eine Zitrone verspeist.
"Blieb da noch die Waschküche oben unter dem Dach.
Hier wurde einmal im Monat ein großer Wasserkessel angefeuert,
um Wäsche zu waschen.
Gleichzeitig war Badetag für die ganze Familie.
In einer Zinkbadewanne wurden alle Familienmitglieder gesäubert,
erst die Kinder, später die Erwachsenen,
oftmals in ein und demselben Badewasser.
Hier war es zwar zumindest warm,
doch war der Raum mit seinen weiß gekalkten, kahlen Wänden,
an denen an etlichen Stellen die Farbe abgeblättert war,
von äußerst unromantischer Kargheit und kühler Sachlichkeit.
Es spricht also nun doch vieles für das Schlafzimmer."
Mittlerweile wirkte das Mädchen Sun angestrengt.
Ihre Augen sahen müde aus.
Gleichzeitig beobachtete der Alte, wie sehr sie sich Mühe gab,
ihre Schläfrigkeit nicht erkennen zu lassen.
Er wollte jedoch seinen einmal begonnenen Gedankengang
vor allem auch für sich selbst zu Ende bringen,
bevor er sie in Ruhe lassen würde.
"Vieles spricht für das Schlafzimmer", wiederholte der Alte,
"dort, unter den schweren Federbetten,
war wohl doch der gemütlichste,
vor allem wohl der wärmste von allen erwähnten Möglichkeiten.
Man kann wahrscheinlich davon ausgehen,
dass der Zeugungsakt überwiegend leise
und verhältnismäßig zügig verlief.
"Tja", seufzte der alte Mann tief,
"in dieser Wohnung wurde ich vermutlich gezeugt,
in dieser Wohnung wurde ich geboren, das steht fest.
Ich war nämlich eine Hausgeburt,
so wie es viele andere Menschen in der damaligen Zeit waren.
Ich möchte nicht dabei gewesen sein!"
Bei diesen Worten schmunzelte der Alte über sich selbst.

"Wieso denn das?" wunderte sich das Mädchen Sun.
"Aber du warst doch dabei!"
Der Alte musste lachen und bereute es im nächsten Moment,
denn Sun verstand ja keine ironische Rhetorik.
"Ja, natürlich war ich dabei. Ich wollte damit nur sagen,
vermutlich war es ziemlich schlimm."
"Woher kannst du das wissen?" hakte sie neugierig nach.
"Ich bin mir sicher, dass ich ein Geburtstrauma habe.
Wenn ich durch lange Tunnels fahre, vor allem mit dem Auto,
und der Verkehr verlangsamt sich, weil sich dort ein Stau bildet,
dann drehe ich fast durch. Einmal musste ich in eine CT Röhre,
mit dem Kopf voraus, es war schrecklich,
und es dauerte lange, bis ich mich wieder beruhigt hatte.
Außerdem hasse ich Aufzüge und meide sie nach Möglichkeit."
Die Stimme des Alten war zuletzt etwas heiser geworden.
Seit längerer Zeit hatte er nicht mehr so viel am Stück geredet.

"Was an deiner Erzählung war nun eigentlich *Dichtung*
und was war *Wahrheit 28)?"* wollte Sun damals wissen.
"Oder hat sich alles so zugetragen, wie du es erzählt hast?"
Wieder einmal staunte der Alte darüber, wie gut sie sich
in der Kultur ihres Wahl- und Gastlandes auskannte.
"Vielleicht war es so, vielleicht war es aber auch nicht so",
antwortete er mit einem verschmitzten Lächeln
und dachte dabei an den unvergleichlichen *Georg Büchner 29)*.

"Du hast ein müdes Gesicht, Sun, und ich glaube, ich werde jetzt..."
Doch an dieser Stelle unterbrach sie den Alten.
"Kannst du bitte bei mir bleiben, ich habe Angst,
hier einsam und allein in meiner Wohnung zurückzubleiben",
bat sie ihn erneut.
Ihre Müdigkeit war plötzlich, wie mit einem Schlag verschwunden.
Dann fügte sie hinzu: "Ich habe Hunger."

28) J. W. von Goethe, Autobiografie "Dichtung und Wahrheit"
29) G. Büchner (Leonce und Lena)

"Das freut mich zu hören. Es ist ein gutes Zeichen
und ein Beweis dafür, dass du auf dem Weg der Besserung bist.
Ich verstehe absolut, dass du nicht allein bleiben kannst,
solange die ganze Angelegenheit nicht geklärt ist."
Bei diesen Worten musste der Alte an sein gegebenes Versprechen
denken, gut auf sie aufzupassen.
Er konnte sie also unmöglich sich selbst überlassen.

"Ich möchte dir einen Vorschlag machen", sagte er.
"Oben bei mir ist Platz genug für uns beide.
Dort kannst du erst einmal bleiben, dich einrichten
und vor allem dich sicher fühlen,
und oben können wir auch gemeinsam etwas essen.
Worauf hast du Appetit?"
Der Alte erwartete nun natürlich irgendein asiatisches Gericht,
eine gemischte Wok-Pfanne zum Beispiel oder etwas Ähnliches,
aber in jedem Fall ein Reisgericht. Er überlegte schon,
was er an möglichen Zutaten hierfür im Hause hatte.

10

"Sauerkraut! Ich habe große Lust auf Sauerkraut!"
hatte Sun geantwortet, und ihr Gesicht strahlte vor Begeisterung.
"Ich liebe Sauerkraut mit Knödeln oder auch mit Kartoffelbrei."
Dem Alten blieb der Mund offen stehen,
denn sofort fiel ihm wieder der Moment ein,
als er neben der Hängematte begonnen hatte,
das *'Lied vom Sauerkraut'* zu singen, aus lauter Verlegenheit.
Hatte sie doch etwas davon mitbekommen?
Sollte es hier etwa einen Zusammenhang geben,
vielleicht ohne dass sie sich selbst dessen bewusst war?
Der Alte wollte sich diese Gedanken nicht anmerken lassen
und bemühte sich um einen gelassenen Gesichtsausdruck.
Die Erinnerung an diese Situation war ihm noch immer
unangenehm.

"Sauerkraut ist bei uns etwas aus der Mode, leider und zu Unrecht,
wahrscheinlich ist es verpönt als 'Arme-Leute-Essen'.
Dabei ist es ein wahres Superlebensmittel, welches
in vielen verschiedenen Variationen zubereitet werden kann",
begann der Alte zu dozieren, nachdem er Sun das Zimmer gezeigt
hatte, in dem sie nun erst einmal bleiben sollte.

"Der Wasserdoktor Pfarrer Kneipp hat sogar eine Sauerkrautdiät
entwickelt, weil dieses Zeug so enorm gesund ist.
Man kann es roh essen, als Salat, als Suppe, als Auflauf,
als Sandwich, als Sauerkraut Pizza und sogar
als süße Sauerkrautspeise.
Außerdem gibt es typische regionale Unterschiede in der Art der
Zubereitung.
Im Elsass beispielsweise, wo es *'choucroute'* heißt,
wird das Kraut mit 'Riesling' Weißwein gekocht,
und man serviert es mit großen Mengen Fleisch und Würsten.
In Bayern bereitet man es mit Speck und Kümmel zu.
Die Nationalspeise in Böhmen ist Schweinebraten,
Knödel und Sauerkraut mit karamellisiertem Zucker.

Auch in Polen ist Sauerkraut ein Nationalgericht.
Dort nennt man es *Bigos* und fügt Pilze sowie Pflaumen hinzu.
Das gleiche Gericht gibt es in Weißrussland und in der Ukraine.
In Ungarn vermengt man Sauerkraut mit Gulasch und
natürlich einer Menge Paprika zum *Szegediner Gulasch*.
In den USA verwendet man viel Knoblauch
schon beim Einlegen des rohen Krauts.
Man sieht also, Sauerkraut ist eine internationale Speise
und in großen Teilen der Welt verbreitet und sehr beliebt."
"Hast du kein eigenes Rezept?" wollte Sun wissen.
"Ich mache uns erst einmal einen exotischen Salat aus
rohem Sauerkraut", erwiderte er, "mit einer asiatischen Note.
Das ist sehr einfach und schnell zubereitet.
Dann zeige ich dir, auf welche Art ich es gerne koche.
Übrigens ist es nicht schwierig, Sauerkraut selbst herzustellen.
Glücklicherweise habe ich noch ein paar Gläser davon,
denn so ist es viel besser, als es in Dosen zu kaufen."
Für den Salat lockerte er das Kraut mit einer Gabel
und vermengte es mit Orangensaft, Crème fraîche und Curry.
"Honig habe ich leider nicht im Haus, aber etwas Ahornsirup,"
stellte der Alte fest, "und ich schneide einen Apfel hinein.
Zum Glück habe ich hier frischen Koriander aus meinem Garten."
Er bat Sun, dieses aromatische Gewürz,
das leider nur von kurzer Haltbarkeit ist,
nun mit einem Wiegemesser zu zerkleinern.
Nachdem alles gut durchmischt war,
stellte er den Salat auf die Seite.
"Das Ganze lassen wir jetzt noch einige Zeit durchziehen."
Der Alte suchte nun weitere Zutaten zusammen und setzte fort:
"Viele unserer 'europaabtrünnigen' englischen Freunde,
nennen uns Deutsche ja immer noch abfällig 'the Krauts'.
Dabei ist Sauerkraut gar keine deutsche Erfindung.
Angeblich kommt es ursprünglich aus China.
Auch die Griechen und Römer kannten es wohl schon.
Neben Salzen und Trocknen war die Milchsäuregärung
damals die dritte Art, Lebensmittel zu konservieren."

Der Alte bat Sun, jetzt zuerst die Zwiebeln zu zerkleinern.
"Außerdem", fuhr er fort,
"war es der englische Seefahrer und Entdecker James Cook,
der Sauerkraut in großen Mengen auf seine Seereisen mitnahm.
Es half gegen die gefährliche Vitamin-C-Mangelerkrankung
'Skorbut', obwohl er damals noch nicht wusste, warum dies so war.
Auch in Kriegen hat Sauerkraut eine wichtige Rolle gespielt,
zum Beispiel bei Napoleon und auch im Ersten Weltkrieg."
Sun gab die geschnittenen Zwiebeln in einen Topf mit Öl,
und der Alte begann, sie anzubraten.
"Ich liebe allein schon den Geruch von gebratenen Zwiebeln",
schwärmte Sun, während sie Knoblauch klein hackte,
und alles schien ihren Appetit weiter anzuregen.
Nachdem die Zwiebeln gut gebräunt waren,
fügte der Alte den zerkleinerten Knoblauch hinzu
und löschte nach kurzer Zeit alles mit Weißwein ab.

"Das ist die elsässische Note an meinem Rezept", so der Alte,
dem es offensichtlich gefiel, gemeinsam mit Sun zu kochen.
"Nun das Sauerkraut in den Topf hinein", wies er sie gut gelaunt an,
"und das Ganze schön auflockern.
Normalerweise schneide ich auch hier einen Apfel hinein,
aber das dauert mir jetzt zu lange.
Ein guter Schuss Apfelsaft tut es auch,
und ich fülle mit Brühe und Wasser auf.
Nun fehlt noch der Kümmel, die bayrische Note sozusagen,
aber der Speck bleibt heute weg.
Jetzt geben wir Lorbeerblätter und Wacholderbeeren hinzu.
Zum Schluss reibe ich eine Kartoffel hinein,
damit alles etwas sämiger wird.
Wir lassen es eine Weile schonend kochen", erklärte er.
"Dabei darf es ruhig ein wenig am Boden des Topfes anhängen.
Das intensiviert den Geschmack.
Wie du siehst, habe ich eine größere Menge vorbereitet.
Man kann es nämlich sehr gut einfrieren.
Aufgewärmt schmeckt es dann noch besser."

11

Der Alte schreckte auf und war sofort hellwach.
Es hatte geklingelt.
'Sollte Sun schon zurück sein, zu dieser frühen Zeit?'
Er schaute irritiert auf seine Armbanduhr.
Eigentlich rechnete er noch nicht mit ihrer Rückkehr.

"Guten Tag", begrüßten zwei Frauen den Alten, gleichzeitig
und völlig synchron, schon fast übertrieben freundlich,
als der Alte die Haustür öffnete, und ihm fiel sofort auf,
dass beide etwas altmodisch gekleidet waren.
"Wir kommen von der *Gemeinschaft der wahren Christen.*
Haben Sie schon einmal über den Tod nachgedacht
und über das, was danach kommt?" fragte die Ältere der beiden,
die eine Bibel mit beiden Händen fest umklammert hielt.
"Woher wissen Sie, was danach kommt?"
"Wir glauben, entweder ewiges Leben oder ewige Verdammnis."
"Höllenqualen, nicht wahr?" erwiderte der Alte.
"Warum nur macht ihr Christen den Menschen solche Angst?!"
"Ja", sagte die junge, die erst um die zwanzig war,
"ewige Höllenqualen oder ewiges Leben, und Sie entscheiden."
"Und die Plätze im Paradies kann man nur über Euch buchen,
nicht wahr?" Sichtlich genoss der Alte seinen Spott.
Die beiden Frauen schauten ihn irritiert an.
"Dürfen wir hereinkommen?
Dann können wir viel besser miteinander reden."
"Nein, das dürfen Sie nicht", gab er kühl zurück.
Der Alte wusste genau, wenn sie erst einmal im Haus waren,
ließen sie nicht locker, und man wurde sie nicht wieder los.
"Sie glauben nicht an Gott und an die Kirche Jesu Christi?"
"Es ist durchaus verständlich, eine Gottheit anzunehmen,
wie es schon *Platon, Aristoteles, Varro* und *Augustinus*
mit ihrer *'theologia naturalis'* meinten,
aber die Institution Kirche ist etwas ganz anderes.

Kirche ist Menschenwerk und mit allen Fehlern behaftet,
deren der Mensch fähig ist, und die Angst ...",
an dieser Stelle zögerte der Alte, bevor er fortsetzte,
"die Angst war schon immer das erfolgreichste Mittel
zur Ausübung von Macht. Auf Wiedersehen!"
Die junge Frau zupfte bei der Älteren unauffällig am Ärmel.
Ihr schien die Lust schon vergangen zu sein,
und sie spürte, dass es aussichtslos war,
hier weiterhin missionieren zu wollen.
"Hoffentlich müssen Sie für ihre Einstellung einmal büßen",
schob die Ältere bissig hinterher
und warf dem Alten im Weggehen einen bösen Blick zu.

Auf die Couch zurückgekehrt, ärgerte sich der Alte noch eine ganze
Weile, insbesondere über diese letzte Bemerkung.
Er wollte Sun von dieser Begegnung erzählen
und sie einmal nach ihren religiösen Ansichten befragen.
Nun wartete er weiter auf sie, an diesem sonnigen Morgen,
und tauchte erneut ein in die Welt seiner Erinnerungen. -

12

Sun und der Alte hatten am Esstisch Platz genommen
und begonnen, den exotischen Sauerkrautsalat zu verspeisen.
Dazu hatte der Alte ihnen einen gekühlten trockenen Weißwein
eingeschenkt.
" Riesling", sagte er, "aus der Pfalz."
Er erhob sein Glas, um ihr zuzuprosten.
"Lass uns anstoßen auf ein glückliches Ende",
ergänzte er gut gelaunt und voller Optimismus.
Der Alte war einfach froh darüber, Sun bei sich zu haben.
"Nicht alles nimmt ein glückliches Ende,
das brauche ich dir wohl nicht zu sagen, glaube ich."
"*Kon-Fu-Tse* ?" fragte er.
"Nein, eine Binsenweisheit."
Bei dieser Gelegenheit zeigte sie wieder einmal ihr
unwiderstehliches Lächeln.
Sie erhob ihr Glas und stieß mit dem Alten an.

"Jedes Mal aufs Neue staune ich über deine Deutschkenntnisse,
Sun." "Es ist doch das Wichtigste", erklärte sie daraufhin,
"wenn man in einem anderen Land lebt,
leben will, leben kann und darf,
dass man die Sprache lernt und beherrscht, so gut es eben geht.
Andernfalls versteht man vieles nicht oder gar falsch.
Man ist misstrauisch und fühlt sich ausgeschlossen.
Außerdem habe ich mich in eure großartige
und unvergleichliche Literatur gestürzt.
Ich habe sie verschlungen, wann und wo immer es sich anbot."
"Ich habe den Eindruck", und erneut wurde der Alte ernst,
"viele Menschen in Asien wissen inzwischen mehr über
unsere Kultur und bringen ihr mehr Wertschätzung entgegen,
als viele Leute in unserem Land.
Viele hier kennen ihre eigenen Klassiker nicht mehr,
und nach und nach veröden und verblöden sie geistig.
Sie werden immer oberflächlicher.

Ich fürchte, sie sind bald nur noch gut funktionierende Apparate,
welche schuften und billige Zerstreuung suchen."
Ohne auf das soeben Gesagte einzugehen,
erhob Sun ihr Glas, um erneut anzustoßen.
"Dein Salat ist köstlich", kommentierte sie begeistert.
Offenbar wollte sie ablenken und sich nicht anstecken lassen,
weder von seinem Missmut noch von seinem Kulturpessimismus.
"Es ist schön, hier bei dir zu sein, mit dir zu kochen
und diesen köstlichen Sauerkrautsalat zu genießen.
Ich bin so froh und dankbar, dass ich mich hier bei dir sicher fühlen
kann und nicht allein sein muss."

"Es ist nicht gut, dass der Mensch allein sei" 30),
zitierte der Alte dieses bekannte, oft strapazierte Bibelwort.
"Ja, in meinem Fall hast du Recht", bestätigte Sun ernst,
denn ihre Heiterkeit war bereits wieder verflogen.
"Es hängt einfach mit meiner Lage zusammen,
in der ich mich gerade befinde und in der ich mich bedroht fühle.
Normalerweise ist es ausgesprochen gut, sinnvoll, nützlich
und auch notwendig, allein sein zu können
oder Dinge alleine zu tun.
Du weißt es ja selbst, und du wirst es mir sicher bestätigen,
wenn man das Alleinsein nicht aushalten kann, schon als Kind nicht,
dann ist man nicht in der Lage, ein Instrument zu lernen.
Wenn man allerdings elf Monate lang allein auf einem Segelboot
die Erde umrundet, dann droht man verrückt zu werden.
Insoweit sollte man vielleicht besser sagen:
Es ist nicht gut, wenn der Mensch einsam ist."
"Fühlst du dich einsam, Sun?" fragte der Alte vorsichtig,
denn er war sich nicht sicher, ob sie darauf antworten würde.
"Wenn es eine Steigerung von einsam gibt", erwiderte sie,
"dann bin ich, seit meine Geige weg ist, sogar sehr einsam."
Und dann kam dieser Satz, der sich seit jenem Augenblick
damals im Kopf des Alten unauslöschlich eingraviert hatte:

30) Die Bibel, Genesis 18

"Die Geige und die Musik haben mir in meinem Leben
Sinn und Richtung gegeben
und mir über die schlimmsten Erlebnisse hinweggeholfen.
Nun aber verspüre ich nichts als eine große Leere in mir."
In diesem Moment stockte ihre Unterhaltung.
Und in diese bedrückende Stille hinein sagte der Alte leise:
"Oft sehe ich meine Mutter, als sie schon todkrank war,
beim Abschied nach meinem Besuch
einsam am Fenster stehen und winken.
Es war ein sehr, sehr trauriger Anblick,
den ich nicht vergessen kann."

"Wie schrecklich einsam muss *Beethoven* gewesen sein,
als dieser schon mit vierzig Jahren vollständig taub war",
bemerkte Sun nach einer Weile überraschend.
"Oh ja", sagte der Alte, *"Taubheit trennt von den Menschen,*
das jedenfalls hat *Immanuel Kant* so formuliert",
und Sun setzte fort, *"allein und abgetrennt von aller Freude 31)*
und nur die Kunst hat ihn gerettet."
"Ja, und genau deswegen dieses *Seid umschlungen, Millionen,*
und nur deswegen *Freude, schöner Götterfunken,*
als ein Gegenentwurf zum *Heiligenstädter Testament 32).*
Wenn *Beethoven* nämlich gleich zu Beginn der 'Freuden-Melodie'
das *Ihr stürzt nieder* - Thema zunächst in den Kontrabässen,
dann deutlicher in den Bratschen, als Kontrapunkt auftreten lässt
und so beide Themen eine dialektische Verbindung eingehen,
dann ist dies kein Zufall, sondern eine bedeutungsvolle Aussage."
"Seine 'Neunte', ein großes Missverständnis?" fragte Sun.
"In gewisser Weise schon", erwiderte der Alte mit Nachdruck,
"jedenfalls heute zu einer 'Traumschiff-Schnulze' verkommen,
zu einem affektiven 'Verbrüderungs-Gassenhauer' verdorben
und von vielen missbraucht. Vor allem auch im Nazi-Deutschland.

31) J. W. von Goethe, Wilhelm Meister, Lied der Mignon
32) Brief Beethovens an seine Brüder (1802),
    in welchem er die zunehmende Taubheit und Isolation beklagt
    (...mit Freuden eil ich dem Tode entgegen ...)

Im Übrigen hielt *Schiller* seine *Ode an die Freude*
für ein schlechtes Gedicht. Und *Beethoven* hielt den letzten Satz
seiner 'Neunten' für einen Missgriff, den er korrigieren wollte.
Diese Neunte Sinfonie, so jedenfalls verstehe ich sie,
sollte eher als Aufschrei eines schrecklich einsamen Menschen
und Künstlers verstanden werden.
Deswegen auch die Verwendung der späteren Fassung Schillers:
'ALLE Menschen werden Brüder'."
"Mit ALLEN Menschen sich verbrüdern?
Das ist für mich einfach nicht vorstellbar!
Die Männer, welche mich überfallen haben, meine Brüder?
Niemals!" Bei diesen Worten sah Sun richtig wütend aus.

"Was tun die Menschen nicht alles aus Einsamkeit",
begann der Alte von Neuem,
"manche studieren aus Einsamkeit, beten aus Einsamkeit, verlieben,
heiraten und vermehren sich aus Einsamkeit
und sterben endlich an Einsamkeit 33).
Und ich …" der Alte amüsierte sich bei diesen Worten,
"ich habe geputzt, repariert und idiotische Programme im TV
angeschaut, während der Zeit, als du im Krankenhaus warst
und ich mir, allein und einsam hier zu Hause, Sorgen machte
und auf einen erlösenden Anruf aus der Klinik wartete."

"Die Textstelle aus der Bibel ist außerdem unvollständig",
kam Sun wieder auf dieses Thema zu sprechen.
"Weil es nicht gut ist, dass der Mensch allein sei,
will Gott ihm *eine Hilfe schaffen, die zu ihm passt"* 30).
Der Alte wunderte sich über ihre Bibelkenntnisse.
Auch erinnerte er sich bei Suns Worten an das Bild
in ihrer Wohnung, das mit dem Liebespaar und der Gitarre,
welches den Alten so magisch in seinen Bann gezogen hatte.
"So wie es auf dem Bild in deiner Wohnung dargestellt ist,
diese Idylle eines zärtlich einander zugewandten Liebespaares?"
fragte der Alte lächelnd.

33) vgl. G. Büchner, Leonce und Lena

Jetzt war endlich einmal eine Gelegenheit gegeben,
sie nach der Bedeutung dieses Bildes zu fragen.
"Das ist keine Idylle", sagte sie entschieden.
"Es wäre eine, wenn der schwarze Trauerrahmen nicht wäre.
Einmal hatte ich mehrere Bekannte bei mir zu Besuch.
Ihnen gefiel das Bild sehr.
Es sei ein schönes Bild, sagten sie, aber noch schöner wäre es,
wenn ich den schwarzen Rahmen entfernen würde.

Ich habe das Bild von dem Künstler selbst gekauft.
Er betonte mir gegenüber ausdrücklich,
der schwarze Rahmen sei unbedingt gewollt
und untrennbar mit dem Bild verbunden.
'So drückt es eine Sehnsucht aus, oder eine Erinnerung',
hatte der Maler erklärt."
"Und was bedeutet das Bild für dich, Sun?"
"Eine Sehnsucht, die sich wohl niemals erfüllen wird."
Der Alte schwieg einen Moment betroffen.
Er erinnerte sich plötzlich an das mittelalterliche Stadttor,
in der Stadt im Norden,
wo er sehnsüchtig auf seine Geliebte gewartet hatte,
welche ihm zunächst wie ein Engel vorgekommen war.
"Wieso niemals? Wie kommst du darauf, Sun?"
"Darüber kann ich nicht sprechen", erwiderte sie leise,
"es tut mir leid, *ein Geheimnis schließt mir die Lippen zu"* 31).

"Was glaubst du, wer waren 'jene Leute'?" fragte sie plötzlich,
nachdem sie sich wieder gefangen hatte.
"Jene Leute?" wiederholte der Alte und verstand nicht sofort.
"Du hast einmal gesagt, man müsse jene Leute finden
und sie daran hindern, weiterhin schlimme Dinge zu tun.
Was denkst du, wer waren jene Leute,
und warum tun jene Leute überhaupt so etwas?"
"Manchmal tun sie es vielleicht aus wirklicher Not,
manchmal tun sie es auch, weil sie ein Luxusleben führen,
und mehr, viel mehr Geld brauchen, als sie zur Verfügung haben.

Ich kann mir nämlich nicht vorstellen, Sun, dass du Feinde hast,
die dir etwas antun und dir nichts als schaden wollen."
"Glaubst du, dass es Menschen gibt, die einfach nur schlecht sind?"
"Oh ja, das glaube ich tatsächlich, zwar nicht von Natur aus,
aber wenn sie unter den entsprechenden Bedingungen aufwachsen,
welche nur die negativen Eigenschaften des Menschen fördern
und verstärken, dann glaube ich schon."
"Aber warum wollten sie mich umbringen?"
Bei diesen Worten bekam Sun feuchte Augen und
hatte ein leichtes, kaum wahrnehmbares Zittern in der Stimme.
"Vielleicht wollten sie so die Spuren des Überfalls verwischen.
Vielleicht sollte alles nach einem Selbstmord aussehen.
Ich möchte auch nicht ausschließen", setzte der Alte fort,
"dass dich jene Leute kennen.
Vor allem wissen sie möglicherweise um deine
Lebensgewohnheiten,
weil sie dich über einen längeren Zeitraum beobachtet haben.
Ebenso kann es sein, dass sie den Wert deiner Geige kannten.
Allerdings hätten sie damit ein entscheidendes Problem,
denn sie müssten die Geige irgendwo und irgendwie zu Geld
machen."

13

Der Alte musste daran denken, wie er sich vom Esstisch erhoben
hatte, um nach dem köchelnden Sauerkraut zu sehen.
Mittlerweile hatte sich der köstliche Geruch im ganzen Haus
ausgebreitet.
"Es dauert noch ein wenig", kommentierte er, als er zurückkam.

"Weißt du, Sun, es gibt sogar Lieder über das Sauerkraut."
Der Alte wollte sie gern ein wenig ablenken, ja aufmuntern.
Er wusste genau, dass mit dem Singen eines Liedes
in vielen Fällen die trüben Gedanken verschwinden
und sich als Folge häufig positive Gefühle einstellen.
"Kennst du eins? Kannst du es singen?" waren Suns Fragen,
auf die der Alte bereits bestens vorbereitet war,
denn mit einem bedeutungsvollen, andächtigen Ausdruck
antwortete er mit seiner tiefen, samtigen Stimme:
"Ich kenne eine sehr schöne *Passacaglia 34)."*
Insgeheim aber wollte er herausfinden,
ob sie damals in der Hängematte von seinem Singen etwas
mitbekommen hatte.
"Es handelt sich also um Variationen über einen ostinaten Bass,
einer in der populären Musik häufig benutzten Form,
anders ausgedrückt: Es ist ein Gassenhauer", stellte Sun fest.
"Dieses Wort klingt so schrecklich trivial", bedauerte der Alte
ihren Kommentar in ein wenig übertrieben theatralischer Weise.
"Wie wundervoll hört sich dagegen das Wort *Passacaglia* an,
viermal der Vokal 'a' und dann diese geheimnisvolle Aura."
"Ein schönes Wort, in der Tat", gestand Sun.
"Aber es ist und bleibt letztlich doch nur ein Gassenhauer."
Der Alte erhob sich und griff seine Gitarre,
welche sich auf einem Ständer in der Ecke befand.
Er begann zunächst, die Basslinie zu spielen
und ergänzte anschließend die Akkorde als Nachschläge.
Dann fing er an zu singen:

34) 'pasar una calle' (span.) eine Straße entlang gehen

Ich und meine Braut,
wir essen so gern Sauerkraut, Sauerkraut, Sauerkraut,
ich und Hildetraut,
wir essen so gern Sauerkraut,
ich und meine Braut.

// : Und gibt es mal kein Sauerkraut,
dann sag ich gleich zu meiner Braut :
Ach, Hildetraut, ach, Hildetraut,
warum hast du kein Sauerkraut,
warum hast du kein Sauerkraut,
warum hast du kein Sauerkraut aufgetaut: //

"Ich kenne es nicht, aber es kommt mir irgendwie bekannt vor,
so als hätte ich es schon einmal gehört", stellte Sun fest.
Ganz offensichtlich gefiel ihr dieses Lied.
Der Alte konnte es deutlich an ihrem Gesicht ablesen.
"Es ist lustig und so erfrischend banal.
Gibt es noch weitere Strophen?"
Hierauf setzte der Alte zu einer neuen Strophe an.

Ich und 'ma chérie',
Wir essen auch gern Broccoli, Broccoli, Broccoli,
Ich und Hildetraut,
Wir essen auch gern Broccoli,
Ich und 'ma chérie'.
// : Und gibt es dann kein Broccoli,
dann sag ich gleich zu 'ma chérie' :
Ach, Hildetraut, ach, Hildetraut,
warum gibt es kein Broccoli, warum gibt es kein Broccoli,
du liebst mich nicht, du liebtest mich noch nie ://

Hier zeigte sich, wie schnell Suns Auffassungsgabe war,
denn bei der Wiederholung des Refrains
hatte sie die Melodie sofort mitgesummt.

"Nun die dritte und letzte Strophe", kündigte der Alte an.

Ich und meine Frau,
wir essen auch gern Kabeljau, Kabeljau, Kabeljau,
ich und Hildetraut,
wir essen auch gern Kabeljau,
ich und meine Frau.
Und gibt es dann kein Kabeljau,
dann sag ich gleich zu meiner Frau :
Ach, Hildetraut, ach, Hildetraut,
dann gibt es halt kein' Kabeljau,
dann gibt es halt kein' Kabeljau,
dann gibt es eben Forelle blau.

Und gibt es weder Sauerkraut,
noch Broccoli, noch Kabeljau,
dann sag' ich gleich zu meiner Frau :
Dann gibt es halt kein Sauerkraut,
kein Broccoli, kein Kabeljau,
dann gibt es eben Forelle blau. 35)

Zur Überraschung des Alten hatte Sun bei der dritten Strophe
die komplette Basslinie fehlerfrei mitgesungen,
worauf er sie voller Bewunderung anschaute.
"Übung", sagte sie nur, und es klang in keiner Weise überheblich.
"Du findest es banal, aber erfrischend?" fragte der Alte.
"Ja, ich sagte: Erfrischend banal."
"Nicht zu trivial, zu gewöhnlich, zu niedrigstehend?"
"Das Banale und das Triviale wollen auch ihren Platz in der Welt.
Wenn du in einem Restaurant deine Bestellung in Hexametern
vorträgst, machst du dich lächerlich und wirst ausgelacht."
Der Alte amüsierte sich köstlich über diese Bemerkung Suns.

35) Der Liebhaber des 'in den Gassen zu singenden
    Liedgutes' kann dieses Lied in der offiziellen Version
        mit Begleitung des Pianoforte beim Autor anfordern

"Kritiker, Experten und Musikologen haben lange versucht,
hohe und niedere Kunst gegeneinander auszuspielen,
zu Ungunsten der niederen Kunst natürlich.
Dabei dienen beide oft ganz verschiedenen Zwecken.
Außerdem, nehmen wir zum Beispiel *Gustav Mahler*.
Er hat Triviales benutzt, ins Groteske verzerrt
oder auch veredelt, und ich möchte sagen, geadelt,
indem er großartige Sinfonien daraus entwickelte.
Dies gilt in ähnlicher Weise auch für *Claude Debussy* und
seine *Préludes,* oder für einige *Klaviervariationen Beethovens.*"
Wieder einmal wurde deutlich, Sun war nicht nur eine Person,
die hervorragend Geige spielen konnte,
sondern die sich auch um vieles andere Gedanken machte.
"Es gibt eine Solosonate für Bratsche", fuhr sie fort,
"über das berühmte Lied '*The House of the Rising Sun*'.
Der Komponist hat also das sogenannte *populare 36)* genommen
und gezeigt, was sich Überraschendes hieraus entwickeln lässt.
Außerdem ist es technisch sehr anspruchsvoll und dankbar."
"Vielleicht ist es auch eine Rebellion gegen das Elitäre,
so wie in der *Pop-Art* beispielsweise?"
"Ganz sicher, aber der alles entscheidende Punkt ist,
so denke ich, was aus einer Sache entwickelt wird.
Dort zeigt sich das Niveau, ein Denken übrigens,
das es schon in der klassischen Periode gegeben hat.
Und was die ökonomische Seite angeht, so sieht man,
die Hohe Kunst profitiert von der niederen Kunst,
in der Literatur ebenso wie in der Musik,
denn Bestseller finanzieren die Nischen, die Exoten, die Hochkultur.
"Wenigstens macht das Lied gute Laune", stellte der Alte fest.

"Außerdem dürfte das Sauerkraut jetzt gut sein.
Ich mache uns ein paar leckere Bratkartoffeln dazu,
denn ich habe noch einige Pellkartoffeln im Kühlschrank.
Bratkartoffeln sind eine echte Delikatesse,
und es ist nicht so leicht, sie gut zuzubereiten."

36) s. Leopold Mozart, Brief an seinen Sohn Wolfgang Amadeus

14

Der Alte hatte nicht vergessen, mit welch großem Appetit
und Genuss die beiden das Sauerkraut verspeist hatten.
Anschließend hatte er den Tisch abgeräumt und
war in der Küche verschwunden.
Sun war ebenfalls aufgestanden,
lief im Wohnzimmer des Alten umher und schaute sich um.
Sie ging barfüßig, denn sie hatte beim Betreten der Wohnung
ihre Schuhe abgestreift und am Eingang zurückgelassen,
so wie sie es von klein auf gewohnt war.
"Ihr seid immer noch Waldmenschen", hatte sie gesagt.
"In Asien würde niemand mit Straßenschuhen
die privaten Wohnräume oder gar Schlafbereiche betreten,
und erst recht nicht einen Tempel oder ein Gotteshaus."

"Oh!" stieß Sun plötzlich beim Herumgehen hervor, nicht laut,
eher zurückhaltend, so, wie es generell ihrer Art entsprach.
Dennoch hatte der Alte ihren dezenten Ausruf wahrgenommen
und kam sofort aus der Küche herbeigeeilt.
Offenbar war Sun in irgendetwas hineingetreten,
denn sie stand nun in *vollkommener Anmut und Grazie 37)*,
vermutlich ohne sich dessen bewusst zu sein,
ausschließlich auf dem linken Bein.
Sie hatte den rechten Fuß auf dem linken Oberschenkel abgelegt,
dabei den Kopf und den Oberkörper leicht nach vorn geneigt
und untersuchte gerade, was sich unter ihrer Fußsohle befand,
als der Alte hinzutrat.
Für einen Moment sah es so aus, als würde sie sich einen Dorn,
einen Stachel oder einen ähnlichen Fremdkörper
aus dem Fuß ziehen.
Voller Bewunderung starrte der Alte auf dieses vollkommene Bild,
so, als habe er es hier mit einer antiken Skulptur zu tun. *37)*

37) s. 'Der Dornauszieher', Figur der Antike und des Mittelalters
(s.a. Paulus, H. von Kleist, T. Mann)

"Es ist nichts", erklärte sie, "nur ein Rest vom Sauerkraut."
Anscheinend waren dem Alten beim Hinaustragen des Geschirrs
einige flüssige Essensreste vom Teller auf den Boden geglitten.
"Warte einen Moment und setz' dich auf das Sofa", sagte er,
"ich bin sofort zurück." Darauf verschwand er wieder in der Küche.

Kurze Zeit später kehrte er zurück, mit einer Schüssel warmen
Wassers, einem Stück Seife sowie einem Handtuch.
Er stellte die Schüssel auf dem Boden ab, direkt vor Sun,
die in der Zwischenzeit auf der Couch Platz genommen hatte.
Der Alte kniete sich vor sie hin und begann,
indem er ihren rechten Fuß ins Wasser stellte, vorsichtig,
ja geradezu zärtlich, den verschmutzten Fuß zu reinigen.
Erst jetzt bemerkte er die Streifen von Hämatomen im Bereich
ihrer Knöchel, die wohl von dem Überfall herrührten.
"Hast du noch Schmerzen?" fragte er.
"Nein, aber du sollst mir nicht die Füße waschen", rief sie aus,
ließ den Alten aber dennoch gewähren, wohl weil sie spürte,
dass ihr Einspruch viel zu spät erfolgt war.
Erneut entfernte sich der Alte, kam mit frischem Wasser zurück
und reinigte nun ihren anderen Fuß auf dieselbe Weise.
"Erst jetzt bist du wirklich mein Gast", sagte er bedeutungsvoll,
während er ihre Füße vorsichtig mit dem Handtuch trocknete,
"gemäß diesem schönen, alten, christlichen Ritus,
der hier bei uns leider aus der Mode gekommen ist."
"Die Fußwaschung ist älter als das Christentum",
stellte Sun klar, "schon *Homer* beschrieb sie in seiner *Odyssee*.
Außerdem gibt es in Asien diese uralte *Ayurveda*-Behandlung,
die stets mit einer rituellen Fußwaschung beginnt."
"Ich finde ...", begann der Alte, und Sun war sich nicht sicher,
ob er es wirklich ernst meinte. "Ich finde", wiederholte er,
"man sollte seine Gäste immer mit einer Fußwaschung begrüßen ..."
"... und dann ihre Füße einsalben", ergänzte Sun lächelnd.
"Einen Augenblick", sagte der Alte und erwiderte ihr Lächeln.
"Ich habe zwar kein königliches *Nardenöl 38)*, aber ..."

38) Die Bibel, Johannes 12

Er verschwand erneut, diesmal im Badezimmer,
um nach kurzer Zeit mit einer großen Cremetube zurückzukehren.
"Was wäre eigentlich geschehen", fragte der Alte nachdenklich,
ohne wirklich eine Antwort zu erwarten,
"wie wäre es gewesen, hätte *Jesus* der *Sünderin 39)* die Füße
gewaschen und eingesalbt, und nicht umgekehrt?"
"So weit war man damals noch nicht", entgegnete Sun spontan,
worauf der Alte in schallendes Gelächter ausbrach
und damit begann, die Creme auf ihrem rechten Fuß aufzutragen.
Zu diesem Zweck hatte er das Handtuch über seinen Knien
ausgebreitet und Suns rechten Fuß dort abgelegt.
"Du musst gekämpft haben wie eine Löwin,
wenn ich mir diese Blutergüsse an deinen Füßen ansehe",
bemerkte er.
"Du kannst oben am Knöchel beginnen und langsam
zu den Zehen streichen, aber ruhig ein wenig fester, sonst kitzelt es",
erklärte sie mit einer verführerischen *Mezzo-voce*-Stimme *40)*.

Der Alte konnte sich nicht erinnern,
jemals schönere Füße gesehen zu haben.
Völlig fasziniert starrte er auf diese zierlichen,
vollendet geformten und offensichtlich gut gepflegten Füße
mit ihrer jugendlich makellosen Haut.
Niemals zuvor hatte er sich besonders für Füße interessiert.
Natürlich hatte er auch schon einmal etwas von Fußfetischisten
gehört, aber 'offenbar sind mir bis heute noch nicht
die richtigen Füße über den Weg gelaufen', dachte er sich
und begann, ihren linken Fuß einzucremen.
Sun schien seine Gedanken irgendwie erraten zu haben.
"Wir Frauen achten auf unsere Füße,
und wir bezahlen viel, sehr viel Geld für ihre Pflege.
Bei Männern dagegen sehen die Füße häufig eher danach aus,
als hätten sie gerade barfüßig die Wüste Gobi durchquert.
Außerdem ist alles Natur an meinen Füßen", setzte sie fort.

39) Die Bibel, Lukas 7
40) mezzo voce (ital.) mit halber Stimme, gedämpft

"Sie konnten sich beim Wachstum völlig frei entwickeln."
Bei diesen Worten zeigte Sun wieder einmal ihr umwerfendes Prinzessinnen-Lächeln.
Diese Aussage war wohl eine Anspielung auf frühere Zeiten,
da in Teilen Asiens zierliche Füße, sogenannte 'Lotusfüße',
als besonders schön galten und deshalb eingeschnürt wurden,
um sie auf diese Weise am Wachstum zu hindern.
Das führte meist zu entsetzlichen Deformationen.
'Lotusfüße' war also ein schönes Wort für Verstümmelung.

"Weißt du eigentlich, dass am Fuß etwa 72.000 Nervenenden
zusammenkommen und sich von dort aus überall hin
in den ganzen Organismus ausbreiten?"
Der Alte schüttelte den Kopf.
Er hatte sich vorher nie mit diesem Thema beschäftigt.
Außerdem war es das erste Mal,
dass er jemandem die Füße wusch und einsalbte.
Dabei stellte er fest, nachdem er die erste Scheu abgelegt hatte,
wie sehr er zunehmend Gefallen an dieser Tätigkeit fand.
Darüber hinaus bekam er das Gefühl,
zunehmend geschickter zu werden.

"Du kannst nun die beiden Knöchel zwischen die linke
und die rechte Hand nehmen", sagte sie.
"Dann kannst du sie gegeneinander drehen,
um auf diese Weise die Fußgelenke zu lockern.
Keine Sorge, es tut nicht mehr weh", fügte sie hinzu,
lehnte sich entspannt zurück und schloss ihre Augen.

"Was machst du eigentlich mit diesen Messern auf deinem
Schreibtisch?" fragte sie den Alten,
gänzlich unvorbereitet und fast ein wenig vorwurfsvoll.
"Es sind keine Messer, es sind Dolche", gab er zur Antwort,
und neugierig fragte sie weiter:
"Was ist denn der Unterschied?"

"Einfach ausgedrückt: Messer sind zum Schneiden
und Dolche sind zum Stechen.
Außerdem haben Dolche eine sogenannte 'Blutrinne',
welche bei den Messern fehlt."
"Hast du vor, jemanden zu erstechen?" fragte sie irritiert.
"Nein, natürlich nicht", gab der Alte zur Antwort,
"aber wer weiß, vielleicht müssen wir beide uns noch verteidigen."
Bei diesen Worten grinste er spöttisch über das ganze Gesicht.
Sun hingegen schien diese Bemerkung überhaupt nicht lustig zu
finden.

"Im Ernst gesagt", und das Grinsen war noch nicht völlig
aus dem Gesicht des Alten verschwunden,
"es handelt sich um Finndolche.
Es sind Andenken meines Vaters aus dem Krieg.
Mein Vater war nämlich als Soldat in Finnland,
genauer gesagt in Lappland, im Norden Finnlands.
Von dort oben, wo der Weihnachtsmann zu Hause ist
und wo es nur fünf Monate lang keine Minustemperaturen gibt,
von dort hat er diese Dolche damals mitgebracht,
und ich habe sie später von ihm geerbt.
Hast du bemerkt, wie schön sie gearbeitet sind?
Hast du den Griff aus geschichtetem Birkenholz
und die verzierte Lederscheide gesehen?"
Der Alte wurde bei diesen Worten richtig enthusiastisch.
"Ja", sagte Sun nachdenklich,
"Waffen haben auch eine ästhetische Seite."
Nach einem kurzen Moment des Schweigens
öffnete sie die Augen, richtete ihren Oberkörper etwas auf,
fixierte den Alten und wollte wissen:
"Hat dein Vater mit diesen Dolchen getötet?"
Der Alte starrte Sun für einen Moment konsterniert an.
Diese Frage traf ihn völlig unvermittelt.
"Ich glaube es nicht, aber ich weiß es natürlich nicht", stammelte er.
"Es ist durchaus möglich, er war schließlich Soldat.
Er hat nie darüber gesprochen, nur eisern geschwiegen,
sein Leben lang, bis zum Schluss."

Sun lehnte sich erneut zurück und schloss die Augen.
Mit ruhiger und fester Stimme sagte sie:
"Er wird für sein Schweigen schon seine Gründe gehabt haben."

"Auf jeden Fall sind es Dolche", so der Alte weiter,
ohne auf Suns Kommentar auch nur im Geringsten einzugehen,
"die *das Volk der Saami* bei der Rentierhaltung benutzte.
Vielleicht handelte es sich um Geschenke seiner Gastfamilie an ihn."
"Gastfamilie? Im Krieg? Wie soll ich das verstehen?"
Bei diesen Worten öffnete Sun erneut ihre Augen.
"Ja, Gastfamilie, ganz recht", wiederholte der Alte lapidar.
"Dazu musst du wissen, dort in Finnland war einiges anders.
Die deutschen Soldaten waren keine Eroberer, keine Besatzer.
Sie waren 'Waffenbrüder', und man betrachtete sie als Freunde,
denn man hatte sie um Beistand gebeten gegen die Soviets,
welche einen großen Teil Finnlands bereits einkassiert hatten.
Und weil nicht alle deutschen Soldaten in Kasernen lebten,
sondern viele von ihnen in privaten Quartieren untergebracht waren,
vermutlich auch, um sie zu tarnen,
konnte man ohne Weiteres von 'Gastfamilien' sprechen."

"Du kannst nun die Fußkanten mit den Handflächen rollen",
warf Sun ein, und nach einer Weile kommentierte sie:
"Ja, so ist es richtig. Du machst es wirklich gut,
und ich muss sagen, du hast tatsächlich 'begnadete Hände'."
"Kein Wunder", erwiderte der Alte mit ein wenig Stolz,
"als Musiker habe ich sie ja auch mein Leben lang trainiert."
Natürlich genoss er dieses schmeichelhafte Lob.
Ebenso gefiel es ihm, dass sie ihre Sätze stets mit 'du kannst',
niemals aber mit 'du musst' beginnen ließ.
Diese Formulierung war dem Alten ungemein sympathisch,
hasste er doch, seit er denken konnte, jede Form von Befehlston,
was sicherlich auch mit seinem Vater zusammenhing.

"Bitte erzähl mir mehr von deinem Vater, dem Krieg,
von Lappland", bat Sun, "ich bin gespannt, wie es weiter geht."

Sun hielt nun die Augen weit geöffnet. Sie hatte den Oberkörper
ganz aufgerichtet und sich dabei auf beide Unterarme gestützt.

"Es gibt ein Foto", fuhr er fort und rollte dabei ihre Fußkanten,
"es ist ein Foto aus dem Nachlass meines Vaters.
Dieses Bild zeigt eine Gruppe von vier Personen,
die vor einer grob gezimmerten Holzhütte stehen.
Es muss wohl um die Weihnachtszeit sein,
denn diese vier Personen stehen neben einer Fichte,
die mit einfachen Strohsternen unterschiedlicher Größen
geschmückt ist, sehr schlicht, aber einfach wunderschön.
Vermutlich handelt es sich um Vater, Mutter und Tochter,
denn diese drei tragen die typische Saami-Tracht
mit den charakteristischen, bedeutungsvollen Farben
blau, rot, gelb und grün, was man aber nicht erkennen kann,
weil es sich um eine schwarz-weiß Fotografie handelt."
"Woher weißt du es dann?" fragte Sun.
"Nun, ich habe später darüber gelesen und dabei auch gelernt,
dass blau für das Wasser, rot für das Feuer und die Liebe,
gelb für die Sonne und grün für die Natur stehen."
Der Alte spürte deutlich, wie sehr gerade diese letzte Bemerkung
dem Mädchen Sun gefiel.
"Du sagtest, es sind vier Personen auf dem Foto zu sehen."
"Ja, richtig", erwiderte der Alte ein wenig verwirrt,
"ich vergaß zu sagen, die vierte Person ist mein Vater.
Er steht neben der Tochter, was ich auffällig,
auch ungewöhnlich und bemerkenswert finde,
und er ist in einen dunklen Armeemantel gekleidet.
Alle vier stehen eng beieinander.
Sie haben ihre Arme über die Schultern des jeweils anderen gelegt,
und alle sehen sehr zufrieden aus, fast glücklich.
Vielleicht lag es daran, dass es Weihnachtszeit war.
Vielleicht hatte es mit den allgemein guten Beziehungen zu tun,
denn das Zusammenleben zwischen den deutschen Soldaten
und der heimischen Bevölkerung wurde immer wieder
als besonders vorbildlich beschrieben. *41)*

Dies gilt auch und in besonderer Weise für die finnischer Seite *41).*
Vielleicht ist dies die Familie, bei der er untergebracht war.
Vielleicht hatte er eine Liebesbeziehung zu der Tochter,
so wie es in der damaligen Zeit viele Liebesbeziehungen
zwischen deutschen Soldaten und finnischen Frauen gab,
und aus denen sogar eine ganze Reihe von Kindern
hervorgegangen sind."

"Nun kannst du mit beiden Daumen parallel unter der Fußsohle
entlang streichen und dabei ruhig etwas fester drücken.
Ja, so", sagte sie, "und nun kannst du bitte weiter erzählen."

"Im Jahr 1944 wendete sich das Blatt", setzte der Alte fort.
"Nach den Niederlagen deutscher Armeen im Osten
hatte die finnische Regierung Geheimverhandlungen
mit Stalin aufgenommen und sich mit ihm arrangiert.
Stalin aber verlangte einen hohen Preis, besser gesagt,
er verlangte Unmögliches, nämlich den Abzug
aller deutschen Soldaten binnen vierzehn Tagen,
was völlig unrealistisch und überhaupt nicht umzusetzen war.
Durch diese politische Wende waren plötzlich,
von einem Tag auf den nächsten, Freunde zu Feinden geworden.
Daraufhin trat ein Teil der deutschen Soldaten, zu denen
mit sehr großer Wahrscheinlichkeit auch mein Vater gehörte,
den Rückzug an in Richtung des von Deutschen besetzten
Norwegen, also Richtung Norden, später Nordwesten,
durch die Finnmark, durch das Land der Saami.
Zuerst wurde die Stadt Rovaniemi zu neunzig Prozent zerstört.
Einzig den Namen dieser Stadt hat mein Vater häufig erwähnt.
Jedoch hat er nie erzählt, was dort Schreckliches geschehen war,
auf diesem verhängnisvollen Rückzug."
"Vielleicht konnte er nicht über seine Erlebnisse sprechen,
weil sie so schrecklich waren", gab Sun zu bedenken.
Der Alte indes redete einfach weiter, als habe er sie nicht gehört.

41) s. z.B. M. Lähteenmäki

"Die deutschen Soldaten, verfolgt von finnischen Soldaten,
zerstörten Brücken, Häuser, ganze Dörfer, einfach alles.
Sie töteten das Vieh und hinterließen so in Nordfinnland das,
was mit dem Ausdruck 'verbrannte Erde' bezeichnet wird.
Darüber noch hinaus wurden ganze Landstriche vermint,
um den Verfolgern das Vorwärtskommen zu erschweren.
Von meinem Vater habe ich von alldem nie etwas erfahren,
außer, dass er sich später in Narvik, im Norden Norwegens,
aufgehalten hat."
"Vielleicht war er gar nicht in der Lage, darüber zu sprechen",
gab Sun erneut zu bedenken, "wegen eines Kriegstraumas."
Sie wartete einen Moment auf eine Reaktion des Alten.
Als diese ausblieb, fragte sie:
"Verachtest du deinen Vater deswegen?"
Abermals antwortete der Alte nicht, und so setzte sie fort:
"Und was die Dolche angeht, vielleicht hat er die Dolche
gar nicht geschenkt bekommen, sondern einem *Saami* abgenommen,
vielleicht sogar einem getöteten *Saami*."
"Nach allem, was geschehen ist, kann man nichts ausschließen."
Sun war nicht klar, worauf sich diese Aussage des Alten bezog.
Zumindest aber hatte er seine Sprache wiedergefunden.
"Der abrupte radikale politische Wechsel traf auch
die ehemaligen Freundinnen der deutschen Soldaten schwer,
denn sie wurden nun als 'Nazi-Huren' beschimpft
und deren Kinder als 'Bastarde' geächtet.
Es ist ein trauriges Kapitel der deutsch-finnischen Geschichte
mit vielen tragischen Familienschicksalen,
über das sehr lange mit großer Scham geschwiegen wurde.
Erst in unserer heutigen Zeit ist dieses Thema
durch betroffene mutige Frauen öffentlich aufgegriffen worden."

"Ist dein Vater später einmal ins Land der *Saami* zurückgekehrt,
oder hat es ihn noch einmal dorthin gezogen",
wollte Sun jetzt wissen.
"Nein, niemals", erwiderte der Alte.
"Allerdings", und hier zögerte er etwas, "um ganz genau zu sein:

Meine Mutter wollte einmal mit ihm zum Nordkap reisen.
Zunächst sah es auch so aus, als würde er es tatsächlich tun.
Schließlich hat er dann doch kurz vor Reisebeginn abgesagt,
und meine Mutter hat statt seiner eine Freundin mitgenommen."
Der Alte erhob sich mühsam von seinen Knien.
"Ich muss dir noch etwas anderes zeigen, etwas Wichtiges."
Er ging ziemlich wacklig zu seinem Schreibtisch hinüber,
kramte dort eine Weile in einer Schublade
und kehrte mit einem Foto in der Hand zurück.
"Schau", sagte er und reichte ihr das Foto.
"Das ist *Kauni* aus Finnland. Sie war ein Pflegekind meiner Eltern,
das heißt, sie wurde tagsüber von meinen Eltern betreut,
während ihre finnischen Eltern zur Uni gingen und studierten.
Ich bin überzeugt, dass gerade ihre finnische Herkunft
eine Rolle spielte bei der Entscheidung meiner Eltern,
Kauni als Kind zur Tagespflege aufzunehmen.
Sieh nur, wie liebevoll meine Eltern sie anschauen,
gerade so, als sei sie die eigene Enkeltochter."
Sun war sich sicher, den Alten nun verstanden zu haben.
"Du glaubst, es war eine Art Wiedergutmachung?"
fragte sie, und es klang so, als sei sie ebenfalls davon überzeugt.
"Ja, ich glaube es tatsächlich", gab er zur Antwort,
"ich glaube, es war so etwas wie eine späte, stille, persönliche
Aussöhnung."

Der Alte kniete sich erneut vor Sun nieder und nahm einen Fuß,
um mit der Massage fortzufahren.
Sie hatte inzwischen wieder ihre ursprüngliche Position
eingenommen und sich bequem zurückgelehnt.
"Nun kannst du weiter unter der Fußsohle massieren,
jetzt aber quer, mit beiden Daumen gegeneinander,
während du den Fuß mit den anderen Fingern umfasst."
Daraufhin schloss sie erneut ihre Augen.

"War dein Vater ein Nazi?"
fragte sie nach einer kurzen Zeit des Schweigens.

Wieder einmal verblüffte Sun den Alten mit einer Frage,
auf die er nicht im Geringsten vorbereitet war.
Er schwieg zunächst etwas betreten und dachte nach.
Dann antwortete er nach einer Weile mit einem einzigen Wort
und schien dabei noch ganz in Gedanken versunken zu sein:
"Die Anfangserfolge."
"Was meinst du damit? Ich verstehe es nicht", entgegnete Sun.
"Mein Vater war von den Anfangserfolgen der Nazis beeindruckt.
So jedenfalls hat er es einmal selbst formuliert."
"Dann ist er wohl ein Nazi gewesen, zumindest ein Mitläufer",
war Suns kurzes und nüchternes Urteil.
"Ja", sagte der Alte, "dann war er wohl tatsächlich ein Nazi.
Aber ab wann war er einer? Und wie lange? Bis zum Schluss?
Oder sogar noch darüber hinaus? Ich weiß es nicht.
Jedenfalls war er 17, als die Nazis die Macht übernahmen,
und als der Krieg begann war er 23 Jahre alt.
Mit 30 kam er dann aus dem Krieg zurück nach Hause,
und alles war zerstört, wahrscheinlich auch in seinem Innern."

"Dieses Thema hat auch dich niemals losgelassen, nicht wahr?"
fragte Sun vorsichtig. Ihre Stimme klang sanft und mitfühlend.
Sie schien zu spüren, wie schwer es dem Alten fiel,
hierüber zu sprechen.
Dennoch antwortete er:
"Mit dem Ende des Krieges war der Krieg noch nicht vorbei,
noch lange nicht, und die Vergangenheit dieser Generation
mit ihren unfassbaren Verbrechen
ging als Erbschaft auf meine Generation über,
so, als müssten wir gleichermaßen
büßen für die Untaten, die der Väter Hand beging" 42).
Sun nahm an, der Alte würde nun dieses schmerzliche Thema
verlassen wollen und war überrascht, als dieser fortfuhr:
"Ich glaube, mein Vater war nicht so fanatisch wie sein Bruder,
also mein Onkel, dessen Vornamen man mir verpasst hat,
als Erinnerung an ihn, vielleicht aber auch als Mahnung.

42) s. Aischylos, Orestie (Übersetzung von J. G. Droysen)

Er war vier Jahre jünger als mein Vater.
Er war Mitglied der SS,
und er soll an Transporten nach Auschwitz mitgewirkt haben.
Entweder war er wirklich so verblendet fanatisch,
oder er sah keinen Weg mehr zurück in ein normales Leben
angesichts der unfassbaren Grausamkeiten, die er erlebt,
wahrscheinlich aber auch selbst verübt hatte.
Jedenfalls hat er gekämpft bis zum Schluss,
im Kampf um den Ruhrkessel, in Panzerverbänden,
welche versuchten, die Einkesselung des Ruhrgebietes
durch Amerikaner und Engländer zuletzt doch noch zu verhindern.
Es war ein sinnloser, aussichtsloser Kampf.
Wenige Wochen vor Ende des Krieges, am Ostersamstag,
kam er bei Gefechten mit amerikanischen Panzereinheiten
im Sauerland zu Tode.
Zu Hause aber wartete eine bildschöne junge Frau auf ihn,
leider vergebens."
Während der letzen Sätze hatte der Alte aufgehört zu massieren.
"Kanntest du sie?" fragte Sun.
"Ja, sehr gut sogar, sie hat den Kontakt zu unserer Familie
nie abreißen lassen."

"Und deine Mutter?" wollte Sun wissen.
"Haben nicht auch viele Frauen den Nazis zugejubelt?"
"Oh ja, das ist absolut richtig", bestätigte er.
"Es gab aber auch Frauen,
die schlimme Verbrechen begangen haben
und die nach dem Krieg abgeurteilt wurden.
Was allerdings meine Mutter angeht, so war sie erst elf Jahre alt,
als die Nazis an die Macht kamen, und siebzehn bei Kriegsbeginn."

In diesem Moment begann der Alte, die Massage fortzusetzen.
Dabei glitt er langsam mit seinen cremigen Fingern
zunächst in alle Zwischenräume ihrer Zehen,
um sich daraufhin jeder einzelnen Zehe zu widmen.
Sun hielt die Augen weiterhin geschlossen.

Sie schien die Massage des Alten tatsächlich zu genießen,
obwohl er hierin ja völlig unerfahren und ungeübt war.
Auch in ihm hatte sich offenbar ein wohliges Gefühl breitgemacht.

"Es waren stets dieselben zwei Erlebnisse aus dem Krieg,
welche meine Mutter immer und immer wieder erzählte",
sprach der Alte weiter,
während er Suns zierlichen kleinen Zeh behutsam bearbeitete.
"Zum einen war es ihre Todesangst im Luftschutzkeller,
wenn draußen, oben, die Bomben niedergingen
und sie in etwa abschätzen konnte,
in welcher Entfernung die Einschläge erfolgten.
Erst wenn diese sich allmählich wieder entfernten,
konnte sie aufatmen.

Zum anderen wurde sie einmal, als sie sich mit dem Fahrrad
auf dem Weg über Land zu ihrer Mutter befand,
von einem Tieffflieger angegriffen und beschossen.
Sie konnte sich noch in einen Graben hinter einer Hecke werfen,
während das Flugzeug mehrfach wendete und zurückkam,
um meine Mutter wiederholt gezielt unter Beschuss zu nehmen.
Über viele Jahre hat sie diese Erlebnisse sehr häufig erzählt.
Dabei war sie innerlich derart erregt,
dass sie überall, besonders am Hals und im Gesicht,
rote Flecken bekam.

Ich sagte dir ja schon", fügte der Alte noch hinzu,
"der Krieg war zu Ende und war es doch nicht, noch lange nicht.
Wieder und wieder stellten wir unseren Eltern brennende Fragen,
die entweder unbeantwortet blieben,
oder deren Antworten ungenau, unvollständig oder geschönt
und somit unbefriedigend waren.
Dies zermürbte die Beziehungen der Menschen untereinander.
Es zerriss ganze Familien, zerstörte sie häufig für immer
und machte jedes Vertrauen und jedes Verständnis zunichte.
Auch ich habe über mehrere Jahre keinen Kontakt
zu meinen Eltern gehabt."

"Du hast noch einen zweiten Vornamen, nicht wahr?
Gibt es auch bei diesem Namen einen Hintergrund,
eine Geschichte, eine Bedeutung?" fragte Sun neugierig.
"Das ist richtig, es gibt auch hierzu eine tragische Geschichte,
aber die will ich dir ein anderes Mal erzählen,
denn ich finde, es ist nun genug mit diesem Thema."
Im Übrigen hatte der Alte seine Massage zwischenzeitlich beendet,
sodass Sun, welche ausgesprochen entspannt wirkte,
sich nun von der Couch *erhob*
und der Alte ihr fasziniert dabei zusah,
wie sie *ihren* noch *jungen Körper dehnte 43)*.

"Wieso verstehst du so viel von Fußmassage?" fragte er,
als Sun dem Alten beim Aufstehen vom Boden behilflich war.
"Nun, wir haben diese Tradition zu Hause, in meiner Heimat,
und ich habe dies alles von meiner Mutter gelernt."
Irgendwie hatte der Alte das Gefühl, als hielte sie etwas zurück,
als wollte sie ausweichen und nicht weiter darauf eingehen.
Aber es war nur eine unbestimmte Ahnung,
die er nicht erklären konnte,
und so ging er nicht weiter auf diesen Punkt ein.
"Deine Geschichten haben mich tief berührt und aufgewühlt",
setzte sie stattdessen fort.
"Es täte mir leid", erwiderte der Alte,
"wenn du infolgedessen nicht gut schlafen kannst."
"Ich werde ganz bestimmt gut schlafen,
denn hier oben habe ich nichts zu befürchten.
Außerdem haben wir zum Glück die Finndolche deines Vaters.
Ich danke dir noch einmal, dass du mich aufgenommen hast."
Bei diesen Worten trat sie nahe an den Alten heran
und küsste ihn zärtlich auf beide Wangen.
Hierbei war sie gezwungen, sich auf ihre Zehenspitzen zu stellen.
Spontan spürte der Alte den starken Drang, ihre schlanke,
schmale Taille nun mit seinen beiden Händen zu umfassen,
um sie noch näher an sich heranzuziehen.

43) s. F. Kafka, Die Verwandlung

Er unterließ es aber im letzten Moment,
da er sich noch rechtzeitig seiner öligen Hände bewusst wurde
und ihre Kleidung nicht verderben wollte.
Währenddessen hatte der Alte überdeutlich gespürt,
wie sehr sein Pulsschlag schneller geworden war.
Natürlich wusste er noch genau, was dies zu bedeuten hatte.
Außerdem verspürte er dieses kribbelige Gefühl im Bauch,
welches er noch gut von früher her kannte.
'Hört das denn nie auf?' dachte er bei sich.
Als sie sich voneinander verabschiedeten, sagte er zu Sun:
"Wir können morgen, wenn du magst, gemeinsam frühstücken,"
wobei er das 'können' deutlich hervorhob.

15

"Verdammt noch Mal!" brach es wütend aus dem Alten hervor.
Er sprang viel zu schnell von seiner Couch auf,
sodass ihn ein plötzlicher Schwindel zu Boden zu werfen drohte.
In einer Garage in der Nachbarschaft hatte lautstark eine Band
zu spielen begonnen.
"Sie können fast nichts, und das aber laut", schimpfte er
und hielt inne, bis der Schwindelanfall sich allmählich legte.
Dabei hatten sie dem Alten doch versprochen,
die Schalldämmung in der Garage erheblich zu verbessern.
Offenbar war nichts dergleichen geschehen.
Im Grunde wunderte sich der Alte nicht einmal darüber,
das Gegenteil hätte ihn vermutlich eher überrascht.
So jedenfalls war es eine Zumutung, eine Beeinträchtigung,
eine Belästigung nicht nur wegen der enormen Lautstärke,
sondern mehr noch wegen des dilettantischen Unvermögens.
Und wenn der Alte etwas hasste, dann war es Stümperei.
Es waren immer und immer wieder nur dieselben zwei Akkorde,
an denen sich die Musiker offenbar berauschten
und dabei vermutlich schon von ihrer großen Entdeckung träumten,
von einer beispiellosen Karriere, von der Bewunderung der Massen
und dem vermeintlich süßen Leben als Stars im Rampenlicht.
Jedoch nicht einmal ihre Gitarren waren richtig gestimmt.
Außerdem waren immerzu die Basstöne falsch,
weil der Spieler stets den Harmoniewechsel verpasste.
Und schließlich war da noch der Schlagzeuger,
welcher nicht in der Lage war, das Metrum stabil zu halten
und immer schneller und schneller wurde.
Es war einfach grausam und für den Alten kaum zu ertragen.

Plötzlich, mit einem Schlag, war alles vorbei.
Alles blieb ruhig.
Der Alte horchte gebannt, in der Erwartung,
dass der Radau jeden Augenblick weitergehen könnte.
Doch auch nach einer ganzen Weile tat sich nichts mehr.
Alles blieb still.

'Jetzt haben sie Krach untereinander', dachte er amüsiert,
'genau so, wie wir damals in unserem Streichquartett.
In dieser Hinsicht gibt es überhaupt keinen Unterschied,
besser gesagt, fast keinen.'

Zum Glück hatte sein Schwindel völlig nachgelassen.
Der Alte ging zur Küche hinüber, immer noch ungläubig,
ob der Lärm nicht jeden Moment von Neuem beginnen würde.
Er wollte das Essen fertig haben und Sun damit überraschen,
wenn sie an diesem sonnigen Morgen
von ihrem ersten Arbeitstag nach dem Überfall
sowie dem Aufenthalt im Krankenhaus zurückkehren würde.
'Die Sauce kann noch ein wenig einköcheln', dachte er,
nachdem er davon gekostet hatte,
'je länger sie kocht, desto besser wird sie'.

Auf dem Weg zurück ins Wohnzimmer bemerkte er,
dass sein PC den Eingang einer E-Mail von seiner Frau anzeigte,
aber im Moment war er nicht offen dafür.
Es hatte ja Zeit, und er würde sich später damit beschäftigen,
denn er musste jederzeit mit Suns Rückkehr rechnen,
und solange, bis sie kam,
wollte er erneut eintauchen in die Vergangenheit,
um sich alles, was geschehen war, zu vergegenwärtigen.-

16

'Der Sauerkrautsalat war wirklich köstlich!' dachte der Alte.
Noch besser aber hatte er am nächsten Morgen geschmeckt,
als er den übriggebliebenen Rest zum Frühstück auftischte.
Die beiden hatten die Mahlzeit überwiegend schweigsam
eingenommen.
So früh waren sie noch nicht gesprächig, sodass
dem Alten nichts Nennenswertes in Erinnerung geblieben war,
außer dem leichten T-Shirt, mit dem Sun bekleidet war,
und auf dem sich ihre kleinen, festen Brüste deutlich abzeichneten,
insbesondere deren stark aufgerichtete Spitzen.
Der Alte hatte diesen Anblick als sehr aufregend empfunden.
Das geläufige Wort 'Brustwarze' vermied er hier ausdrücklich,
fand er diese Bezeichnung doch grauenvoll unangemessen.
'Was hat denn dieses Objekt der Liebe, Begierde, Zärtlichkeit,
das bekanntlich in der Regel auch dazu dient,
unseren ersten Hunger auf dieser Welt zu befriedigen,
was hat denn diese hochempfindliche Zone der Lust,
des Wohlseins, des Glücks', so sagte er zu sich selbst,
'mit diesen scheußlichen Wucherungen der Haut zu tun,
diesen hässlichen, völlig nutzlosen 'Warzen',
welche weder durch herkömmliche Mittel der Schulmedizin,
noch durch wie auch immer geartete Magie zu bändigen sind'.
Auch die Ausdrücke 'Mamille' und 'Nippel' gefielen ihm nicht
besonders.
'Hier fehlt es ganz offensichtlich an einer angemessenen,
neuen, kreativen, poetischen und liebevollen Wortschöpfung',
dachte er und nahm sich vor, sich einmal
nach einer passenderen Bezeichnung auf die Suche zu machen.
"Was können wir tun?"
fragte Sun nach Beendigung des Frühstücks,
nachdem sie die verderblichen Speisen abgeräumt und
in die Küche hinüber getragen hatten.
"Wir können immer etwas tun", sagte der Alte lächelnd
und war sich des doppelten Sinns seiner Worte durchaus bewusst.

"Wir können eine Partie Schach spielen", setzte er fort,
" wenn du willst, wenn du es magst und wenn du es kannst."
"Ja, das können wir tun, jedoch habe ich lange nicht mehr gespielt",
erwiderte sie, während die beiden schon auf dem Weg waren,
hinüber zu dem hölzernen Schachtischchen,
das der Alte sich vor etlichen Jahren zugelegt hatte.
Er liebte es, berühmte Schachpartien nachzuspielen,
um auf diese Weise von den bedeutenden Meistern zu lernen.
Dabei pflegte er diese nervenaufreibenden 'Schlachten'
des *Spiels der Spiele, von dem niemand weiß,*
welcher Gott es auf die Erde gebracht, um die Langeweile zu töten,
die Sinne zu schärfen, die Seele zu spannen 44),
er pflegte diese besten Partien, welche je gespielt wurden,
mindestens zweimal zu durchleben und zu durchdenken,
will heißen, von jeder Seite, also einmal von der weißen,
dann von der schwarzen Position aus.

Das Schachtischchen war aus Mangoholz gefertigt
und mit einer diesem Holz eigenen unregelmäßigen Maserung
gezeichnet, die dem Alten außerordentlich gut gefiel.
Außerdem liebte er Mangofrüchte über alle Maßen.
Immer wieder kaufte er sie im Supermarkt,
auch wenn sie noch steinhart waren.
Nach einiger Zeit waren sie nachgereift und weich geworden.
Dann schmeckten sie ebenso köstlich, so frisch und saftig,
wie in den Herkunftsländern Asiens.
"Mangoholz", erklärte der Alte, da Sun damit begonnen hatte,
sich den Schachtisch genauer anzusehen.
"Nach sieben Jahren erbringen die Mangobäume
keine schmackhaften Früchte mehr", erläuterte er,
"dann werden die Bäume gefällt und ihr Holz verarbeitet,
zum Beispiel zu solchen Schachtischchen.
Gleichzeitig werden neue junge Bäume herangezüchtet.
So haben wir es mit einem perfekten, nachhaltigen Zyklus
zu tun."

44) St. Zweig, Schachnovelle

Das Schachbrett war in die obere Platte eingearbeitet worden
und füllte, bis auf einen schmalen Rand, die gesamte Oberfläche aus.
Er hatte sich absichtlich für dieses Modell entschieden,
weil er es nicht mochte, dass man sich beim Spielen aufstützte.
Während sie sich setzten, begann Sun zu erzählen:
"Wir hatten an unserer Musikhochschule einen Schachclub,
welcher von den Musikprofessoren sehr empfohlen wurde.
'Schach ist auch hilfreich für die Musik', hatten sie gesagt,
'weil es die Geduld und die Ausdauer trainiert
sowie den Ehrgeiz und den Kampfeswillen fördert'."
"Ja, und jede Charakterschwäche wird bei diesem Spiel sofort bitter
bestraft", fügte der Alte hinzu.
"Außerdem muss man lernen, seine Schritte vorauszudenken
sowie möglichst viele Möglichkeiten im Kopf durchzuspielen."
"Und man muss lernen 'cool' zu bleiben", ergänzte Sun,
"so wie in der Musik auch, denn wehe,
wenn man seine Emotionen nicht unter Kontrolle halten kann."
Beide waren mittlerweile damit fertig geworden,
ihre Figuren auf die Anfangspositionen zu stellen.
Es waren übrigens die normalen, traditionellen Holzfiguren,
die nun einander gegenüber zur 'Schlacht' bereitstanden,
Figuren, wie sie jeder kennt, nichts Ausgefallenes,
nichts Verschnörkeltes.
Diese gefielen dem Alten immer noch am besten.

Es hatte sich ergeben, ob Zufall oder nicht war nicht zu sagen,
dass Sun das a1 Feld auf ihrer Seite hatte. Sie spielte also weiß.
Nun begann sie sogleich, ohne lange zu überlegen,
mit ihrem ersten Zug, indem sie ihren Bauern von e2 nach e4
vorrücken ließ. Der Alte überlegte lange.
Er wollte einmal etwas Neues ausprobieren.
Nach einer Weile des Nachdenkens zog er seinen Bauern
von c7 nach c5.
"Aha, die sizilianische Eröffnung!" kommentierte Sun sofort.
Der Alte hatte keine Ahnung, dass diese Eröffnung so hieß.
"Ja", erwiderte er lächelnd, "ich habe sie lange nicht gespielt.
Ist 'mal was anderes als immer dieses Königsgambit."

Sogleich erwiderte Sun den Zug, ohne lange zu zögern,
indem sie den Springer von der Grundlinie nach f3 setzte.
Auch jetzt überlegte der Alte wieder eine ganze Weile.
'Ich sollte eigentlich etwas tun, um ihren Springer daran zu hindern,
noch weiter gegen mich vorzudringen', dachte er,
schob dann aber seinen Bauern e7 um ein Feld vor auf e6.
'So deckt der Läufer den Bauern auf c5 ab', dachte er sich.
Nun war seine Dame in der Lage, in beide Richtungen
vordringen zu können.

"Wenn du auf meine Brüste schaust, wirst du verlieren",
sagte Sun überraschend, wie aus heitererem Himmel
und ohne ihre Blicke von den Figuren zu lassen.
Dem Alten war nicht klar, wie sie dies bemerkt haben konnte.
Auch ihm selbst war es erst in diesem Moment bewusst geworden.
Da der Tisch, wie schon erwähnt,
über keinen nennenswerten Rand verfügte,
um dort ihre Arme abzulegen, saß sie vornüber gebeugt
und stützte sich mit den Unterarmen auf ihren Oberschenkeln ab.
Dabei gab ihr weit ausgeschnittenes T-Shirt den Blick frei,
sodass er mehr als nur den Ansatz ihrer Brüste deutlich erkennen
konnte.
"Die meisten Männer lieben die weiblichen Brüste",
kommentierte der Alte,
als wollte er sich auf diese Weise rechtfertigen.
"Ist das nun eine Charakterschwäche?"
fügte er etwas verlegen hinzu,
wobei ihm eine leichte Wärme in die Wangen stieg.
"Auf jeden Fall eine Schwächung", erwiderte sie trocken,
ohne aufzuschauen, und positionierte ihren Bauern daraufhin
angriffslustig auf d4.
'Aber welch ein schöner Anblick!' dachte der Alte.
"Deine Brüste gleichen den Weintrauben",
zitierte er in einem übertrieben pastoralen Tonfall.
"Ich weiß", sagte sie kühl, "so steht es im *Hohelied des Salomo*.
Diese Passage sollte gestrichen werden, sie ist sexistisch."
Die beiden schauten sich an und mussten lachen.

"Übrigens begann eine Partie zwischen dem Geiger
David Oistrach und dem Komponisten *Sergej Prokofiev*
bei einem offiziellen öffentlichen Schachturnier in Moskow 1937
mit eben dieser sizilianischen Eröffnung."
Offenbar wollte Sun die Aufmerksamkeit wieder auf das Spiel
lenken, und auch der Alte versuchte krampfhaft,
seine Konzentration auf das Spiel zurückzugewinnen.
Er staunte nicht schlecht über ihre enormen Kenntnisse
und verstand ihre Aussage gleichzeitig als eine deutliche Warnung.
'Man sollte seinen Gegner niemals unterschätzen,
und seine Gegnerin auch nicht.'
An diesen Satz konnte er sich noch gut erinnern,
aber er hatte vergessen, wo und wann und von wem er ihn
aufgeschnappt hatte.
Beherzt schlug nun sein Bauer von c5 nach d4.
Auf diese Weise hatte er dem Läufer f8 zur gesamten Diagonale
verholfen, und er war sich selbstverständlich sicher,
dass Suns Antwort nicht lange auf sich warten lassen würde.
Tatsächlich reagierte sie prompt,
indem sie den Bauern d4 mit Hilfe des Springers f3 eliminierte
und dabei flankierend kommentierte:
"Dies war vielleicht nicht die beste aller Möglichkeiten.
Du hast immer noch meine Brüste im Kopf!"

"Die meisten Männer sind verrückt nach weiblichen Brüsten",
entgegnete er, ohne ihrer Aussage zu widersprechen.
Nun brachte auch er seinen Springer ins Spiel,
indem er ihn von dem Feld f6 Besitz ergreifen ließ.
"Nur wenige Männer können wirklich gut damit umgehen,
außerdem lieben wir Frauen sie auch, und nicht nur die eigenen."
Nach diesen Worten setzte Sun ihren zweiten Springer nach c3.
"Das Verrückte dabei ist ja", setzte der Alte das Gespräch fort,
"dass der Mensch das einzige Säugetier ist,
dessen weibliche Wesen Brüste haben, unabhängig von der
Schwangerschaft, und niemand kann sagen, warum das so ist."
Während er sprach, schob er seinen Läufer auf b4 vor.

"Jetzt stelle dir einmal vor, es wäre nicht so", sagte Sun
und bedrohte seinen Springer auf f6 durch den Bauern e4,
welcher nach e5 vorrückte.
"Das wäre wie Frankreich ohne Paris", so der Alte spontan,
und wich mit seinem bedrohten Springer nicht zurück,
sondern nach d5 aus.
"Oder wie Schach ohne Dame."
Sun sagte dies, nahm ihre Dame
und zog sie diagonal bis auf das Feld g4 vor.
Ihre Absicht hierbei war nicht schwierig zu durchschauen,
und während der Alte schmunzelnd formulierte,
"außerdem wären Frauen sicherlich ständig schwanger",
musste er selbstverständlich seinen Bauern g7 nach g6 bewegen,
andernfalls würde Suns weiße Dame seine Phalanx durchbrechen,
den Turm kassieren und Schach bieten können.
Jetzt wurde es Zeit für Weiß, den Läufer b4 zurückzudrängen.
Sun schob den Bauern a2 folgerichtig auf a3.
Nun schlug der Alte nicht etwa den ihn bedrohenden Bauern a3,
auch zog er seinen Läufer nicht wieder zurück,
sondern er überraschte Sun mit dem Zug seiner Dame nach a5.
Dabei hatte er einen leicht triumphalen Ausdruck im Gesicht.

Daraufhin war es keine Überraschung,
dass Sun den Läufer mit Hilfe des Bauern von a3 nach b4 schlug.
Mit diesem Zug hatte der Alte selbstverständlich gerechnet.
Auch der folgende Zug war bereits gedanklich antizipiert
und erfolgte deshalb ohne langes Zögern,
indem die schwarze Dame bis zur Grundlinie nach a1 vorstieß
und dabei den weißen Turm kassierte.
Im direkten Anschluss setzte Sun ihren Springer von d4 nach b3
und bedrohte die schwarze Dame.

Der Alte hielt inne. Allmählich dämmerte ihm,
dass es ein unausweichliches Ende hatte mit seiner Dame.
Er hasste es, in eine derartig ausweglose Lage zu geraten, und
seine Enttäuschung darüber war ihm im Gesicht geschrieben.

Wieder einmal hatte er die Macht der beiden Springer
unterschätzt und gab auf,
indem er dem König einen leichten Stoß versetzte,
sodass dieser umfiel.

"Erzähl' mir mehr von weiblichen Brüsten", sagte Sun kokett,
"dann kommst du vielleicht besser über deine Niederlage
hinweg."
Ihr Prinzessinnen-Lächeln, welches diese Aussage begleitete,
hatte der Alte lange nicht mehr an ihr beobachten können.
Sie zeigte jedoch keine Spur von Spott oder Schadenfreude.
"Nun", begann der Alte, "meine erste intensive Begegnung
mit weiblichen Brüsten war natürlich, wie kann es anders sein,
mit denen meiner Mutter.
Dabei muss man berücksichtigen, dass kurz nach dem Krieg
viele Menschen bettelarm waren und erbärmliche Not litten.
Die meisten lebten unter miserablen Wohnbedingungen.
Selbstverständlich gab es noch keine fertige Babynahrung,
auch keine Pampers, sondern lediglich Stoffwindeln.
Es interessierte sich auch niemand für die Frage,
ob und in welcher Dosierung die Muttermilch mit Schadstoffen
belastet war.
Es war also klar, die Mütter stillten solange es irgend ging,
oft sogar noch, als die Kleinen schon längst Zähne hatten.
So war es auch bei mir. Meine Mutter beschrieb später häufig,
wie ich sie beim Stillen in die Brust gebissen habe."
Sun hatte bis hierher kommentarlos zugehört.
"Was kannst du mir noch erzählen über weibliche Brüste,
ich meine, außer über diejenigen deiner Mutter?"
fragte sic nun und lächelte ihr himmlisches Prinzessinnen-Lächeln.
Der Alte amüsierte sich köstlich ob dieser Frage
und begann daraufhin, aus seiner frühen Jugendzeit zu erzählen,
von der Begegnung mit der jungen Frau im Bikini in der Badeanstalt
an der Wakenitz und ihren unfassbar magischen Brüsten,
welche ihn so ungemein beeindruckt hatten,
für ihn aber leider unantastbar geblieben waren.

Schon einmal hatte der Alte an diesem sonnigen Morgen,
an welchem er auf die Rückkehr Suns wartete,
an diese erotische Jugendepisode zurückdenken müssen.

"Wie war es denn mit deiner ersten Freundin?"
wollte Sun wissen, "hatte sie die perfekten Brüste?"
"Oh ja, sie waren wirklich phantastisch!" schwärmte der Alte,
"dies traf ohne jeden Zweifel auf *Simonetta* zu,
jedenfalls habe ich es damals so empfunden.
Aber das war selbstverständlich nicht alles", fügte er eilig hinzu.
"Übrigens hieß sie tatsächlich *Simonetta*.
Ihre Eltern hatten sie so genannt, weil sie glühende Anhänger
der *Renaissance* und der *Aufklärung* waren.
Wie sich wohl sehr bald zeigte, passte dieser Name wegen
ihres norditalienischen Aussehens wirklich wundervoll zu ihr.
Für mich jedenfalls stellte *Simonetta* zu jener Zeit zweifellos
das vollkommene weibliche Wesen dar,
und sie war *mir anfangs vorgekommen wie der schönste Engel 10)*."

"Wo hast du sie kennengelernt?" fragte Sun neugierig.
"Ich lernte sie bei einer musischen Freizeit kennen,
auf einem Schloss am See, im Norden des Landes."
Der Alte begann etwas zögerlich mit seiner Erzählung.
"Sie spielte Klavier und ich spielte Geige.
Es hatte sich völlig überraschend und unerwartet ergeben,
dass wir uns zur Dunkelheit im Spiegelsaal des Schlosses
verabredeten. 'Lass das Licht aus', flüsterte sie,
als ich die Tür öffnete und den Saal betrat.
Wir küssten uns sogleich leidenschaftlich,
dabei streichelte ich voller Hingabe ihre Brüste,
die von einer bemerkenswerten Größe und Festigkeit waren,
und sie ließ mich gewähren.
Dieser Moment war für mich der Gipfel der Glückseligkeit."
Der Alte hielt einen Moment inne, seufzte und räusperte sich.
Dann setzte er mit gefasster Stimme fort:

10) vgl. H. von Kleist, Novellen

"Später lernte ich dann ihr Zuhause kennen, ihre Eltern,
ihre im positiven Sinne bildungsbürgerliche Familie,
in welcher Kunst und Kultur im Allgemeinen und Musik
im Speziellen eine große und selbstverständliche Rolle spielten.
Jedes Mitglied dieser Familie lernte ein Musikinstrument.
Es war das 'Sahnehäubchen' unserer Liebesbeziehung,
wenn Simonetta und ich gemeinsam musizierten.
Die *Violinsonate in G von Johannes Brahms* war 'unser' Stück,
denn unsere Liebesglückseligkeit schien hier,
besonders im 1.Satz, vollkommen in Musik ausgedrückt
und der Name *'Simonetta'* in Töne gestanzt zu sein,
nicht nur in den Takten drei und vier des ersten Satzes.
Dieses Motiv zieht sich durch die gesamte Sonate hindurch.

Der Alte deutete die sakral majestätisch schreitenden Akkorde
des Klaviers zu Beginn der Sonate mit beiden Händen an.
Mit dem Einsetzen der Geigenmelodie im zweiten Takt werden
diese Akkorde zu einem Walzer umgedeutet.
Sun und der Alte summten leise den Anfang dieses Violinparts
und schauten sich währenddessen voller Begeisterung an.
Plötzlich brach der Alte ab und setzte seine Erzählung fort.
"Nach der Glückseligkeit folgte die Katastrophe.
Kurz vor Weihnachten holte ich *Simonetta* vom Bahnhof ab.
Sie kam aus ihrem Studienort im Süden,
um das Weihnachtsfest bei ihrer Familie zu verbringen.
Wir gingen in eine Kneipe in der Nähe des Bahnhofs,
welche an Decke und Wänden mit zahlreichen kupfernen Töpfen
und Pfannen dekoriert war.
'Ich bin schwanger!' sagte sie,
und nach einer längeren Pause, 'aber nicht von dir!'
Das war bitter für mich, sogar sehr bitter." Der Alte seufzte tief.
Bis zu diesem Augenblick hatte er alles im Wesentlichen sachlich
und ohne erkennbare Emotionen geschildert,
so, als ginge es gar nicht um ihn, als würde er nicht von sich,
sondern von einer anderen, fremden Person erzählen.
Diese letzte Erinnerung allerdings hatte ihn nicht unberührt
gelassen.

Als er wieder ganz gefasst war, setzte er fort:
"Aber ich konnte und wollte nicht lassen von ihr, auch nicht,
nachdem sie eine illegale Abtreibung gut überstanden hatte."
Er atmete mehrere Male tief durch.
"Kurz darauf reiste ich per Anhalter nach Süddeutschland,
um sie dort, wo sie studierte, zu besuchen.
Als ich an ihrem Haus ankam, klingelte ich vergeblich.
Sie war nicht anzutreffen. Stattdessen hing ein Zettel an ihrer Tür.
'Es tut mir leid', stand dort geschrieben,
'aber ich bin übers Wochenende mit Freunden in den Bergen'.
Noch in derselben Nacht fuhr ich per Anhalter zurück in den
Norden. Das war das Ende."

Sun schwieg, und nach einer Weile fügte der Alte hinzu:
"Sie nahm sich die Männer, die ihr über den Weg liefen,
die ihr gefielen und die sie haben wollte."
"Dann war sie im Grunde eine moderne, selbstbestimmte Frau",
kommentierte Sun, "auch wenn es mir für dich leid tut."
"Ja, vielleicht war sie es,
aber die Zeiten damals waren überhaupt noch nicht modern.
Es war eine Zeit, da entblößte Brüste im Film oder
in Illustrierten noch Skandale auslösten,
und viele Frauen glaubten zu jener Zeit noch,
sie könnten vom Küssen schwanger werden.
Simonetta jedenfalls wurde damals verachtet
und als jemand tituliert, 'die es mit jedem treibt',
was so viel wie 'Hure' bedeutete."
Dann wiederholte der Alte noch einmal,
"für mich war es damals einfach sehr bitter."

Dieses Mal klang es eher wie ein nüchternes Resümee.
Sun wusste eine Weile nicht, was sie sagen sollte,
fragte dann aber, "hast du sie jemals wiedergesehen?"
"Ja, das habe ich", antwortete er,
"nach mehr als fünfundvierzig Jahren.
Sie war eine alte, fremde Frau. Ich habe sie nicht wiedererkannt.
Es machte keinen Sinn, es war einfach zu lange her."

Nun begann eine lange Pause des beiderseitigen Schweigens,
die mit zunehmender Dauer spannungsreicher,
und insofern auch unangenehmer, ja bald unerträglich wurde.
Schließlich brach der Alte die quälende Stille.
"Wann wirst du mir etwas aus deinem Leben erzählen, Sun?"
Dem Alten war bewusst geworden, dass er im Grunde nicht viel,
genauer gesagt, fast nichts über Suns Vergangenheit wusste.
"Wenn ich etwas von mir preisgebe, hast du Macht über mich,
und ich weiß jetzt noch nicht, ob ich dir völlig vertrauen kann",
erwiderte sie, und bei diesen Worten nahm ihr Gesicht
einen traurigen Ausdruck an.
Etwas später fügte sie leise hinzu:
"Aber ich bin mir fast sicher, dass der Zeitpunkt kommen wird,
irgendwann, bald."
Für den Alten indes klang diese Aussage nicht besonders
überzeugend.

"Lass uns etwas singen!" schlug er aufmunternd vor,
indem er sich selbst gleichsam einen inneren Ruck gab.
Er nahm seine Gitarre zur Hand,
und nach einem kurzen Vorspiel begann er zu singen.

"Ich weiß nicht, was soll es bedeuten, dass ich so traurig bin ..."
Zum Erstaunen des Alten stimmte Sun sofort mit ein.
Sie kannte offenbar dieses überaus beliebte deutsche Lied,
welches sich bis weit nach Asien großer Begeisterung erfreut,
und es zeigte sich,
dass sie alle drei Strophen vollständig auswendig beherrschte.
Während der ganzen Zeit des gemeinsamen Singens
hatten die beiden ununterbrochenen Augenkontakt.
Infolgedessen reagierte Sun unmittelbar auf jede
noch so kleine Veränderung im Tempo, in der Lautstärke
oder im Ausdruck, so zum Beispiel bei der Textzeile
und ruhig fließt der Rhein, als der Alte das Tempo verlangsamte,
sowie bei den Worten *der Rhein* einen Augenblick innehielt,
um bei der Zeile *der Gipfel des Berges funkelt*
sofort zum ursprünglichen Tempo zurückzukehren.

Die zweite Strophe wurde von beiden sehr schön ausgesungen,
war schwärmerisch im Ausdruck, besonders an den Textstellen
*die schönste Jungfrau, wunderbar, goldnes Geschmeide,
goldenes Haar, mit goldenem Kamme.*
Bei den Worten *und singt ein Lied dabei* allerdings,
retardierte er erneut, nahm zugleich auch die Lautstärke zurück,
wandte sich also auf diese Weise stärker der Innerlichkeit zu
und verweilte für einen Moment auf dem Wort *dabei*
unter Anwendung einer kurzen Fermate.
Das Ende dieser Strophe, nämlich die Passage
das hat eine wundersame, gewaltige Melodei
nahm der Alte allerdings insgesamt deutlich zurück.

Dann begann die dritte Strophe, und mit den Zeilen
*Ergreift es mit wildem Weh,
er schaut nicht die Felsenriffe,
er schaut nur hinauf in die Höh,*
in denen sich die kommende Katastrophe bereits ankündigt,
beschleunigte er fast unmerklich, aber stets drängend,
um die Dramatik noch zu steigern, bis zum Ende der Textzeile
*Ich glaube, die Wellen verschlingen
am Ende Schiffer und Kahn.*
Nach einer dieses Mal ausgedehnten Fermate
wurde er deutlich ruhiger und schloss mit den Worten
Und das hat mit ihrem Singen die Loreley getan.

Als sie geendet hatten, stellte der Alte seine Gitarre an die Seite.
"Das hat die Loreley getan", wiederholte er bedeutungsvoll.
Sun: Was soll es bedeuten?
Er: Das hat die schönste Jungfrau mit ihrem Singen getan.
Sun: Ich weiß nicht.
Er: Das hat die schönste Jungfrau getan.
     Sie kämmt ihr goldenes Haar,
     sie kämmt es mit goldenem Kamme,
     ihr goldnes Geschmeide blitzet
     und sie singt ein Lied dabei.

Sun: Ich glaube,
  der Gipfel des Berges funkelt im Abendsonnenschein,
  dort oben, wunderbar.
Er: Und sie singt.
  Sie singt eine wundersame Melodei.
Sun: Sie kämmt und singt ein Lied.
Er: Sie singt eine gewaltige Melodei.
Sun: Sie kämmt und kämmt und sie singt.
Er: Den Schiffer ergreift es.
  Es kommt ihm nicht aus dem Sinn.
Sun: Die Luft ist kühl.
  Es dunkelt.
  Der Gipfel funkelt,
  und ruhig fließt der Rhein.
Er: Er schaut nicht die Felsenriffe.
Sun: Sie sitzet, sie kämmt, sie singt.
Er: Die Wellen verschlingen am Ende den Schiffer
  im kleinen Schiffe.
Sun: Er schaut nicht,
  er schaut nur hinauf in die Höh,
Er: mit wildem Weh',
  die schönste Jungfrau,
  dort oben,
  wunderbar.
Sun: Ein Märchen.
Er: So traurig.
Sun: Ein Märchen aus alten Zeiten.
Er: Ich weiß nicht.
Sun: Aus alten Zeiten von *Heinrich Heine*.
Er: Ich glaube, ein Märchen von *Clemens Brentano*.
Sun: Was soll es bedeuten?
Er: Was soll es bedeuten?
  Die Wellen verschlingen Schiffer und Kahn,
  und das hat die schönste Jungfrau getan.
Sun: Ich weiß nicht, er schaut nicht die Felsenriffe,
  er schaut nur hinauf in die Höh, mit wildem Weh.

Die ganze Zeit hindurch hatten sie am Schachtisch gesessen
und sichtlich ihr Vergnügen an diesen Wortspielereien gehabt.
"Revanche?" fragte der Alte schließlich.
Selbstverständlich gewährte Sun ihm eine weitere Partie,
welche ebenso, wie die erste, nach zehn Zügen zu Gunsten Suns
endete.
"Was möchtest du heute essen?"
hatte er sie nach dem Spiel gefragt.
"Was soll ich uns heute kochen? Hast du einen Wunsch?
Ich habe doch versprochen, dich gut zu pflegen,
dich wieder aufzupäppeln
und überhaupt, gut auf dich aufzupassen."
"Kannst du 'Chili con carne' machen? Ich liebe es sehr",
war Suns Antwort. "Ich habe leider kein Hackfleisch im Haus,
auch keine Cabernossi oder Salami", bedauerte der Alte.
"Geht vielleicht 'sin carne'?
Es wäre mir eigentlich sowieso lieber ohne Fleisch."
"Das würde viele gute, weil pflanzliche Proteine bedeuten",
schwärmte der Alte, "aber bedenke",
und an dieser Stelle begann er wieder zu singen,
"jedes Böhnchen gibt ein Tönchen, tral-lal-la, tral-lal-la"
und amüsierte sich dabei köstlich.

17

"Ich brauche dringend eine Geige", sagte Sun plötzlich,
nachdem die beiden sich das Chili hatten schmecken lassen.
Der Alte erinnerte sich noch genau an jenen Tag,
war ihm doch am selbigen Morgen die Todesanzeige
der Nachbarin Mathilde A. mit der Post zugestellt worden,
samt einer Einladung zur Trauerfeier auf dem örtlichen Friedhof.
Außerdem war anlässlich ihres Todes ein Artikel über Mathilde A.
in der lokalen Zeitung erschienen, unter der Überschrift
MORD IM DORF- KEIN GANZ GEWÖHNLICHER FALL,
den er sich aber für einen späteren Zeitpunkt aufgehoben hatte.
"Ich muss unbedingt wieder anfangen zu üben", erklärte Sun.
"Ich werde ja bald wieder spielen müssen, dienstlich,
wie man hier sagt, aber ich habe nun leider kein Instrument mehr,
und ein zweites besitze ich nicht.
Außerdem weißt du doch, wie schwer es ist,
und welche entsetzliche Quälerei es bedeutet,
nach so langer Zeit auf dem Instrument wieder fit zu werden."

"Du kannst meine solange haben", antwortete der Alte spontan,
wobei überhaupt nicht klar war, was er mit 'solange' meinte.
Im Grunde hatte er wenig Hoffnung,
Sun könnte jemals die von ihr so geliebte Geige wiedersehen.
"Es ist keine Stradivari, auch keine Vuillaume", fügte er hinzu,
"es handelt sich nur um meine Schülergeige von früher.
Es ist kein schlechtes Instrument, ich gebe es dir gern,
und ehrlich gesagt, ich hänge nicht besonders daran."

Nun begann der Alte, die Geschichte seiner Geige zu erzählen.
"Meine Eltern hatten damals dem Neukauf einer Geige zugestimmt
und eine für die damalige Zeit
beträchtliche Summe zur Verfügung gestellt,
was für sie und die Familie durchaus als Opfer anzusehen war,
denn es bedeutete unweigerlich Verzicht in anderen Belangen.

Ich hatte Talent gezeigt, erste Erfolge hatten sich
mit dem städtischen Jugendorchester eingestellt,
insbesondere auf einer Tournée durch Frankreich,
was zu der damaligen Zeit noch etwas ganz Besonderes war.
Auch eine Berufswahl als Musiker schien nicht ausgeschlossen.
Um eine neue Geige zu finden, hatte mein damaliger Geigenlehrer
von dem bekanntesten ortsansässigen Geigenbaumeister,
mit dem der Lehrer selbst sehr gut bekannt war,
drei Instrumente zur möglichen Auswahl beschafft.
Von diesen Instrumenten war eins von dem Geigenbauer
selbst hergestellt worden.
Meine Wahl fiel allerdings nicht auf diese Geige",
setzte der Alte seine Erzählung fort,
"sondern ich hatte mich sofort in eine andere verliebt,
nachdem wir die drei Instrumente hinreichend gespielt und
angehört hatten.
Meine Entscheidung aber gefiel dem Geigenlehrer überhaupt nicht.
Er redete solange auf mich ein und bearbeitete mich derart,
dass ich meine Entscheidung revidierte und mich für die
von dem Geigenbauer selbst gefertigte Geige entschied.
Ich war damals noch ziemlich jung und dementsprechend
unerfahren. Niemand, schon gar nicht meine Eltern,
konnte mir bei dieser schwierigen Entscheidung helfen.
Wahrscheinlich hat mein Geigenlehrer damals
eine gute Provision bekommen, dafür,
dass ich mich für die Geige des Geigenbauers entschied.
Wirklich geliebt habe ich dieses Instrument zu keiner Zeit."

Nach einigen Augenblicken erhob sich der Alte. Mit den Worten
"einen Moment, ich bin gleich wieder da", verschwand er.
Es dauerte nicht lange, und er kehrte mit einem Geigenetui zurück.
Während er es öffnete, befiel ihn wieder diese Beklemmung,
er könnte nun eine zertrümmerte Geige vorfinden,
so, wie es in jenem schockierenden Albtraum geschehen war.
Voller Spannung und im Zustand ängstlicher Erwartung
öffnete er das Etui vorsichtig.
Glücklicherweise befand sich alles in einem einwandfreien Zustand.

Er nahm die Geige heraus, stimmte sie routiniert und
begann zaghaft, da er lange Zeit nicht gespielt hatte, zu zupfen.

cc ee gg e   ff dd hh g   cc ee gg e   cc fis fis g   45)

An dieser Stelle unterbrach er sein Spiel abrupt.
"Der *Joseph Haydn* hätte mir sicher verziehen,
denn ich glaube, er war der humorvollste Komponist,
den es je gab, und diese Melodie vermutlich die einfachste,
die in der gesamten klassischen Periode geschrieben wurde."
Nach dieser Aussage begann der Alte erneut zu zupfen,
nun allerdings deutlich weniger behutsam, wobei er jetzt,
als Anspielung auf die Bohnen im Chili,
zu der Melodie singend den folgenden Text hinzufügte:

Jedes Böhnchen gibt ein Tönchen,
jede Bohne einen Ton,
jedes Böhnchen gibt ein Tönchen,
horch, da kommt es schon!

Nun folgte der G-Dur-Akkord, mit dem Bogen gestrichen,
über vier Saiten, aber mit viel zu viel Bogendruck gespielt,
sodass es kratzte und außerdem derart falsch intoniert war,
dass es sich wie bei einem Anfänger anhörte.
Darauf glitt er, auf der oberen unsauberen Sexte tremolierend,
mit dem 1. und 2. Finger nach oben,
bis er am Ende des Griffbretts angekommen war,
dabei immer leiser werdend und sich allmählich verflüchtigend,
woraufhin Sun augenblicklich zu lachen begann, in einer Weise,
wie der Alte es nie zuvor bei ihr erlebt hatte.
Durch Suns Reaktion ermuntert, ließ er nun,
viel selbstbewusster als zu Beginn, eine zweite Strophe hören,
wobei er jetzt den Bogen zum Streichen benutzte.

45) J. Haydn, Sinfonie 'Mit dem Paukenschlag'

Luft muss raus, die Luft muss raus,
erstens hier, (dabei zeigte er auf sein Hinterteil
und machte dementsprechend eine kurze Zäsur)
dann aus dem Haus,
Luft muss raus, die Luft muss raus,
aus dem Haus hinaus.

Haydns gebrochenen vierstimmigen G-Dur-Akkord nahm er
nun als Anfang von *Mozarts kleiner Nachtmusik,*
wieder auf eine absichtlich dilettantische Weise gespielt.
Dabei ging er zum Fenster,
und nachdem er die ersten vier Takte dargeboten hatte,
öffnete er das Fenster weit, fächerte mit der Geige derart,
als wollte er die schlechte Luft und den abgestandenen Mozart
'hinausschaufeln' und schloss es daraufhin wieder.
Sun konnte nun nicht mehr an sich halten vor Lachen.

Sie schien auf dem besten Wege zu sein,
jegliche Selbstkontrolle vollständig zu verlieren.
Zu keiner Zeit hatte der Alte sie so ausgelassen erlebt.
Nun setzte er zu einer weiteren Strophe an.

Ohne Tönchen geht es nicht,
geht es nicht, geht es nicht,
denn beim Furzen geht es schlicht,
ohne Tönchen nicht.

Dieses Mal verzichtete der Alte überraschend auf
den schrägen, dennoch machtvollen G-Dur-Akkord,
welcher der Sinfonie ihren Beinamen s.45) eingebracht hatte.
Indem er unmittelbar nach Es-Dur wechselte, begann er,
die Wellenfiguren aus dem Vorspiel der Oper *Rheingold*
zu intonieren. Suns Lachanfall ebbte allmählich ab.
Sie fragte sich möglicherweise, was das Ganze denn nun
mit *Richard Wagner* zu tun haben könnte 46).

46) s. F. Nietzsche, 'Testament' (1889)

Hiervon unbeeindruckt setzte der Alte seinen Vortrag
mit der folgenden Strophe fort.

Tut sich dann ein Tönchen kund,
Tönchen kund, Tönchen kund,
ist es für den Darm gesund,
für den Darm gesund.

Und genau in diesem Moment ermöglichte ihm
seine Darmtätigkeit, einen sonoren Furz
von durchaus bestimmbarer Tonhöhe hören zu lassen.
Das war nun eindeutig zu viel für Sun.
Sie krümmte sich, sie schüttete sich aus vor Lachen
und schien völlig außer Kontrolle geraten zu sein.
Währenddessen setzte der Alte zu einer weiteren Strophe an.

Lässt ein Furz sich deutlich hör'n
deutlich hör'n, deutlich hör'n,
muss uns das gewiss nicht stör'n,
ganz gewiss nicht stör'n.

Der Alte hatte geendet. Er setzte die Geige ab
und versuchte, indem er eine seriöse Haltung einnahm,
einen Nachrichtensprecher im Rundfunk zu imitieren.

Achtung, liebe Zuhörer! Und nun eine Warnmeldung:
Vorsicht! Auf der Autobahn zwischen Engelskirchen West
und Engelskirchen Ost liegt ein Kothaufen auf der Fahrbahn.
Bitte fahren Sie deshalb vorsichtig an die Gefahrenstelle heran.
Ach nein, verzeihen Sie, es handelt sich um einen Kotflügel!

Sun lachte und lachte, sie lachte wie wahnsinnig.
Alle Dämme schienen gebrochen zu sein.
Sie zitterte am ganzen Körper vor Lachen,
und jede Zelle ihres Körpers schien vom schallenden Gelächter
ergriffen zu sein und durchgeschüttelt zu werden.

Niemals hatte der Alte sie so hemmungslos, so befreit,
so bar jeder schützenden Maske erlebt.
"Ich kann nicht mehr! Ich kann nicht mehr!"
rief sie fortwährend, und gekrümmt vor Lachen
hielt sie ihren Bauch mit beiden Händen,
als fürchtete sie, er könnte unter der Wucht der Energien
zerplatzen.

Doch plötzlich war etwas mit ihr geschehen.
Mit einem Mal, so musste der Alte voller Sorge feststellen,
hörte es sich nicht mehr an wie fröhliches Lachen, im Gegenteil,
ihr Lachen war unvermittelt in verzweifeltes Weinen und
Schluchzen umgeschlagen.
Tränenströme ergossen sich aus ihren Augen
und liefen ihre Wangen hinunter.
Er versuchte alles nur Mögliche, um sie zu beruhigen (...)
Dann schloss er sie, da ihre Tränen in unendlichen
Ergießungen niederflossen, in seine Arme und fragte sie,
von Rührung selber ergriffen: 47)
"Was hast du? Was hast du? Was ist mit dir geschehen?"
Der Alte fühlte sich unweigerlich an die Szene im Krankenhaus
erinnert, als Sun ihm zitternd und unter Fluten von Tränen
von dem Überfall auf der Brücke
und dem Diebstahl ihrer Geige erzählt hatte.
Nach einer Weile hatte sie sich wieder ein wenig gefangen.
"Ich habe eine verletzte Seele", stammelte sie unter Schluchzen
und fügte hinzu: "Ich habe eine dunkle Vergangenheit.
Ich habe versucht, es zu vergessen, aber es ist mir nicht gelungen.
Noch nie habe ich mit jemandem darüber gesprochen.
Ich habe es immer nur für mich behalten, ja behalten müssen,
voller Scham, voller schlechter Gefühle,
denn ich wollte unter gar keinen Umständen
andere mit der Wahrheit belasten.
So spielte ich weiter Theater und versteckte die Wahrheit
hinter Lügen und meiner lächelnden Fassade."

47) H. von Kleist, Novellen

Der Alte hatte keine Ahnung, worum es überhaupt ging.
"Erzähl mir mehr! Bitte hab Vertrauen", bat er fürsorglich.
"Oft hilft einfach schon das reine Erzählen,
und dass jemand aufmerksam zuhört."

"Meine Großmutter", begann sie schließlich zögerlich,
"meine Großmutter wurde im Krieg von feindlichen Soldaten
verschleppt, zusammen mit vielen anderen jungen Frauen.
Sie wurden gefangen gesetzt, in Militärbordellen wie Tiere
gehalten und gezwungen, sich den Soldaten hinzugeben.
Häufig waren es bis zu dreißig Soldaten täglich,
denen sie 'Trost spenden' musste, wie man es dort nannte.
Meine Großmutter war damals erst vierzehn Jahre alt.
Sie war ihnen völlig ausgeliefert und schutzlos preisgegeben.
Die Soldaten benutzten sie wie lebendige Speibecken,
wie Urinale, in die sie sich entleeren konnten.
Sie quälten die Frauen mit ihren perversen sadistischen Spielen,
unmenschlich, gewissenlos, brutal, hemmungslos, barbarisch.
Einmal hatte eines der Mädchen zu fliehen versucht.
Man fing sie wieder ein, schlug ihr die Zähne aus,
brach ihr beide Beine und schnitt ihr einen Zeh ab."
Sun wischte sich mit beiden Händen durch ihr tränennasses Gesicht
und schluchzte dabei wiederholte Male.

"Als der Krieg zu Ende war, dachte meine Großmutter,
alles wäre vorbei, sie könnte nun alles vergessen
und ein neues Leben beginnen.
Ihr Lebenstraum bestand in einem kleinen Gemüseladen,
den sie auch tatsächlich eröffnen konnte.
Ihre Mitmenschen jedoch mieden sie und ihren Laden.
Sie kamen nicht zu ihr, um einzukaufen.
Man verachtete und demütigte sie für etwas,
wozu sie unter Androhung des Todes gezwungen worden war.
In den Augen ihrer Mitmenschen hatte sie das Ansehen ihrer Familie
beschmutzt."
Erneut seufzte Sun tief.

"Um zu überleben, war meine Großmutter gezwungen,
ihren Körper an sogenannte 'Freier' zu verkaufen.
Man hatte ihr keine andere Chance zum Überleben gegeben.
Die Schuld für die an den Frauen verübten Verbrechen aber
wurde erst siebzig Jahre später anerkannt.
Ferner wurden eine Entschuldigung ausgesprochen
und eine Entschädigung gezahlt.
Für die meisten Betroffenen kamen diese Maßnahmen
allerdings zu spät, denn viele von ihnen waren bereits verstorben."
Sun stockte. Sie hatte sich nun wieder völlig unter Kontrolle
als sie hinzufügte:
"Diese Geschichte verfolgt mich jede Nacht in meinen Träumen".
Überraschend legte sie dem Alten ihre Hand auf seinen Mund,
als er zu einer Frage ansetzen wollte.
"Bitte nicht, bitte frag nicht mehr", bat sie flehentlich flüsternd.
"Ich fühle mich schlecht, es lastet bleischwer auf meiner Seele.
Wenn ich weiter erzähle, liefere ich mich dir vollständig aus.
Ich kann es nicht. Ich kann nicht weiter darüber sprechen."
Darauf ergriff sie das Etui mit der Schülergeige des Alten
und umschloss es fest mit beiden Armen,
so, als wäre es ihr neugeborenes Kind.
"Ich danke dir für die Geige",
sagte Sun mit zarter, zerbrechlicher Stimme,
als sie sich mit 'ihrer' neuen Geige zum Üben zurückzog,
mit verweintem Gesicht, vornüber gebeugt
und den Blick zu Boden gesenkt.
"Jetzt, mit der Geige, wird es mir schnell wieder besser gehen",
sagte sie noch im Weggehen und ließ den Alten ratlos und traurig,
ja fast ein wenig verstört zurück.

18

Der Alte hatte sich auf der Couch niedergelassen
und dort lange, sehr lange und wie betäubt verweilt.

Leise, aus der Ferne, wie aus einer anderen Welt herüberklingend,
vernahm er Suns erste Geigenübungen.
Es waren Tonleitern, Doppelgriffe, Lagenwechsel, Fingerübungen,
Übungen für Triller und Vibrato, ebenso Übungen für den Bogen,
wie etwa solche mit wechselnder Lautstärke,
mit verschiedenen Phrasierungen, aber auch rhythmische Übungen.

Er hatte keine Ahnung, wie lange er dort gesessen hatte.
Die letzte Episode mit Sun hatte ihm stark zugesetzt.
Ihre Erzählung hatte ihn niedergedrückt, ja völlig deprimiert.
Als besonders bedrückend empfand er die Tatsache,
dass sie ihre Lebensgeschichte nicht zu Ende erzählt hatte.
Durch den überraschenden Abbruch jedoch war klar geworden,
dass ihre Schilderung noch eine,
wenn nicht sogar mehrere Fortsetzungen haben musste.
Von sich selbst hatte sie bisher nichts preisgegeben.
'Eine verletzte Seele', 'die dunkle Vergangenheit',
was hatte dies alles zu bedeuten?
Die Geschichte ihrer Großmutter hatte ihn erschüttert.
Was Sun bis jetzt offenbart hatte, war wohl nur der Prolog,
während das ganze Ausmaß des eigentlichen Dramas
noch nicht erzählt war.
Lange saß der Alte einfach nur da und starrte in die Luft.
Dabei ging ihm alles nochmals durch den Kopf,
was er seit seiner Rückkehr aus dem Norden mit Sun erlebt hatte.

Irgendwann erinnerte er sich an die Email seiner Frau.
Er erhob sich langsam und ging zu seinem PC hinüber.

"Mein Lieber", schrieb sie,
"ich bin so maßlos enttäuscht, so deprimiert, so wütend!
Ich will nur noch weg hier, schnell und möglichst weit!
Sobald es geht, werde ich diese Vulkaninsel verlassen.
Ich habe mich in den Süden Ecuadors
an die Grenze zu Peru versetzen lassen.
Auch dort gibt es ein soziales Projekt unserer Organisation.
Ich weiß noch nicht, ob es klappt, es ist auch egal,
denn es gibt genug zu tun,
in dieser barbarischen, erbarmungslosen, brutalen Welt.
Überall herrscht eine 'himmelschreiende' Ungerechtigkeit,
aber von 'dort oben' kam und kommt keine Antwort.

Hier auf der Insel jedenfalls herrschen Lug und Trug.
Hiermit meine ich vor allem Machenschaften von Menschen,
die mit den edelsten, ehrenwertesten Vorsätzen begonnen haben.
Ich hatte dir ja von dem deutschen Ehepaar erzählt,
das hier mit eigenen Mitteln und beträchtlichen Spenden
eine Schule und ein kleines Krankenhaus aufgebaut hat.
Die einheimische Leitung dieser Einrichtung hatte mich gebeten,
ihre Briefe nach Deutschland zu übersetzen.
Was ich dabei erfuhr, erschütterte und schockierte mich.
Immer öfter schickten sie Briefe
mit ständig zunehmenden finanziellen Forderungen.
Dabei hatten sie sich schon wiederholt höhere Gehälter genehmigt,
die mittlerweile zu den höchsten im ganzen Lande zählen.
Junge Leute aus verschiedenen europäischen Ländern
kamen hierher, mit viel Elan und Idealismus ausgestattet.
Sie trugen ihre Reisekosten selbst, um hier ehrenamtlich
und selbstlos zur Verbesserung der Lebensbedingungen
der bedauernswerten einheimischen Bevölkerung beizutragen.
Anstatt aber Dienste für die Allgemeinheit zu erbringen
oder die anderen Kollegen zu entlasten,
werden sie dazu abgestellt, die Kinder der Leitung
und Kinder von Bessergestellten privat zu unterrichten.

Wo geholfen wird, da wird anscheinend auch betrogen.
Jedenfalls ist es hier so, und deswegen muss ich weg,
auch um zu sehen, ob es überall genauso ist wie hier.
Wer hat nur diese Ungerechtigkeit in die Welt gebracht?
Wer trägt hierfür Verantwortung? Kannst du es mir sagen?
Wundert es dich denn, wenn nun die massenhaften
Flüchtlingsströme nach Europa eingesetzt haben?
Würden wir es nicht auch versuchen an ihrer Stelle?
Ich grüße und umarme dich.
Auf bald, besos."

Als er zu Ende gelesen hatte,
nahm er wieder das entfernte Geigeüben Suns wahr.
Solange er sich mit der E-Mail seiner Frau beschäftigte,
hatte er es nicht bewusst wahrgenommen.

Sun hatte inzwischen ihre anfänglichen Übungen beendet
und damit begonnen,
sich mit dem *A-Dur Violinkonzert von Mozart* zu beschäftigen,
langsam und kontrolliert, so,
wie er es von ihr nicht anders gewohnt war.

19

Als der Alte von Mathildes Beerdigung zurückkehrte,
saß Sun in der Küche am Küchentisch.
Sie hatte sich eine Tasse Tee zubereitet
und rührte selbstversunken mit einer Zimtstange darin.
"Ich brauchte dringend eine Pause", sagte sie,
als wollte sie sich rechtfertigen. "Das Üben strengt mich an,
sehr sogar, ich habe mir einfach einen Ingwertee gemacht."
"Das ist ganz in Ordnung", erwiderte der Alte freundlich,
während er seinen schwarzen Mantel ablegte,
den er in den letzten Jahren immer häufiger zu Traueranlässen
hatte in Gebrauch nehmen müssen.
"Hast du auch einen Ingwertee für mich?" bat er Sun.
"Ja, gern. Aber was ist denn eigentlich mit dir geschehen?"
fragte sie neugierig und ein wenig besorgt.
"Du siehst ja völlig fertig aus!"

"So etwas habe ich noch nicht erlebt!" empörte sich der Alte.
Offenbar stand er noch immer unter dem Eindruck der Ereignisse.
Während Sun ihm einen Ingwertee zubereitete,
setzte er sich und begann zu erzählen.
"Als ich den Friedhof betrat und mich der kleinen Kapelle näherte,
sah ich schon auf dem Weg dorthin,
auf der linken und der rechten Seite des Weges,
zwei Menschengruppen sich gegenüber stehen,
feindselig, hasserfüllt und voller Aggressionen.
Die meisten von ihnen kannte ich gut und schon sehr lange.
Es waren Leute aus unserem Dorf, jedenfalls die Älteren,
welche die Verstorbene ebenfalls schon sehr lange kannten."
"Und die Jüngeren, was war mit ihnen?" fragte Sun.
"Ach, die Jüngeren, also die erst kürzlich Hinzugezogenen, nein,
die interessiert es nicht. Viele von ihnen grüßen nicht einmal mehr,
wenn man ihnen auf der Straße oder sonst wo begegnet,
und wenn sie deine Zufahrt zuparken und du dich beklagst,
beschimpfen sie dich als 'Querulanten' oder als 'Spießer'.
So ist es heute", antwortete der Alte mit resigniertem Unterton.

"Wieso eigentlich Dorf? Was meinst du mit Dorf?"
fragte Sun weiter.
"Ach, das sagen wir hier so", erklärte er.
"Damit meinen wir unsere Siedlung zwischen der Hauptstraße und dem Wald."
Der Alte stockte irritiert. Er hatte offenbar den Faden verloren und vergessen, was er eigentlich schildern wollte.
"Erzähl mir mehr!" ermunterte Sun den Alten.
"Was geschah weiter auf dem Friedhof?"
"Wie schon gesagt", fuhr er fort, sichtlich darüber erleichtert, nun seinen Anknüpfungspunkt wiedergefunden zu haben.
"Es waren zwei feindliche Gruppen, die sich gegenüberstanden, vor der kleinen Friedhofskapelle, mit Transparenten und Plakaten, wie bei einer Demonstration. Es war aber doch eine Beerdigung! Hast du so etwas schon einmal erlebt oder davon gehört?"
Der Alte wartete ihre mögliche Antwort gar nicht erst ab.
"Ich wusste gar nicht, wohin ich mich wenden sollte.
Also blieb ich in einiger Entfernung einfach stehen und beobachtete das weitere Geschehen."
Noch immer war ihm die innere Erregung anzumerken.
"Was war zu lesen auf den Plakaten?" fragte Sun ungeduldig.
"Bei der einen Gruppe stand geschrieben:
'Mörderin' und 'Du sollst nicht töten' und 'Mord bleibt Mord', auch 'Lynchjustiz'.
Bei der anderen Gruppe war zu lesen:
'Es war Notwehr' oder 'Die Rache', auch 'Er hatte es verdient' oder auch 'Tyrannenmord'.
Besonders spitzfindig war der Ausdruck 'ger(a)echt',
bei dem das 'a' in Klammern gesetzt war.
Am auffälligsten von allem aber war das in roter Farbe gemalte Spruchband: 'Sie töteten das Schwein, es musste sein'.
Stell dir vor, das Ganze auf einem Friedhof, vor einer Kapelle, direkt vor Beginn der Trauerfeierlichkeiten!
Im Innern der Kapelle, man konnte dort nämlich hineinschauen, stand der aufgebahrte Sarg Mathildes inmitten eines gewaltigen bunten Blumenmeeres."

"Wie ging es weiter?" fragte Sun voller Neugier.
"Dabei jedoch blieb es nicht", führte der Alte fort.
"Die feindselige Stimmung griff immer weiter um sich.
Die ersten Sprechchöre begannen Parolen zu skandieren.
Die Stimmung eskalierte zunehmend,
wurde immer hemmungsloser, immer aggressiver.
Dann trat der Pfarrer vor die Kirche, in seinem vollen Ornat.
Er versuchte, die Menschenhorde, diese furchteinflößenden,
'normalen' und 'unbescholtenen' Bürger, zu beruhigen.
Aber es gelang ihm nicht.
Er drang nicht durch, zu groß war der Lärm.
Enttäuscht wandte er sich und ging zurück in die Kapelle.
Voller Hass standen sich die beiden Gruppen gegenüber.
Bestärkt durch den Rückzug des Geistlichen
schrien sich mittlerweile mehrere Personen,
dann auch kleinere Gruppen, gegenseitig an.
Hin und her gingen die Wortgefechte.
Erste Tumulte und Rangeleien entstanden.
Dabei musst du wissen, dass die gesamte örtliche Presse
anwesend war, und auch das Fernsehen hatte ein Team geschickt.
Deren Anwesenheit schien auf die rivalisierenden Gruppen
keinerlei hemmenden Einfluss auszuüben.
Jede der beiden Gruppen fühlte sich natürlich im Recht,
und die jeweils andere war selbstverständlich im Unrecht.
Dann plötzlich war die Polizei da! Alle wurden aufgefordert,
unverzüglich das Friedhofsgelände zu verlassen.
Es war die Rede von 'Störung der Totenruhe',
und es wurde auf die Friedhofsordnung hingewiesen.

Einige leisteten sogar Widerstand und mussten regelrecht abgeführt
werden, sodass es eine ganze Weile dauerte,
bis die Polizei die Lage wieder im Griff hatte.
Nur den engsten Angehörigen, die sich nun auszuweisen hatten,
wurde gestattet, an der Trauerfeier teilzunehmen.
Auch ich wurde aufgefordert, unverzüglich zu gehen."
Der Alte stockte. Sein Blick war in die Ferne gerichtet.
"Viele Menschen wissen leider nicht mehr, was sich gehört."

"Was war denn überhaupt geschehen?
Was hatte es mit dem Mord auf sich?"
fragte Sun daraufhin sehr aufgeregt.
"Nun", erwiderte der Alte, der sich inzwischen beruhigt hatte,
"es gibt einige nicht bestreitbare Tatsachen, und es gibt, wie so oft,
viele Gerüchte, Vermutungen, Unterstellungen, Interpretationen.
Lass uns einmal 'studieren', was gestern dazu in der Zeitung stand."
Der Alte nahm die örtliche Zeitung, schlug sie auf
und begann laut zu lesen:

MORD IM DORF – KEIN GANZ GEWÖHNLICHER FALL

Wir erinnern uns sicher noch alle mit großer Betroffenheit
an die Tötung des Hinrich P. im Jahr 'Sowieso'
(wir berichteten seinerzeit ausführlich darüber).
Man hatte Hinrich P. nachts auf der Straße tot aufgefunden,
nachdem er die örtliche Gaststätte 'Zur deutschen Eiche'
besucht hatte. Wie sich später herausstellte,
wurde Hinrich P. vergiftet, mit einem Seil stranguliert
und mehrfach von einem Auto überfahren.
Darüber hinaus wies er mehrere Stichwunden im Brustraum auf,
die zu einem hohen Blutverlust geführt hatten.
In Blut und Leber fand sich eine tödliche Dosis *Amanitin,*
einem Gift, das in der Natur im Grünen Knollenblätterpilz
vorkommt.
Die Ermittlungen waren insoweit ohne Ergebnis geblieben,
als die genaue Todesursache nicht eindeutig festgestellt und
demzufolge keinem der diversen Tötungsdelikte zweifelsfrei
zugeordnet werden konnte.
Nun wurde gestern durch das Notariat EFG
eine testamentarische Verfügung der folgenden fünf Personen
öffentlich gemacht:
Melena K. / Michael K. / August U. / Krimhild von W.
sowie Mathilde A.
Selbige hatten gemeinsam verfügt, dieses Dokument erst
nach dem Tode aller Fünf öffentlich machen zu lassen.

Durch das kürzlich eingetretene Ableben der Mathilde A.,
welche somit die zuletzt Verstorbene der fünf Personen war,
ist nun die Voraussetzung für die öffentliche Kundmachung
eingetreten. Wie es in der Verfügung heißt,
haben die genannten Personen die gemeinschaftlich verabredete
und durchgeführte Tötung von Hinrich P. gestanden.
Über die Motive gibt es in dieser notariellen Verfügung
keinerlei Hinweise, ebenso nicht zum Tathergang.
Hierüber gab und gibt es lediglich Gerüchte und Mutmaßungen,
auf die wir an dieser Stelle nicht eingehen können und wollen.
Einzig und allein das folgende kurze Zitat,
dessen Herkunft noch nicht geklärt,
aber offenbar einer Dichtung entnommen ist,
fand sich in dem juristischen Schriftstück:

Klytaimnestra:
 '*Was ist geschehen? Warum erhebst du solch Geschrei?*
Pförtner:
 '*Die Toten, sag ich, töten die Lebendigen*'   48)

Was sich tatsächlich in der betreffenden Nacht abspielte
und warum, dies wird wohl für immer ein Geheimnis bleiben.
Was wir also wissen, sind nur einige wenige Tatsachen,
welche aber bei weitem nicht ausreichen,
um ein vollständiges Bild der Wahrheit zu entwerfen.
Alles andere sind Mutmaßungen, Verdächtigungen, Spekulationen
und sie werden es voraussichtlich auch bleiben.
gez. A.Z."

Sun hatte in der Zwischenzeit den Tee für den Alten zubereitet und
stellte seinen Becher unter Zuhilfenahme beider Hände vor ihn hin,
indem sie sich mit asiatischer Höflichkeit leicht nach vorn beugte.
"Weißt du nicht mehr darüber?" wollte sie wissen und setzte sich.
"Wer war Hinrich P.? Was hat Hinrich P. getan?
Warum wurde er offensichtlich von den fünf Personen getötet?"

48) Aischylos, Die Orestie

"Das sind vier Fragen auf einmal", entgegnete der Alte lächelnd,
nahm einen Schluck des Ingwertees und verschluckte sich sofort,
da der Tee offenbar noch viel zu heiß war.

"Fest steht jedenfalls, dass er stets jagdliche Kleidung aus Wolltuch,
einen passenden Hut mit Federn, Knickerbocker mit langen
Stricksocken und zumeist seitlich geschnürte Schuhe,
gelegentlich auch schafthohe Stiefel trug.
Zu keiner Zeit habe ich ihn mit einer anderen Kleidung
als dieser gesehen.
Er sagte niemals 'Guten Morgen', auch nicht 'Guten Tag',
sondern er grüßte immer nur mit 'Waidmannsheil',
und das zu jeder Tages- und Nachtzeit,
wobei er das 'Heil' auf eigentümliche Weise betonte.
"Es war nicht alles schlecht beim Hitler",
war eine seiner beliebten und immer wiederkehrenden Aussagen,
als könnte man die millionenfache Ermordung unschuldiger und
wehrloser Menschen, die Anzettelung eines Weltkrieges
mit etlichen Millionen Toten, ein zerstörtes Europa und
eine verbrannte halbe Welt gegen irgendetwas aufrechnen.
Solange ich Hinrich P. kannte, und ich kannte ihn lange,
war er aktiv im hiesigen Schützenverein.
Einmal war er sogar Schützenkönig.
Hierüber noch hinaus war er ein Waffennarr,
wie man beschönigend und verharmlosend sagt,
der sich ohne Scheu öffentlich zu seiner Leidenschaft bekannte,
was sicherlich auch zum Repertoire seines Machtgebarens gehörte.
Niemand konnte genau sagen,
welche Waffen und wie viele er tatsächlich in seinem Haus hortete.
Hinrich P. lebte im Wesentlichen nach zwei Grundsätzen:
'Niemand hat eine weiße Weste', war sein erster Wahlspruch,
'also finde die dunklen Flecken auf der weißen Weste der Leute
und nutze sie, denn 'Wissen ist Macht".
Der andere Wahlspruch lautete:
'Wenn du jemandem etwas anhängst, bleibt immer etwas hängen',
und danach handelte er konsequent.

Man wird also sagen müssen,
Hinrich P. war ein Mensch mit großem kriminellen Potenzial.
Er war machtbesessen, gewaltbereit, narzistisch und gefühllos.
Schon früh, bei der Hitlerjugend, hatte er das 'Handwerk'
der Verleumdung, der Intrige, der Denunziation gelernt
und perfektioniert.
Wie vielen Menschen er während der Nazidiktatur geschadet hat,
kann niemand mit Gültigkeit sagen,
hierüber gab und gibt es keine Aufzeichnungen,
keine Dokumente, keine Beweise.
Vor vielen Jahren machte man ihm deswegen den Prozess.
Er wurde aus Mangel an Beweisen freigesprochen.
Fest steht, dass er nach dem Krieg 'über Nacht' vermögend war,
insoweit, als ihm hier einige Grundstücke und Häuser gehörten.
Niemand wusste, wie er zu diesem Besitz gekommen war.
Fest steht auch, dass er nach Beendigung des Krieges,
als die meisten Menschen große Not an allem litten,
zum Schieber auf den Schwarzmärkten der Region wurde,
also ein Gewinnler an der bitteren Notlage der Menschen.
Und das zu einer Zeit, als es in normalen Geschäften nichts,
auf den Schwarzmärkten aber alles zu kaufen
oder zu tauschen gab.
Mal war es Brot, dann waren es Gummimatten,
mit denen man die Schuhe besohlen konnte,
dann wiederum andere Dinge des täglichen Bedarfs.
Vor allem aber waren es Zigaretten,
mit denen er seine Geschäfte machte.
Stets handelte es sich dabei um gestohlene Güter.
Es hat also sicherlich eine große Anzahl von Menschen gegeben,
die Motive hatten, sich an ihm zu rächen.
Wahrscheinlich gab es ebenso viele Menschen,
die er sich in gönnerhafter Weise gefügig gemacht hatte."

Der Alte versuchte erneut, einen Schluck des Ingwertees zu nehmen.
Weil dieser offensichtlich noch immer zu heiß war,
setzte er den Becher wieder ab, räusperte sich kurz und fuhr fort.

"Es muss als gesichert angesehen werden,
dass Hinrich P. auch nach dem Krieg an seinen 'Grundsätzen'
festhielt und seine perfiden Methoden fortsetzte.
Er drohte und bedrohte.
Er erpresste Geld und bereicherte sich.
Er zerstörte Ehen, wenn es ihm opportun erschien,
indem er Gerüchte über Ehebrüche lancierte.
Er ruinierte den Ruf des Pfarrers und vertrieb ihn letztlich,
indem er ihm angebliche pädophile Neigungen anheftete.
Er ruinierte das Geschäft eines Bestattungsunternehmers,
indem er dessen vermeintliche perverse Taten in Umlauf brachte.
Niemals konnte man ihm irgendetwas nachweisen
oder ihn als Quelle der unheilbringenden Gerüchte ausmachen.
'Man erzählt sich ...', 'Ich habe läuten hören ...',
'Haben Sie auch schon gehört, dass ...?'
So begannen häufig seine Sätze ihren vernichtenden Feldzug
gegen seine Mitmenschen.
Angeblich hat er den Inhaber einer KFZ-Werkstatt beim Finanzamt
angeschwärzt und dies natürlich anonym,
weil jener wohl nicht alle Einkünfte korrekt versteuert hatte.
Dasselbe war bei einigen Einliegerwohnungen der Fall,
die nur dem Anschein nach vermietet waren und dadurch
den Eigentümern einen beträchtlichen Steuervorteil einbrachten.
Hinrich P. hatte einen Forstgehilfen bei den Ämtern als Wilderer
angeschwärzt, weil dieser illegal Wildbret unter Preis verkaufte.
Dass so mancher 'Schwarzbau' aufflog und kontrolliert wurde,
ging wohl auch auf seine Aktivitäten zurück.
Ich glaube, Hinrich P. war ein durch und durch schlechter Mensch,
der es verstand, die mehr oder weniger kleinen Fehler
seiner Mitmenschen brutal für seine Interessen auszunutzen.
Dabei ist es müßig zu fragen, so denke ich jedenfalls,
ob er von Natur aus derart beschaffen war,
oder ob ihn die Lebensumstände dazu gemacht haben.
Vielleicht kam bei ihm beides in verhängnisvoller Weise zusammen.

Der Mord der Fünf, und es gibt keine andere Erklärung dafür,
kann nur als ein gemeinschaftlicher Akt der Rache verstanden
werden."
Der Alte nahm einen vorsichtigen Schluck seines Ingwertees,
denn offenbar war dieser inzwischen auf eine genießbare
Temperatur abgekühlt.

"Wenn ich an den Geigendiebstahl und
an den Mordversuch auf der Brücke denke,
und ich denke hundertmal am Tag daran,
dann kann ich sehr, sehr gut nachempfinden,
wie man ganz und gar von dem Gefühl der Rache ergriffen wird
und nichts anderes mehr denken und fühlen kann."
In Suns Gesicht war ihre Wut deutlich sichtbar.
Ihre Augen waren weit aufgerissen,
ihre sonst jugendlich glatte Stirn in krause Falten geworfen,
ihre Wangen leicht gerötet,
was angesichts ihrer sonst üblichen Blässe recht ungewöhnlich war.
Ihre Stimme klang rau und brüchig, was vielleicht daran lag,
dass Sun die ganze Zeit über fast ausschließlich zugehört hatte.
"Ich glaube, ich könnte sie umbringen", entfuhr es ihr hasserfüllt,
und es schien dem Alten, als wäre sie über sich selbst erschrocken.
"Ja, ich könnte sie umbringen!" wiederholte Sun, um zu bestätigen,
dass es sich hierbei nicht um eine unüberlegte Äußerung gehandelt
hatte.
" Wenn ich nur wüsste, wer die beiden Männer waren."
"So sehr ich deine Gefühle verstehen kann", entgegnete der Alte,
"so sehr fühle ich mich doch verpflichtet, hier zu protestieren.
Rache führt zu erneuter Rache und so weiter und so fort,
oder, wie es in dem Vermächtnis der Fünf so poetisch heißt:
'Die Toten töten die Lebendigen'.
Wir haben die Steinzeit auch heute noch nicht überwunden",
philosophierte der Alte nun mit professoralem Habitus.
"Immer wieder fallen wir in uralte Verhaltensmuster zurück.
Besonders heutzutage erleben wir erneut einen Rückfall
zu Faustrecht, Rache und Selbstjustiz
sowie einen Verlust des Vertrauens in rechtsstaatliche Mittel."

"Rechtsstaatliche Mittel?" wiederholte Sun verächtlich
und voller Hohn, in einem dem Alten völlig fremden Tonfall an ihr.
"Du glaubst doch selbst nicht daran,
dass bei den Ermittlungen irgendetwas Brauchbares herauskommt!"
Der Alte wusste nichts zu erwidern und schwieg betreten.

"Kannst du etwas mehr über die verstorbene Mathilde erzählen?"
Mit diesen Worten nahm Sun das Gespräch wieder auf,
nachdem ihre Kommunikation so abrupt geendet hatte
und eine Phase unangenehmen Schweigens eingetreten war.
Ihre Wut hatte sich mittlerweile etwas gelegt.
Offensichtlich wollte sie das Thema 'Rache' nicht weiterverfolgen.
"Mathilde hat schrecklich gelitten", begann der Alte bereitwillig,
"vor allem während der Zeit,
als sie die letzte Lebende der genannten Fünf war.
Ungezählte Male hatte sie sich selbst angeklagt.
'Sie könne die Schuld, welche sie auf sich geladen habe,
nicht länger ertragen', wiederholte sie immer wieder.
'Sie wollte büßen für das, was sie behauptete getan zu haben,
und sie wollte mit sich im Reinen sein vor ihrem Tod'.
Niemand glaubte ihr. Nicht ihre Familie, nicht ihre Nachbarn
und auch die Polizei nicht.
Erstens konnte nicht eindeutig nachgewiesen werden,
was letztendlich den Tod Hinrich P.s herbeigeführt hatte.
Zweitens konnte es Mathilde A. unmöglich allein gewesen sein,
doch über mögliche Mittäter bewahrte sie völliges Stillschweigen.
Und drittens gab es keinerlei Beweisstücke.
Im Laufe der Jahre verschlechterte sich ihr Zustand zunehmend.
Sie aß kaum noch. Infolgedessen magerte sie furchtbar ab.
Es kam zu Zerwürfnissen mit ihrer Familie, sie wurde krank,
sie wollte nicht mehr leben, sie wünschte sich den Tod herbei.
'Jeder Hund, der eingeschläfert wird, hat es besser als ich',
klagte sie, wann immer sich die Gelegenheit hierzu ergab."
Der Alte setzte zu einem kräftigen Schluck seines Ingwertees an.
"Etwas Wichtiges aber will ich dir nicht vorenthalten, Sun,
obwohl ich nicht sicher bin, ob es klug ist, dir davon zu erzählen.

Selbstverständlich verfehlte dieser Satz seine Wirkung nicht
und weckte ihre ganze Neugier und Aufmerksamkeit.

"Einmal hat sich Mathilde, ich kann nicht mehr genau sagen,
wann dies gewesen ist, bei mir die Finndolche ausgeliehen.
'Nur für ein paar Tage', wie sie damals formulierte,
'sie habe ein größeres Stück Wildbret erworben und
müsse es nun zerlegen, um es in kleinen Portionen einzufrieren.
Sie verfüge zur Zeit leider nicht über scharfe Messer
und müsse ihre dringend schleifen lassen.'
Nun waren meine Finndolche die schärfsten Messer,
die ich im Hause hatte, und so überließ ich sie ihr leihweise,
ohne mir etwas dabei zu denken.
Bereits nach drei Tagen brachte sie die Dolche zurück,
worüber ich, das gebe ich zu, ein wenig überrascht war,
denn oft muss man ja etliche Male erinnern
und um Rückgabe bitten."
"Glaubst du etwa, diese Mathilde hat mit deinen Dolchen ...?"
Sun hielt inne, und es kam dem Alten so vor,
als suche sie vergeblich nach einem passenden Verb.
"Getötet?" vollendete der Alte ihren Satz.
"Ist es das, was du sagen wolltest?
Damals jedenfalls habe ich keinerlei Verdacht gehabt.
Eine solche Tat von ihr war für mich überhaupt nicht vorstellbar.
Ich weiß also nicht, ob sie tatsächlich mit meinen Dolchen zustach.
Nach dem Stand unserer jetzigen Erkenntnisse aber
kann nichts mehr völlig ausgeschlossen werden."

Der Alte nahm einen letzten kräftigen Schluck seines Ingwertees.
"Nun hat Mathilde endlich ihre Ruhe gefunden", sagte er.
Wieder entstand, nach diesem Satz,
eine lange Zäsur des Schweigens.

"Hast du eigentlich Angst vor dem Sterben, Angst vor dem Tod?"
Erneut überraschte Sun den Alten mit einer ihrer spontanen Fragen,
die ihn wieder einmal derart unvorbereitet traf,
dass es ihm zunächst die Sprache verschlug.

Das Gesicht des Alten verdüsterte sich auf geheimnisvolle Weise.
Er schwieg weiterhin, und für eine Weile,
die Sun endlos lang vorkam, schien er wie erstarrt zu sein,
geradezu leblos.

Dann antwortete er mit leiser, brüchiger Stimme:
"Irgendwann sind wir alle dran, früher oder später,
und es geht uns Menschen nicht anders
als jeder anderen lebenden Kreatur.
Wir wissen es, aber wir wollen es nicht wahrhaben."
Nachdem er noch einen Moment nachdenklich verharrt hatte,
ging er wortlos zum Klavier hinüber, nahm ein paar Noten,
setzte sich und schlug zweimal, nicht laut, aber eindringlich,
eine vier ganze Schläge ausgehaltene
und dabei verklingende Doppeloktave an,
aufgebaut auf dem Subcontra C.
Sun begriff sofort. Es war die Totenglocke, die dort erklang.
Nun begann der Alte zu singen und begleitete sich selbst dabei:

Denkst du manchmal auch, dass es zu Ende geht,
wenn du Schmerzen hast, im Kopf oder Bauch?
Fragst auch du dann: Warum jetzt? Warum denn ich?
Für den Abschied ist es doch noch viel zu früh für mich!

Deinen Abschied hast du noch gar nicht vorgeseh'n,
warum sollst du auch so plötzlich von hier geh'n.

Denkst du manchmal auch, wie kurz das Leben ist,
und dass du ganz plötzlich schon am Ende bist?
Sagst auch du dir dann, wie schön das Leben war,
und am liebsten bliebest du noch etwas da?

Deinen Abschied hast du noch nicht vorausgeahnt,
hast im Leben noch viel Schönes geplant.

An dieser Stelle schloss sich ein Zwischenspiel an,
mit harten Dissonanzen und starken Akzenten
auf den unbetonten Zeiten des Vierviertaktakts,
dabei gleichmäßig in Vierteln schreitend,
sich in allmählicher Bewegung aufwärts schraubend
und nach und nach bis ins Fortissimo steigernd.
Darauf erfolgte die Wiederholung des Refrains,
dieses Mal in großer Lautstärke und mit verändertem Text:
*Deinen Abschied hast du dir noch nicht vorgestellt,
dass du Abschied nehmen sollst von dieser Welt.*

Im Diskant begann nun eine allmählich absteigende
und dabei kontinuierlich leiser werdende Melodie,
in ruhigen Halben und so unmissverständlich in ihrem Duktus,
dass Sun ein wiederholtes *'Lacrimosa, Lacrimosa'* 49)
zu hören glaubte, welches an dieser Stelle jedoch ohne Worte,
also als pure Musik, erklang.
Erneut 'schlug' die Totenglocke zwei Mal,
und das Lied begann wieder von vorn.

*Und fragst du dann auch: Wohin hab' ich's gebracht?
Was hab' ich aus meinem Leben gemacht?
Hab' ich doch vielleicht zu sehr an mich gedacht?
Habe manchmal auch zu wenig gelacht?*

*Deinen Abschied hast du noch gar nicht eingeplant,
diese letzte Reise in ein fremdes Land.*

*Was dann sein wird, drüben, ach, wer weiß das schon,
und ob wirklich jeder kriegt dort seinen 'Lohn'.
Manche glauben ja, naiv und ungeniert,
für sie sei im Paradies fest reserviert.*

*Eines weiß ich, ja ich weiß es ganz bestimmt,
dass auch ohne mich das Leben seinen Fortgang nimmt.*

49) lat. *'tränenreich'* / Teil des Requiems (dies irae)

Wieder folgte das aus dem hohen Diskant absteigende *Lacrimosa*.
Und nach mehreren gravitätischen und spannungsreichen Akkorden
löste sich zuletzt die Spannung auf in ein reines C-Dur,
welches der Alte pedalisierte, bis es völlig verklungen war.
Irgendwann im Verlauf des letzten Refrains
hatte sich Sun ruhig und unbemerkt dem Alten genähert.
Als sie ihn erreicht hatte und direkt hinter ihm stand,
legte sie sanft ihre beiden Hände auf seine Schultern.
Es lag eine ungemeine Zärtlichkeit in dieser wortlosen Geste.
Verständnis und Mitgefühl drückten sich so auf schlichte Weise aus.
Nachdem der Alte sein Spielen beendet hatte,
ergriff er seinerseits ihre Hände,
indem er seine Arme vor seiner Brust kreuzte.
Lange verweilten beide in dieser Haltung, ohne zu sprechen,
und erst allmählich bemerkte Sun,
wie dem Alten lautlos die Tränen über seine Wangen hinabliefen
und ihre feuchten Spuren auf den Ärmeln seines Hemdes
zurückließen.

20

"Was hörst du?" fragte Sun, als sie den Raum betrat.
Der Alte saß in seinem Sessel, ihr den Rücken zugewandt.
Er hatte seinen Kopfhörer aufgesetzt, über beide Ohren,
sodass er sie nicht sofort bemerkte.
Erst als sie ihm einige Male vorsichtig auf die Schulter getippt hatte,
streifte er den Kopfhörer von seinem Kopf und legte ihn ab,
auf einem dicken Buch von gut und gerne fünfhundert Seiten,
welches aufgeschlagen auf seinen Knien lag.
Ein undeutliches, gestaltloses Rauschen drang nun
aus beiden Kopfhörermuscheln und
war nur noch wie aus großer Ferne wahrzunehmen.

"Entschuldige, dass ich einfach so hereingekommen bin",
sagte sie. "Jetzt ist mir natürlich klar,
warum mein Klopfen ohne Antwort geblieben ist."
Noch einmal wiederholte sie ihre Frage:
"Was hörst du gerade?"
"Ich höre Carnevalsmusik",
antwortete der Alte mit ernster Miene,
die sich allmählich in ein Grinsen verwandelte.
Bei dem Wort 'Carnevalsmusik' hatte Sun ihr Gesicht verzogen,
in einer Weise, wie Kinder es tun, wenn sie bei Tisch
mit einer ablehnenden Grimasse das Gemüse verweigern und
mit dieser wortlosen Mimik alles Wesentliche ausdrücken.
Überhaupt waren diese mimischen Ausdrucksmittel neu an Sun.
Dem Alten war schon seit geraumer Zeit aufgefallen,
dass in ihrem Gesicht eine Art von Befreiung stattgefunden hatte,
eine Entfesselung ihrer mimischen Vielfalt sozusagen,
indem sich nun Gefühlsregungen spontan in ihrem Gesicht zeigten,
welche vorher unter der Maske ihres Prinzessinnen-Lächelns
verborgen geblieben waren.
Diese Veränderung war nicht plötzlich eingetreten,
eher allmählich, aber doch kontinuierlich.

Der Alte glaubte, beobachtet zu haben,
dass diese Verwandlung mit seinem Besuch im Krankenhaus
und Suns sehr emotionaler Schilderung der nächtlichen Ereignisse
auf der Brücke einhergegangen war.
Es war keineswegs so, dass er ihr Prinzessinnen-Lächeln
nicht mochte, nein, im Gegenteil, er mochte es sogar sehr,
so wie er vieles an ihr mochte.
Allerdings gab es Situationen, in denen es einfach nicht passte,
in denen es unecht, schlicht maskenhaft, ja geradezu falsch wirkte,
oder aber, und dies geschah sicherlich unfreiwillig,
den Ausdruck von Ironie bekam, was einigermaßen paradox war,
denn soweit der Alte wusste, war Ironie in dem Kulturkreis,
dem Sun entstammte, gänzlich unbekannt.
"Heute ist *carne vale* 50) ", sagte er, indem er das 'ist' deutlich
hervorhob und das *'carne'* schon fast übertrieben pädagogisch
vom *'vale'* abtrennte.
"Also beschäftige ich mich heute mit *Carneval*,
genauer gesagt mit Carnevalsmusik."
"Eure deutsche Carnevalsmusik ist mir zu marschmäßig,
zu militärisch, zu martialisch, zu grob und musikalisch zu dünn",
kommentierte Sun kopfschüttelnd.
"Nur diese Pfeifen, Glockenspiele und Trommeln, das ist armselig.
Da lob ich mir doch eher die Sambagruppen, das geht in die Beine,
das animiert zum Tanzen, das vermittelt echte Lebensfreude."
"Ich kann dich gut verstehen", nickte der Alte zustimmend.
"Es ist weder das eine noch das andere, es ist ein Klassiker.
Es handelt sich nämlich um den *Römischen Carneval* von *Berlioz*
den ich gerade höre, und seit ich gelesen habe,
was Berlioz über den *Carneval in Rom* schrieb, wie er ihn schilderte,
höre ich diese brilliante Ouvertüre mit ganz anderen Ohren.
Ich denke, es steckt mehr darin, als nur eine *Canzone d'amore* 51)
und ein ausgelassener *'Saltarello'* 52) auf der *Piazza Colonna*,
der *Piazza Navona* oder dem *Corso*.

50) carne vale (lat.) ‚Fleisch, lebe wohl'!
51) Canzone d'amore (ital.) Liebeslied
52) saltarello: alter italienischer Hüpftanz im 6/8 Takt*

Höre bitte einmal kurz zu, ich gebe dir eine Kostprobe."
Mit diesen Worten legte er den Kopfhörer beiseite,
nahm das dicke Buch von seinen Knien auf,
sagte nur noch *"Hector Berlioz, Memoiren"* und begann zu lesen:

"In Rom, wie in Paris, spricht man von den 'fetten Tagen',
und 'fett' sind sie in der Tat, d.h.
voller Überfluss an groben Beleidigungen, an Freudenmädchen,
an trunkenen Polizeispitzeln, an unanständigen Masken,
an abgehetzten Pferden, an Dummköpfen, die lachen, an Trotteln,
die bewundern, an Müßiggängern, die sich langweilen.

Und das ist noch nicht alles, Sun", fügte der Alte ein,
sichtlich amüsiert von dieser Lektüre.
"Wir nähern uns nun der Climax."

In Rom, wo sich die guten Traditionen des Altertums erhalten haben,
pflegte man noch vor kurzem,
den fetten Tagen ein Menschenopfer darzubringen.
Ich weiß nicht, ob dieser herrliche Brauch (...) noch fortbesteht.
Wahrscheinlich ist es,
denn große Ideen lassen sich nicht so leicht auslöschen.
Man hob damals für die fetten Tage einen armen Teufel auf,
der zum Tode verurteilt war ..."

"Das ist ironisch, nicht wahr? fragte Sun vorsichtig dazwischen
und unterbrach auf diese Weise den Vortrag des Alten.
"Ja, richtig", bestätigte er, *"die guten Traditionen des Altertums,*
der herrliche Brauch, die großen Ideen, das ist ironisch,
aber alles andere wohl eher nicht."
"Ich glaube, *Carneval* ist nichts für mich, nicht in Rom,
und auch nicht hier", erklärte Sun mit einem Kopfschütteln.
"Es hat sich ja wohl nicht viel geändert seit *Berlioz*'s Zeiten."
"Nun, heutzutage gibt es immerhin keine Pferderennen
und auch keine öffentlichen Hinrichtungen mehr",
erwiderte der Alte.

"Dafür aber Pöbeleien, Schlägereien, Alkoholleichen,
zerbrochene Glasflaschen überall und Pisse an jeder Straßenecke",
empörte sich Sun mit angeekelter Grimasse über ihr ganze Gesicht.
"Einmal musste ich an den Carnevalstagen in die Notfallaufnahme
eines städtischen Krankenhauses wegen starker Zahnschmerzen.
Was sich mir dort bot, war ein einziges Jammertal,
ein erbärmliches Elend aus gebrochenen Kiefern,
ausgeschlagenen Zähnen, blutigen Gesichtern, Alkoholvergiftungen
und Stichwunden", schilderte sie und fügte hinzu,
"ich bevorzuge eher den Carneval in der Klassik,
wie den *Carneval in Venedig 53)* oder den *Carneval der Tiere 54)*
mit seinen humorvollen Parodien auf andere Komponisten,
nicht zu vergessen die Oper *Maskenball* von *Guiseppe Verdi*
und natürlich den *Carneval* von *Robert Schumann.*"

Damit schien das Thema *Carneval* für den Moment erschöpfend
behandelt zu sein, sodass der Alte nun das Thema wechselte
und an Sun die Frage richtete:
"Machst du Fortschritte? Kommst du gut voran?"
"Für heute habe ich mein Übepensum erfüllt", seufzte sie.
"Mir schmerzt der Rücken und meine Finger tun mir weh,
weil ich einfach noch zu wenig Hornhaut auf den Kuppen habe.
Außerdem musste ich unbedingt einmal mit jemandem reden."
"Kann es sein, dass du dringend unter Menschen musst?
Heute, im *Carneval*, wäre jedenfalls eine gute Gelegenheit dazu,
denn *Carneval*, das ist der Frontalangriff auf die Einsamkeit
der Menschen." An dieser Stelle hielt der Alte einen Moment inne.
"Wenn es denn gut geht", ergänzte er nun.
"Dann kann er die Einsamkeit für eine gewisse Zeit vergessen
machen. Oder aber das Gegenteil kann eintreten,
und du fühlst dich noch einsamer, als du es ohnehin schon bist.
Letztlich geht es hier um *die große Sehnsucht des Menschen
nach Kollektivität 55)*, das heißt, in einem Größeren aufzugehen."

53) K. Kreutzer / N. Paganini
54) C. Saint-Saens
55) s. H.Bunge / H. Eisler *'Fragen Sie mehr über Brecht'*

"Dann also doch: *Seid umschlungen Millionen*
und *Alle Menschen werden Brüder?"*
fragte Sun in Anspielung auf ihre kürzlich geführte Unterhaltung
über die *Ode an die Freude 56).*
"Sicher nicht ALLE Menschen, und auch nur für eine kurze Zeit,
wenn es denn gut geht, wie schon gesagt", entgegnete der Alte.
"Ich glaube wirklich nicht, dass *Carneval* etwas für mich ist",
bekräftigte Sun noch einmal. Aber der Alte ließ nicht locker.
"Seit deinem Aufenthalt im Krankenhaus hast du das Haus nicht
mehr verlassen. Wenn du dich kostümierst und schminkst,
wird dich niemand erkennen. Also mach dir keine Sorgen."

Es schien dem Alten, als habe er den entscheidenden Nerv
getroffen. Seit dem Überfall auf der Brücke fürchtete sie sich
offenbar noch immer, aus dem Haus zu gehen.

"Der eine der beiden Männer trug eine Carnevalsmaske..."
flüsterte sie, wie zu sich selbst, und fast ängstlich.
Weiterhin zögerte sie, zweifelte und haderte,
sodass der Alte fortsetzte:
"Wir werden ein buntes Kostüm für dich finden.
Wir werden dich herrlich schminken.
Du wirst eine blonde Perücke von mir bekommen,
und du wirst unendlich bezaubernd aussehen!"
"Oh, ja!" entfuhr es Sun spontan, authentisch und ehrlich,
"schon immer habe ich mir gewünscht, goldene Haare zu haben."
"Siehst du, der *Carneval* macht es dir möglich,
und er verwandelt gewöhnliche Menschen in Clowns,
in Zauberer, in Prinzen und Prinzessinnen,
in Cowboys und Indianer, in Piraten und andere Helden,
in Fabelwesen und Märchenfiguren,
in Zeitreisende verschiedener Epochen und Berufsstände.

56) F. Schiller / L. von Beethoven

Du erlebst zahllose Trachten anderer Nationen,
Kostüme aus Himmel und Hölle, Kirche und Kloster,
Männer in Frauenkleidern, Frauen in Männerkleidern,
unfassbar schön und fantasievoll, aber auch geheimnisvoll,
mitunter sogar beängstigend."
Der Alte holte tief Luft.

"Gibt es im 'Land der Mörgenröte' nicht auch Feste mit Trachten,
mit Kostümen und Masken, so wie in vielen Ländern der Erde?"
fragte der Alte, obwohl er sich die Antwort schon denken konnte.
"Ja, schon, aber das ist etwas ganz anderes!" antwortete sie.
"Dabei handelt es sich zumeist um religiöse Feste
oder traditionelle Volksfeste mit ernstem Hintergrund,
die in Brauch und Sitte klaren Regeln und Vorgaben folgen.
Natürlich wird bei diesen Gelegenheiten unsere traditionelle
Kleidung getragen, welche bunt und farbenfroh ist.
Außerdem gibt es alte überlieferte Tänze mit hölzernen Masken,
in denen Geschichten erzählt und dargestellt werden.
Aber *Carneval* ist doch etwas ganz anderes, glaube ich."
Mit dieser allgemeinen, eher oberflächlichen Einführung endete
Suns Ausblick auf das Brauchtum in ihrer Heimat.

"Die Anfänge des *Carnevals* liegen möglicherweise auch
in heidnischen Riten und Ritualen,
zum Beispiel im Vertreiben des Winters,
in der Freude über das Erwachen der Natur und
im Vertreiben böser Geister," so der Alte.
"Erst mit der Verbreitung und der Prägung durch das Christentum
sowie der damit einhergehenden Fastenzeit von vierzig Tagen
vor Ostern, wurden die letzten Tage vor Beginn
dieser Enthaltsamkeit zum *Carne vale*
oder zu den *fetten Tagen*, wie wir sie heute kennen.

Lass uns hinausgehen!" schlug der Alte enthusiastisch vor.
"Werfen wir uns hinein, in dieses bunte Gewimmel der verrückten,
ausgelassenen, großen Kinder, in die Welt der Geschminkten,
Verkleideten und Maskierten!

Lass uns für eine gewisse Zeit 'ein anderer Mensch sein',
mutig, verwegen, ja verführerisch und unwiderstehlich!
Lass uns die hässliche Seite des *Carnevals* beiseiteschieben!
Erlauben wir uns einfach einen Rückfall in die verspielte Kindheit,
ein Eintauchen in eine fantastische Märchenwelt,
in der für eine kurze Zeit alle Regeln außer Kraft gesetzt sind
und in der die Welt auf den Kopf gestellt ist,
in der Autoritäten verspottet und in Zweifel gezogen werden,
sowie Metrum und Rhythmus uns zu einer fröhlich tanzenden
Gemeinschaft zusammenbringen!
Ein solches Carnevalserlebnis wünsche ich dir von Herzen!
Dazu musst du es einmal ausprobieren, oder besser noch mehrfach.
Erst dann weißt du, ob du es magst oder nicht.
Auch ich pendle häufig hin und her zwischen Faszination
und Abneigung. So ist es nun einmal,
entweder man liebt den *Carneval,* oder man hasst ihn.
Bist du nicht neugierig, es auszuprobieren, es kennenzulernen,
so ganz im eigentlichen Sinne des Wortes 'neugierig'?
Bist du nicht gierig danach, etwas Neues zu entdecken?"
"Ich habe da ein Trachtenkleid aus meiner Heimat",
sprach Sun schließlich zögerlich und nachdenklich.
Dabei trennte sie jedes Wort von dem darauffolgenden.
"Es ist ein rosafarbenes, langes Kleid mit bunt gestreiften Ärmeln.
Wir Frauen tragen es bei festlichen, öffentlichen Anlässen."

Und so hatten sie sich tatsächlich auf den Weg gemacht,
der Alte in seinem bewährten Cowboykostüm,
das Mädchen Sun in ihrem farbenfrohen Trachtenkleid
aus dem 'Land der Morgenröte', mit einer langhaarigen,
leicht gelockten, goldblonden Perücke ausgestattet,
die Lippen feuerrot geschminkt, sowie beide Wangen und die Stirn
mit farbigen, unterschiedlich großen Punkten versehen.
Lediglich das Fehlen einer zweiten Lidfalte erinnerte noch
an Suns ursprüngliches Aussehen vor ihrer Verwandlung.
'Niemand wird sie wiedererkennen', darin war sich der Alte sicher.

'Aber natürlich wird sie auffallen, sehr sogar', dachte er sich,
'kein Wunder, bei dieser zauberhaften Kostümierung
und Suns atemberaubender Attraktivität'.

Das vorrangige Ziel war zunächst die riesige Arena,
in der die größte Carnevalsparty der Stadt veranstaltet wurde.
Eintrittskarten hierfür gab es schon lange nicht mehr,
jedenfalls nicht auf dem regulären Weg. Doch sie hatten Glück.
Es gelang ihnen, zwei Karten auf dem 'Schwarzmarkt' zu erstehen,
zu völlig überzogenen Preisen, wie sich denken lässt.
So wurden sie schließlich geschoben, gezogen, gezerrt
und mitgerissen, von der Masse der hineinströmenden Menschen,
die das Grau, die Sorgen und den Missmut des Alltags abgelegt
hatten und in farbenfrohe, fröhliche, ausgelassene,
übermütige Kreaturen verwandelt zu sein schienen.
Eine Besonderheit dieser Party war, und das gab es nur hier,
dass man sich selbst versorgen konnte und durfte,
mit eigenen, mitgebrachten Speisen und Getränken.
Und so rückten die vielfältig kostümierten Menschen an,
zumeist in Gruppen unterschiedlicher Größe,
vollbepackt mit Taschen und Rucksäcken, mit Bierkästen,
Fässern und Weinflaschen.

Dann waren sie mittendrin, der Alte und das Mädchen Sun.
Zum ersten Mal erlebte Sun, wie es sich anfühlt,
wenn zwanzigtausend verrückte Carnevalisten gemeinsam Lieder
singen, über die Liebe, über ihre Stadt, über die Kindheit,
über das Leben in ihrem Stadtteil und dessen Bewohner,
über ihren Fußballclub und natürlich auch über den 'lieben Gott'.
Von Zeit zu Zeit, bei besonders stimmungsvollen Liedern,
erhoben sich die Menschen von ihren Plätzen,
legten die Arme über die Schultern ihres jeweiligen Nachbarn
oder hakten sich untereinander ein.
Sie begannen nun, im Schlag der Musik hin und her zu schunkeln.
Die meisten von ihnen sangen lautstark mit,
denn sie beherrschten alle Texte sämtlicher Lieder.

Zumeist waren es untereinander völlig fremde Menschen,
die sich nie zuvor begegnet waren und die sich nun, glückselig,
Arm in Arm, im *beat* der Musik schwungvoll bewegten.
In dieser Weise nahm die Veranstaltung ihren Fortgang.
Allmählich wurde damit begonnen, all das auszupacken,
was 'die Jecken', wie man die Carnevalisten hier nennt,
an Köstlichkeiten mit hierher gebracht hatten.
Nach und nach wurden Fässer angeschlagen und bezapft
sowie Weinflaschen entkorkt.
An diesem Abend machte Sun eine weitere, neuartige Erfahrung.
Sie erlebte, wie Bier, Rotwein und einfache rustikale Speisen
gegenseitig angeboten wurden,
von links, von rechts, von vorn und von hinten,
sodass der Alte und das Mädchen Sun von allen Seiten
mit allerlei Leckereien auf das Trefflichste versorgt wurden.

Später, nach dem Ende der Veranstaltung, hatten die beiden,
obwohl die Zeit schon recht weit fortgeschritten war,
noch nicht genug von dem bunten Treiben.
Deshalb waren sie weitergezogen, in die Südstadt, also dorthin,
wo hauptsächlich die heimische Bevölkerung *Carneval* feiert.
Nie zuvor hatte Sun derartige, zum Bersten volle Kneipen gesehen,
angefüllt mit ohrenbetäubender Musik und Gesang.
Sie konnte miterleben, wie plötzlich, von innen,
die Tür einer Gaststätte aufgestoßen wurde
und eine Schlange von Menschen, eine sogenannte *Polonaise*,
ausgelassen johlend auf die Straße marschiert kam,
dabei Sun und den Alten einfing, mit sich fortriss,
um dann wieder in der Kneipe zu verschwinden.
Dort wurde, zu Suns großer Überraschung,
gerade ein Lied gespielt, welches ihr bekannt vorkam,
das sie schon einmal gehört hatte
und das bei ihr hängen geblieben war.
Es war das *Lied vom Sauerkraut*.
Da sie die Melodie noch gut in Erinnerung und
auch der einfache Text sich ihr gut eingeprägt hatte,
begann sie mitzusingen, zaghaft zunächst, dann immer mutiger.

Auch diese Situation war eine neue Erfahrung für Sun,
indem sie sich nämlich durch den gemeinsamen Gesang
auf eine geheimnisvolle, nicht einfach zu erklärende Weise
mit den anderen zu einer Gemeinschaft verschmolzen fühlte.
Gleichzeitig wurden in ihr fast kindlich zu nennende,
nie zuvor erlebte Gefühle von Zusammengehörigkeit
und Geborgenheit erzeugt,
welche ihr von weit her, man möchte fast sagen
aus der Zeit der Menschwerdung bis in unsere moderne Zeit
hinein zu reichen schienen, aus einer Epoche also,
als der Zusammenhalt unter den Menschen noch von einer
existenziellen Notwendigkeit geprägt war, anders ausgedrückt,
als allein der Zusammenhalt ein Überleben garantierte.

Aus ihrem Musikerinnenleben, aus ihren Erfahrungen
im Orchesterspiel und in kleineren Kammermusikgruppen,
kannte Sun natürlich dieses Gefühl,
mit den anderen als Ensemble zusammenzuwachsen
und zu einer Einheit zu werden, gemäß dem aristotelischen Satz
Das Ganze ist mehr als die Summe seiner Teile 57).
Dieses Gefühl konnte für alle Mitwirkenden zu einer spürbaren
und erlebbaren Erfahrung werden, oder aber ausbleiben.
Das Miteinander hier im *Carneval* war allerdings etwas anderes,
es war eher ein chaotisches, irrationales und
irgendwie auch irritierendes Gewimmel.

Sun kannte lediglich den Text dieses einen *Liedes vom Sauerkraut*,
was sie sehr bedauerte. Deshalb beschränkte sie sich darauf,
die folgenden schwungvollen Melodien ohne Text mitzusummen,
soweit sie diesen neuen Melodien spontan folgen konnte.
Bei einfachen Refrains allerdings,
wenn sich diese leicht einprägten oder häufig wiederholt wurden,
übernahm sie den Wortlaut unverzüglich mit.
Dem Alten ging es nicht viel anders als Sun.
Auch ihm waren die meisten Lieder nicht geläufig.

57) Aristoteles, Metaphysik

Umso überraschter war Sun, als der Alte plötzlich lauthals mitsang
"Du bist eine echte, eine echte Traumfrau" und so fort,
dabei seine Hände auf ihre Schultern legte, sie liebevoll anschaute
und während des ganzen Liedes vergnügt mit ihr hin und her tanzte,
soweit dies bei der gegebenen Enge überhaupt möglich war.

Zu einem späteren Zeitpunkt zogen sie erneut weiter,
zu einer Kneipe an einer Ecke, vor der sich,
wie eigentlich vor allen Gaststätten in diesen 'tollen Tagen',
eine Traube von wartenden Menschen gebildet hatte,
da immer nur so viele Personen hineingelassen wurden,
wie zuvor auch herausgekommen waren.
Nach einer Weile des Wartens, während der sie
mit den anderen Wartenden dasselbe Schicksal teilten und
sehr schnell mit ihnen in einen freundschaftlichen Kontakt kamen,
indem vor der Tür gemeinsam gescherzt, gelacht und getanzt wurde
und auf diese Weise die Wartezeit wie im Flug verging,
kamen Sun und der Alte an die Reihe und wurden eingelassen.

In der Kneipe herrschte ein derartiges Gedränge,
dass sie sich nur mit Macht hinein kämpfen konnten.
Auf der Theke, auf den Tischen, in den Fenstersimsen,
bis in den letzten Winkel hinein, überall,
wo immer sich ein Plätzchen bot,
standen oder saßen die 'Jecken' herum.
Mit ihren Gläsern in der Hand prosteten sie sich zu
und grölten die neuen Lieder,
welche für diese 'Session' kreiert worden waren.
Diese Lieder hatten sich die meisten bereits durch häufiges
Wiederholen zu eigen gemacht und damit dem Allgemeingut
hinzugefügt, so wie es schon viele Jahre zuvor mit anderen Liedern
geschehen war. Ein neues Lied zum Beispiel war das folgende:

Lieber Gott, du weißt, ich bin ja noch ganz gut in Schuss,
doch ich weiß natürlich, dass ich einmal sterben muss,
und nur du allein weißt, wie das sein wird, wo und wann,
doch ich habe eine Bitte, bitte hör mich an:

//: Wenn ich sterben muss,
dann bitte nur im Carneval,
auf einem Maskenball,
bei einem letzten Kuss. ://

Immer wieder wurden die beiden von unbekannten Leuten
eingeladen, indem ihnen wiederholt volle Gläser angereicht wurden,
mal von links, dann von rechts,
und sie sich mit den Spendern derart freundschaftlich zuprosteten,
als würden sie sich schon 'seit Ewigkeiten' kennen.
Schließlich kam der Alte an der Reihe.
Er orderte einen Bierkranz mit vielleicht zwanzig vollen Gläsern
und lud seinerseits alle Carnevalisten in seinem Umkreis ein.
Auf diese Weise wurde, wie man unschwer erkennen kann,
ziemlich viel getrunken.
Der Alte fühlte sich nach einiger Zeit recht beschwipst,
und auch Sun erging es wahrscheinlich nicht viel anders.
Man muss nämlich berücksichtigen,
dass asiatische Menschen in der Regel nicht sehr viel Alkohol
vertragen können.
Sun schien jedenfalls Gefallen am Carneval gefunden zu haben.
Auch der Alte hatte seit langem nicht mehr so ausgelassen
gefeiert.

Plötzlich, wie aus dem Nichts, schrie Sun dem Alten ins Ohr,
denn nur so war angesichts der Lautstärke von Musik und Gesang
eine Verständigung zwischen beiden möglich.
"Ich möchte gehen, bitte, schnell, sofort!" schrie sie aufgeregt.
Zunächst verstand der Alte überhaupt nicht den Anlass ihres
überstürzten Aufbruchs.
Erst, als sie sich nach draußen auf die Straße durchgekämpft
und ein gutes Stück von der Lokalität entfernt hatten,
währenddessen sich Sun mehrere Male hektisch umgesehen hatte,
stammelte sie, noch immer ängstlich erregt:
"Die Maske! Die Maske war wieder da! Ganz plötzlich!
Wie auf der Brücke, bei dem Überfall, du weißt schon!"

Als der Alte am nächsten Morgen erwachte, fand er sich
zu seiner großen Überraschung und durchaus ein wenig irritiert,
auf der Couch liegend, an der Seite von Sun,
und dabei eng an sie geschmiegt.
Beide waren noch vollständig mit ihren Kostümen bekleidet
und hatten offenbar die Nacht gemeinsam auf der Couch verbracht.
Der Alte konnte sich nur undeutlich an die Umstände ihrer Rückkehr
in den frühen Morgenstunden erinnern,
als sie sich für einen 'Absacker' auf der Couch niedergelassen hatten
und offensichtlich dort eingeschlafen waren.
Vorsichtig erhob er sich, um Sun nicht zu wecken.
Als er sie voller Hingabe betrachtete, musste er feststellen,
dass er sie noch nie in einem solchen Zustand gesehen hatte.
Sie sah völlig ramponiert und mitgenommen aus,
was allerdings nach einer durchzechten und durchtanzten Nacht
im *Carneval* keineswegs außergewöhnlich war.
Ihre goldblonde Perücke war gänzlich zur Seite verrutscht.
Die bunt geschminkten Punkte auf Stirn und Wangen
hatten sich zu formlosen Landschaften aufgelöst.
Dennoch machte sie einen zufriedenen und entspannten Eindruck.
Vorsichtig, geradezu fürsorglich,
deckte er Sun mit einer Wolldecke zu.

Teil   III

1

Es klingelte. Der Alte schreckte hoch.
Das Läuten riss ihn schlagartig aus seinen Erinnerungen.
An der Art des Klingelns hatte er bereits gespürt,
dass sie es war, dass sie es sein musste, dass nur Sun es sein konnte,
denn es hatte dreimal sehr schnell hintereinander
und dabei extrem kurz geläutet, oder musikalisch ausgedrückt,
es waren drei äußerst kurze *Staccato*-Achtel im *Allegro* - Tempo.
'So klingelt eigentlich nur jemand', so dachte der Alte jedenfalls,
'mit dem man sehr gut vertraut ist.
Bei den beiden Damen der *Gemeinschaft der wahren Christen*
hatte sich das Klingeln ganz anders angehört,
bedächtig, diskret, korrekt, von der Dauer einer *Semibrevis 58)* etwa,
also in gewisser Weise sakral.'
Als es allerdings nach kurzer Zeit erneut schellte,
wieder auf dieselbe hektische Art und Weise,
voller Unruhe, voller Nervosität, kamen ihm doch Zweifel,
ob es sich nicht um eine andere Person als Sun handeln könnte,
denn diese Art des 'Sturmläutens' passte so gar nicht zu ihr.
Oder aber, es musste etwas Aufregendes geschehen sein.

Während er sich erhob, um die Tür zu öffnen,
wurde ihm bewusst, wie sehr er den ganzen Vormittag hindurch,
voller neugieriger Erwartung, Suns Rückkehr herbeigesehnt hatte.
An diesem Vormittag war ihm noch einmal vieles
durch den Kopf gegangen, was geschehen war,
seit diese Geschichte mit dem Mädchen Sun begonnen hatte.

58) *Semibrevis, Note aus der Mensuralnotation,*
                    entspricht einer ganzen Note

An diesem sonnigen Morgen hatte er sein Frühstück seit langem
wieder allein eingenommen, ohne das Mädchen Sun.
Dann aber war der schreckliche Traum
mit der zerbrochenen Geige zurückgekehrt,
als der Alte noch einmal am Küchentisch eingenickt war.
Hauptsächlich hatte er den Vormittag auf der Couch verbracht,
seinem Lieblingsplatz,
von wo er den Garten fast vollständig überblicken konnte.
Zwischendurch war er allerdings einige Male aufgestanden
und in die Küche hinübergegangen.

Sun musste an diesem Morgen zum ersten Mal nach ihrer,
nun, nennen wir es der Einfachheit halber 'Krankheit',
sie musste also zum ersten Mal nach ihrer Krankheit
wieder zur Arbeit, zur Probe im Konzerthaus, zum 'Dienst',
wie die Musiker in der Regel ihre Arbeit nennen.
"Es fällt mir nicht leicht zu gehen, die Täter sind noch frei,
irgendwo da draußen, und ich habe noch immer große Angst",
hatte sie dem Alten am Vorabend gestanden.
Mit der pragmatischen Entscheidung,
"ich werde mir einfach ein Taxi rufen und mich bringen lassen",
hatte sie sich beruhigen können und sich schlafen gelegt.
Den Umständen entsprechend war Sun früh aufgestanden,
hatte schon einige morgendliche 'warming-up' Fingerübungen
absolviert und sich von dem Alten unabhängig gemacht.

All dies schoss dem Alten noch einmal durch den Kopf,
während er sich aufgemacht hatte, die Haustüre zu öffnen.
Mittlerweile hatte er sie erreicht und als er öffnete,
kam Sun an ihm vorbeigestürzt, außer sich, extrem erregt,
mit einem teils wütenden, teils hasserfüllten,
teils verweinten Gesicht. Sie war ins Haus gestürmt,
ohne den Alten überhaupt zu begrüßen.
"Ich weiß jetzt, wer es war!" stieß sie zornig hervor,
"ja, ich weiß es, und es kann nicht den geringsten Zweifel geben,
denn ich habe seine Schuhe und Strümpfe wiedererkannt.

Wir gehen jetzt zu ihm, stellen ihn zur Rede
und verlangen meine Geige zurück!"
"Ich finde, das ist keine gute Idee", erwiderte der Alte
nach einem kurzen Moment des Nachdenkens.
"Warum nicht? Weshalb nicht? Wieso nicht?"
stieß sie aufgeregt hervor.
"Er wird alles abstreiten, die Geige wird längst fort sein,
und wir können ihm nichts nachweisen", antwortete der Alte ruhig.
"Außerdem sollte man bedenken, dass der andere
oder die anderen Komplizen, falls es mehrere sind,
gewarnt wären."

"Du bist ein Feigling! Ein Dummkopf!"
schleuderte sie dem Alten entgegen,
mit einem noch nie dagewesenen, wütenden Ausdruck im Gesicht.
"Feigling?" wiederholte der Alte irritiert.
"Vielleicht bin ich ein Feigling, aber ein Dummkopf bin ich nicht!"

Er zögerte und überlegte. "Nun, ist dir eigentlich bewusst, Sun,
dass es von dem Wort 'Feigling' keine weibliche Form gibt,
und auch nicht von dem Wort 'Dummkopf?!
Feiglinge und Dummköpfe sind anscheinend immer männlich,
jedenfalls ist es in unserer deutschen Sprache so."
"Ich habe jetzt keinen Sinn für deine Späße!"
fuhr Sun den Alten energisch an.
'Sie sieht wunderschön aus, wenn sie wütend ist',
dachte der Alte, 'so habe ich sie noch nie erlebt.
Jetzt ist sie so lebendig, so echt, so präsent, so wirklich sie selbst,
so völlig ohne jegliche Maskerade und Selbstkontrolle.
"Die Feiglingin? Die Dummköpfin? Das klingt putzig!",
sagte der Alte und musste schmunzeln.

"Wer ist es eigentlich, den du verdächtigst?"
wollte er wissen, und diese Frage kam im Grunde ziemlich spät.
"Er ist ein Kollege, ein Geiger", antwortete Sun voller Verachtung.
"Ein unsympathischer Mensch! Ich konnte ihn noch nie leiden!"

"Wenn er dir unsympathisch ist, fällt es dir natürlich leicht,
ihn zu verdächtigen." Sun wusste auf diese Aussage des Alten
zunächst nichts zu antworten. Nach einiger Zeit fragte sie:
"Und was ist mit den Schuhen und den Strümpfen?
Soll das alles reiner Zufall sein?"
"Warum gehen wir nicht zur Polizei? Und zwar sofort!",
schlug der Alte vor.
"Bei der Polizei war ich schon", erwiderte sie.
"Die Polizei konnte oder wollte mir nichts sagen.
Vielleicht wissen sie etwas, vielleicht aber auch nicht.
'Die polizeilichen Ermittlungen seien bisher leider ohne Ergebnis,
und es bestehe wenig Hoffnung auf Erfolg.
Ein Paar blau und grau geringelte Socken
sowie ein Paar Turnschuhe, das reicht nun wirklich nicht aus,
um einen Täter zu überführen!' haben sie zu mir gesagt.
Es war also wieder die übliche Enttäuschung!"
"Da hast du es! Mich aber schimpfst du einen 'Feigling'."
Diese Worte des Alten klangen einfach zu sanft, zu freundlich,
als dass man sie als Entrüstung hätte werten können.
Sun streifte ihre Schuhe ab, ging ins Wohnzimmer hinüber
und warf sich in den Sessel des Alten, in welchem sie ihn kürzlich
beim Hören des *Römischen Carneval* von *Berlioz* überrascht hatte.
Sie sah verärgert und enttäuscht aus.

"Entschuldige! Ich habe mich gehen lassen",
erklärte sie, nachdem sie sich etwas beruhigt hatte.
"Ich habe vollständig meine Selbstkontrolle verloren!
Entschuldige bitte!
Das ist unverzeihlich, besonders für mich als Asiatin.
Kon-Fu-Tse hätte mich dafür sicher heftig getadelt."
Bei diesen Worten sah sie tatsächlich sehr deprimiert aus.
"Es tut mir aufrichtig leid", fügte sie weiter hinzu.
"Als Entschuldigung möchte ich heute etwas für dich kochen.
Was hältst du davon, wenn ich unsere Nationalspeise zubereite?"
Ein wenig verspätet, sowie etwas ungeschickt platziert,
fügte sie noch ein 'bitte' hinzu.

"Ich freue mich sehr über deine Einladung", entgegnete der Alte,
"aber ich habe schon eine Pasta vorbereitet,
so wie du sie gern hast.
Ich habe die Sauce den ganzen Morgen köcheln lassen.
Sie wird jetzt richtig gut sein, und deine Nationalspeise,
die können wir sicher bei einer nächsten Gelegenheit nachholen."

Die Pasta nahmen sie am Tisch in der Küche ein,
schweigend, denn seitdem der Alte Sun in seiner Wohnung
aufgenommen hatte, war sie mehr und mehr dazu übergegangen,
während des Essens nicht zu sprechen.
"Nur eine Sache zu einer Zeit tun, vor allem beim Essen",
sagte sie einmal. "Das ist einer meiner Grundsätze,
und diese eine Sache dann mit der ganzen Aufmerksamkeit,
mit der größtmöglichen Hinwendung und Konzentration tun.
Nur so lassen sich die Speisen wahrhaft und in Ruhe genießen.
Mit dem Geige üben ist es doch auch so.
Niemand, der ein Instrument übt, käme auf den Gedanken,
parallel das Radio oder den Fernseher einzuschalten,
eine Zeitung zu lesen oder eine Unterhaltung zu führen.
Sein Üben wäre so auch völlig erfolglos und somit sinnlos.
Ein Gastronom in der Stadt New York übrigens,
diesem Inbegriff von Hast, Lärm, Hektik, Ruhelosigkeit
und Überdrehtheit,
ist gerade sehr erfolgreich mit sogenannten '*silent meals*',
bei denen während eines Menus von mehr als einer Stunde
nicht gesprochen wird.
Die Gäste finden es zunächst schwierig,
sie sind befremdet ob der Strenge, ob der Klösterlichkeit,
aber schon bald stellen sich die positiven Effekte ein."
Dem Alten war es zu Beginn nicht anders ergangen.
Mit der Zeit aber hatte er es angenommen und schätzen gelernt.

"Es gibt noch eine Neuigkeit zu erzählen",
brach Sun das Schweigen,
nachdem die beiden das Essen beendet hatten.

"Ich habe eine Einladung erhalten, ein Hauskonzert,
eine Matinee an einem Sonntagvormittag zu spielen,
in einer Villa in der Puppendorfer Allee.
Sie wird von einem vermögenden Kaufmann veranstaltet,
der vermutlich alte Streichinstrumente als Geldanlage sammelt.
Als einzige Bedingung für das Konzert hat er lediglich gestellt,
dass ich eine Geige aus seiner Sammlung spielen soll.
Er hat kürzlich drei alte Geigen neu erworben.
Ich kann zwischen ihnen diejenige auswählen,
die mir am besten gefällt.
Niemand außer mir wollte es machen, und so habe ich zugesagt.
Außerdem bekomme ich ein gutes Honorar
und für eine gewisse Zeit hoffentlich,
ein schönes Instrument in die Finger."
Sie fügte hinzu: "Dann kann ich dir deine Geige zurückgeben."
Selbstverständlich vermied sie das Wort 'Schülergeige'.
Der Alte hätte es ja vielleicht als Kränkung empfinden können.
"Sofort morgen fahre ich zu dem Kaufmann hin und
suche mir eine Geige aus."

2

Den nächsten Tag verbrachte der Alte mit notwendigen
Gartenarbeiten. Das Wetter hatte erneut einen sonnigen,
zugleich angenehm kühlen Tag beschert.
Er drehte die alten Blütenstände an den Rhododendronbüschen
heraus, damit sich die jungen Triebe, welche sich bereits zeigten,
gut entwickeln und die Kräfte der Pflanzen
nicht für unnötige Samenbildung vergeudet würden.
So können sie im kommenden Jahr wieder in voller Blüte erscheinen
und eine pompöse Wiederauferstehung feiern.
Es war die Vorfreude auf jenes unerhörte Naturereignis,
das den Alten zu dieser Tätigkeit antrieb.
Im Grunde machte er diese Arbeit nicht gern,
er hasste sie geradezu, besonders wegen der klebrigen Finger,
die man als Folge des austretenden zähen Saftes bekam,
nicht zuletzt auch wegen der Geduld,
die man angesichts der zahllosen Blütenstände aufbringen musste.
Doch es war einfach notwendig im Hinblick darauf,
die Büsche im folgenden Jahr erneut in ihrer göttlichen Pracht
erleben und genießen zu können.

Sun kehrte erst am späten Nachmittag zurück.
Wieder, wie am Vortag, kündigte sie sich mit diesem nervösen,
hektischen, dreimaligen Klingeln an.
"Es ist etwas Überraschendes, Unfassbares, Unvorhersehbares
geschehen!" rief sie laut, während sie ins Haus stürzte,
nachdem der Alte ihr geöffnet hatte.
"Er hat meine Geige! Ja, er hat meine Geige! Ja, wirklich!
Er hat tatsächlich meine Geige!" jubelte Sun,
während sie ein Geigenetui durch die Luft wirbeln ließ.
Daraufhin stellte sie den Geigenkoffer auf dem Boden ab,
warf sich dem Alten enthusiastisch um den Hals und
drückte ihn leidenschaftlich und fest,
so dass er auf das Angenehmste ihre Brüste spürte.
Im nächsten Augenblick aber löste sie sich schnell
wieder von ihm.

"Ich fasse es nicht! Wie ist es möglich?"
stammelte der Alte.
Er verstand nichts und war sichtlich irritiert.
"Und ich habe sie hier, ich habe sie wieder!
Hier ist sie, schau her, er hat sie mir gleich mitgegeben!
'Damit ihr euch aneinander gewöhnen könnt',
hat 'Er' gesagt. Als wenn das nötig wäre!
Ich kann mein Glück kaum fassen."

Während Tränen des grenzenlosen Glücks
ihre Wangen hinabliefen, fügte sie schluchzend hinzu:
"Du kannst gar nicht ermessen,
was diese Geige für mich bedeutet."

3

"Wer ist dieser 'Er'?" fragte der Alte voller Neugier.
"Er heißt *Serge Koofman*", erwiderte Sun.
Sie befand sich noch immer vollständig im Ausnahmezustand
des Freudentaumels.
"Er bewohnt eine schöne alte Villa in der Puppendorfer Allee.
Früher nannte man ihn einen Schrott- und Lumpensammler,
so erklärte er mir. Er war nicht besonders hoch angesehen,
aber die Zeiten haben sich geändert, gravierend sogar.
Heute haben viele Menschen verstanden, so führte er aus,
dass die Ressourcen begrenzt und zu schonen sind,
und dass unsere Abfälle jedweder Art nach Möglichkeit
wiederverwertet werden müssen.
Papier, Schrott, Elektroschrott, Schrottautos, Altreifen, Flaschen,
auch Polyethylenflaschen und natürlich Bioabfälle,
all dies kann heutzutage sehr gut recycled und
als Rohstoff wieder verarbeitet werden.
Auch beim Abriss eines Hauses zum Beispiel wird alles getrennt
und gesammelt, was sich wiederverwenden lässt.
Insgesamt gibt es aber noch 'viel Luft nach oben'.
So drückte sich *Koofman* jedenfalls aus.
Es existiert wohl inzwischen ein großes Netz von Müllsammlern,
welche wie die Flaschensammler selbstständig arbeiten,
die bei ihm abliefern und dafür angemessen entlohnt werden.
Ferner hat er Beratungsstellen zur Müllvermeidung
beziehungsweise zur besseren Reduktion von Müll eingerichtet.
Außerdem kann eine 24-stündige Hotline angerufen werden,
wenn es darum geht, illegal abgeladenen Müll abzuholen.
Eine herausragende Bedeutung aber kommt dem Müllsammeln zu,
einer gemeinschaftlichen 'Entmüllung' des jeweiligen Umfeldes,
also von Kindergärten, Schulen, Universitäten, Ämtern und Firmen,
Parks und öffentlichen Plätzen, um auf diese Weise
das Verantwortungsgefühl für die eigene Umwelt zu stärken.
In Japan ist dies schon lange anerkannte und übliche Praxis.

Insgesamt geht es darum, die Zyklen zwischen Wegwerfen
und Recyceln in allen Belangen nach und nach zu verbessern."
Sun hatte die ganze Zeit über voller Begeisterung erzählt.
Ihre positive Einstellung war ihr deutlich anzumerken.
In der gleichen Weise setzte sie fort:
"Ein nächster Schritt wird sein, die vielen Altdeponien zu öffnen,
auf denen gigantische Mengen an Rohstoffen lagern",
so erzählte mir *Koofman*.
"Dann schlägt die Stunde der kompetenten und kreativen Chemiker,
und ihr ganzes Wissen und Können wird gefragt sein,
um aus dem Abfall wieder hochwertige Produkte herzustellen."

" Was hat dies alles nun mit deiner Geige zu tun?"
fragte der Alte ziemlich ungeduldig.

"Abfall, Schrott, Müll und Lumpen haben *Koofman* reich gemacht,
sehr reich, sogar so reich, dass er ein umfangreiches Vermögen
in wertvollen Instrumenten angelegt hat,
vornehmlich in Geigen und Celli sowie in kostbaren Gemälden.
Er kann es sich leisten, in seiner Villa Konzerte zu veranstalten,
um auf diese Weise seine Liebe zur Geige, so wie
zur klassischen und romantischen Violinmusik Europas zu pflegen
und mit anderen, gleichgesinnten Musikliebhabern zu teilen.
'Das gibt mir die Gelegenheit, einmal den Müllbergen zu
entkommen', hatte er lächelnd erklärt.
'Zu dem Hauskonzert wird sich ein ausgewähltes Publikum
einfinden, von Kennern und Musikliebhabern,
denen ich eine meiner neu erworbenen Geigen vorstellen möchte.
Die Instrumente müssen gespielt werden, sie müssen erklingen,
das ist ihre Bestimmung. Alles andere wäre sinnlos', führte er aus.
Kürzlich hat er drei neue Geigen erworben,
darunter meine gestohlene."

"Von wem hat er sie bekommen?"
fragte der Alte aufgeregt dazwischen. "Das hat er mir nicht erzählt.
Ich habe mich nicht getraut, danach zu fragen",
entgegnete sie und fuhr fort:

"Als Kind hätte er gerne Geige spielen gelernt.
Dafür war in seinem Elternhaus leider kein Geld vorhanden.
Seine Eltern waren nicht vermögend genug.
Es fehlte wohl auch an dem nötigen Verständnis.
Später, als er selber schon 'gutes Geld' verdiente,
hat er es einmal versucht, aber sehr bald eingesehen,
dass man früh, nämlich bereits im Kindesalter, beginnen muss,
wenn man es auf diesem Instrument 'zu etwas bringen' will.
Er hat auch schmerzlich erkennen müssen,
dass er selbst nicht begabt genug ist.
'Man erwarte nicht vom Spatzen,
dass er singt wie eine Nachtigall'
zitierte er ein altes, traditionelles chinesisches Sprichwort 59),
von dem ich allerdings bislang noch nicht gehört habe",
kommentierte Sun mit einem Achselzucken.

"Dann erzählte mir *Koofman* von mehreren neuen Projekten,
in welche er mit großer finanzieller Beteiligung eingestiegen ist.
Dabei geht es um nichts Geringeres als um die Herkulesaufgabe,
die Meere soweit wie möglich von den gigantischen Mengen
an Plastik zu befreien.
Denn mittlerweile schwimmen auf den Weltmeeren
mehrere riesige Müllteppiche von der Größe Frankreichs.
Eines der größten Probleme dabei sind die Kleinteile,
welche durch Strömungen und Verwirbelungen des Wassers
bis in eine Tiefe von mehr als fünfzig Metern befördert werden
können.
Es gibt mittlerweile mehrere Gruppen von engagierten,
optimistischen, tatkräftigen jungen Leuten mit Visionen,
die zum Beispiel daran arbeiten,
Plastik durch Plasmavergasung in Algenkulturen umzuwandeln,
um am Ende des Kreislaufs recyclebaren Biokunststoff
zu gewinnen, der dann anschließend veräußert werden könnte.
So wird Recycling mehr und mehr zu einem einträglichen Geschäft
mit einem enormen Potenzial für die Zukunft.

59) Quelle nicht eindeutig zu benennen

Das ganz große Geschäft aber liegt noch vor uns,
vor allem der enorme Nutzen, und zwar für alle.
Immerhin haben viele Menschen inzwischen erkannt,
wie kostbar der Abfall, der Müll für uns alle ist
und in zunehmendem Maße sein wird.
Mittlerweile liegt und schwimmt so viel in unserer Umwelt herum,
dass man es nur einsammeln und verarbeiten muss.
Wenn wir überleben wollen,
müssen wir erstens sparsamer mit unseren Ressourcen umgehen,
zweitens alle Abfälle besser wiederverwerten,
und drittens weniger verbrennen.
Denn zurzeit wird einfach noch viel zu viel Müll verbrannt,
einfach deswegen, weil es deutlich billiger ist als recyceln.
Was wir jetzt brauchen, ist eine *Wertstofftonne,*
in welche alles hineinkommt, was wiederverwertet werden kann.
Außerdem sollte nur noch verwertbares Plastik erlaubt sein."
Sun sprach derart engagiert und mit leuchtenden Augen,
als sei diese Sache bereits zu ihrer eigenen geworden.

Dann sagte sie plötzlich gänzlich unvermittelt:
"Ich freue mich so sehr auf das Hauskonzert!
Ich brenne geradezu, und ich bin überglücklich!
Andererseits aber bin ich es nicht,
denn ich habe zwar meine Geige zurück,
und ich kann sie wieder spielen,
aber sie gehört mir nicht mehr.
Wie bekomme ich nur meine Geige zurück?
Ich glaube, du kannst gar nicht ermessen,
was dieses Instrument für mich bedeutet",
wiederholte Sun noch einmal diesen Satz.

4

Es waren diese glücklichen Gefühle des Augenblicks,
da ihre so innig geliebte und, wie sich zeigen wird,
so eng mit ihrem Schicksal verbundene Geige
unter noch völlig unklaren Umständen zu ihr zurückgelangt war.
Es waren diese momentanen starken Affekte der Glückseligkeit,
welche ihre bislang verschlossenen Lippen öffneten
und Sun dazu veranlassten, nun ihre Geschichte
sowie die der Geige gegenüber dem Alten preiszugeben.

Sie waren in die Küche hinübergegangen
und hatten am Küchentisch Platz genommen,
dort wo der Alte eingenickt war und dieser schreckliche Traum
von der zertrümmerten Geige ihn verstört hatte,
als Sun erstmalig nach ihrer 'Krankheit'
wieder zum 'Dienst' musste.
Dort am Küchentisch hatten sie auch gesessen,
als der Alte von der Beerdigung Mathildes zurückgekehrt war.

"Ich hatte dir ja von meiner Großmutter erzählt",
begann sie, "wie sehr sie geächtet und
aus der Gesellschaft ausgestoßen worden war,
als das Martyrium der Sexsklaverei während des Krieges beendet
war. Ihren Gemüseladen musste sie bald wieder schließen,
denn es war niemand zu ihr gekommen, um einzukaufen.
Stattdessen eröffnete sie einen Massagesalon,
und zwar schon nach kurzer Zeit, sie musste doch von etwas leben.
Sie nannte den Salon 'Amadeus Massage Room.'
"Amadeus?" wiederholte der Alte, sichtlich irritiert.
Sun entgegnete:
"Sie hatte wohl etwas von *'amare'* 60) und *'deus'* 61) gehört
und sich darauf ihren eigenen 'Reim gemacht'.

60) ama, Imperativ von amare (lat.) lieben
61) deus (lat) Gott

Wahrscheinlich hat sie es ein wenig anders verstanden.
Es ging ihr wohl vor allem um den zweiten Vornamen *Mozarts*,
denn sie liebte die Musik von *Wolfgang Amadeus Mozart*
ganz besonders

"Rheingau Riesling?"
Der Alte war kurz aufgestanden und mit einer Flasche
sowie zwei Weingläsern zurückgekehrt.
Da Sun nicht verneinte, schenkte er für sie beide ein.

"Ich muss dir sicherlich nicht erklären", setzte Sun fort,
"dass neben Massage auch alle anderen Dienstleistungen
angeboten wurden, die du dir vorstellen kannst.
Aber alles geschah streng im Verborgenen.
Nur im vorderen Bereich des Massagesalons
ging es tatsächlich um die 'Massage.'
Du musst nämlich wissen, Sexbusiness war und ist immer noch
offiziell verboten in unserem Land.
Dennoch wusste natürlich jeder Bescheid,
wie du dir vermutlich denken kannst,
aber es wurde schlichtweg darüber hinweggesehen.
Die staatlichen Stellen ignorierten das Gewerbe
soweit es irgend ging, oder sie ließen sich bestechen."

Sun nahm einen kräftigen Schluck aus ihrem Glas.
Der Wein schien ihr zu schmecken und tat das seinige,
ihre Zunge zu lockern sowie ihre Rede im Fluss zu halten.

"Dann wurde irgendwann meine Mutter geboren",
erzählte sie weiter, "einen Vater gab es nicht,
jedenfalls war er offiziell nicht bekannt.
Zwangsläufig wuchs meine Mutter in dieses 'Gewerbe' hinein.
Ebenso wie meine Großmutter hatte sie keine andere Wahl.
Auch sie wurde gemieden, geächtet und verstoßen.

Irgendwann wurde ich geboren und alles wiederholte sich.
Auch bei mir blieb der Vater unbekannt oder ungenannt,
auch mir schien das gleiche Schicksal vorbestimmt zu sein.
Allerdings wuchs ich bei meiner Großmutter auf,
die sich seit meiner Geburt aus dem 'Gewerbe' zurückgezogen hatte.
Folglich übernahm meine Mutter das 'Geschäft'.
Und es lief gut, das 'Geschäft', sodass sie schon nach kurzer Zeit
mehrere 'Masseusen' angestellt hatte."

Sun hatte ihr Glas inzwischen schon fast vollständig geleert.
Der Alte nahm die Flasche zur Hand und schenkte nach.
Sun ließ ihn gewähren. Es bestand kein Zweifel daran,
dass der Wein in nicht unerheblicher Weise Sun dazu beflügelte,
sich nun vollständig gegenüber dem Alten öffnen zu können.

"Dieser Amadeus Massage Room", so erzählte sie weiter,
"war durchgehend vierundzwanzig Stunden geöffnet.
Es herrschte dort eine ganz besondere Atmosphäre,
insofern als fortlaufend 'Klassische Musik' zu hören war.
Es erklang hauptsächlich die Musik von *Amadeus Mozart*,
zumeist seine sämtlichen *Violinkonzerte,*
auch die *Sinfonia Concertante,* aber auch etliche *Sinfonien*
sowie gelegentlich einige seiner *Klavierkonzerte.*
Diese Musik sorgte für eine entspannte Atmosphäre, denn
vordergründig sah alles nach einem seriösen Massagesalon aus.
Diese durch die Musik erzeugte Stimmung diente einerseits
vor allem der Tarnung, andererseits
liebten viele Kunden gerade diese Art der Klangkulisse,
in der die Musik als Seelenmassage, als klangliche Tünche,
als Hintergrund, ähnlich wie in einem Supermarkt,
ein angenehmes Wohlbefinden erzeugte.
Nicht zuletzt sorgte diese Musik für eine soziale Auslese,
an der sich die Geister schieden, anders ausgedrückt,
die Kunden stammten zumeist aus der gehobenen,
gebildeten Bevölkerungsschicht."

Sun bat den Alten, ihr von dem Wein nachzuschenken.
Ihre Bitte erfüllte er nur zögerlich,
denn er beobachtete mit Besorgnis, dass sie viel zu schnell trank,
gemessen daran, wie wenig Alkohol sie vertrug.
Sodann fuhr sie fort:
"In jungen Jahren bereits lernte auch ich die Techniken der Massage.
Außerdem musste ich, und ich war noch nicht volljährig,
erste kleinere 'Dienstleistungen' übernehmen.
Dazu gehörte zum Beispiel 'Gäste' in Empfang nehmen,
Getränke servieren und gelegentlich Füße massieren.
Viele Männer liebten diesen Akt der Unterwerfung,
wenn ich, noch minderjährig, vor ihnen am Boden hockte,
ihnen die Füße wusch, dann einölte und anschließend massierte.
Deshalb wünschten sich immer mehr Kunden meine 'Dienste'."

Selbstverständlich erinnerte sich der Alte,
während sie davon erzählte, an jene Situation,
als Sun den Alten angeleitet hatte, ihre Füße zu massieren
und sie anschließend einzuölen.
Bei jener Gelegenheit hatten die beiden über die Bibelstelle
gesprochen, als die Sünderin Jesus' Füße mit ihren Tränen reinigte,
mit ihren Haaren trocknete und mit kostbarem Öl einsalbte.

"Während dieser Tätigkeiten ...", hier zögerte Sun.
Ihr Weinkonsum machte sich inzwischen in einem leichten Schwips
sowie in geröteten Wangen bemerkbar.
"Während dieser Tätigkeiten", setzte sie noch einmal neu an,
"hörte ich die ganze Zeit über die Violinkonzerte von Mozart.
Ich nahm die Musik tief in mich auf. Es dauerte nicht lange,
bis ich bald alles auswendig kannte. Jede Note konnte ich mitsingen,
noch bevor ich überhaupt Noten lesen konnte.
Zuerst lernte ich den Solopart, er war ja am besten zu hören.
Dann versuchte ich, auch andere Stimmen herauszuhören,
die Stimmen des Orchesters, insbesondere die Bassstimme,
die Bläserstimmen, also nicht nur die Hauptstimmen.
Die Bratschenstimme war natürlich am schwierigsten zu erkennen.

Sie lag in der Mitte der Streicher,
eingehüllt und mit den anderen verschmolzen.
Ich versuchte es trotzdem.

*'Alles war vergessen, und ich horchte nur entzückt auf die Töne,
die, wie aus einer anderen Welt niedersteigend,
mich tröstend umfingen' 62)*

Seinerzeit kannte ich diese Worte des *Kapellmeisters Kreisler 62)*
noch nicht. Gefühlt habe ich die Musik schon damals genau so,
wie er es beschrieben hat.

Eines Tages kam meine Mutter mit einer Geige nach Hause.
'Ich solle Unterricht nehmen', sagte sie, 'ich sei musikalisch'.
Es war ihr nicht verborgen geblieben,
wie genau ich mittlerweile die Konzerte von Mozart kannte.
Durch das intensive Hören war bei mir schon vieles vorgebildet,
die Tongestaltung, die Phrasierung, die Deklamation,
das Hören mehrerer Stimmen,
das Erfassen der verschiedenen Charaktere,
das Erkennen der Gliederung der Musik,
die Harmoniewechsel und so fort.
In Wahrheit aber wollte sie natürlich,
dass es mir nicht so ergehen sollte wie ihr.
Sie wollte für mich ein besseres Leben.

Erst sehr viel später habe ich erfahren,
wie wertvoll diese Geige ist, die ich nun wieder in Händen halte.
Es ist diese meine geliebte *Vuillaume,*
die meine Mutter irgendwo unter der Hand
oder auf dem Schwarzmarkt aufgetrieben hatte.
Ich habe keine Ahnung über das 'Wo und Wie'.
Sie hat es nie preisgegeben.
Vielleicht wurde die Geige irgendwo in Europa gestohlen
und bei uns unter die Leute gebracht.

62) E.T.A. Hoffmann, 'Kreisleriana'

Vielleicht ist sie auch nicht echt. Vielleicht ist sie eine Fälschung.
Ich jedenfalls weiß es nicht. Niemand scheint es genau zu wissen.
Niemand scheint ihr Geheimnis lüften zu können.

Verstehst du nun die besondere Bedeutung meiner Geige?
Mit diesem Instrument war meiner Seele ein Werkzeug gegeben,
um in Klang aufzugehen, ein Werkzeug,
das mir Trost spendete, mir Kraft zum Überleben verlieh
und mir die Möglichkeit gab,
die gesamte Scala meiner Gefühle in der Musik zu erleben,
nachzuerleben und auszuleben.
Außerdem war es letztendlich die Geige,
welche mir die Gelegenheit bot,
mein soziales Umfeld verlassen zu können, und mehr noch,
nämlich aus dem 'Land der Morgenröte' fortzugehen,
um nach Europa überzusiedeln, dem Kontinent meiner Sehnsucht,
der diese großartige Musik hervorgebracht hat,
die mich begeisterte, die ich so sehr verehrte
und die mein Leben bis heute entscheidend geprägt hat."

Der Alte hatte ihr gebannt zugehört.
"Hast du deswegen diese übergroße Europafahne an der Wand
in deinem Zimmer?" fragte er.
"Oh ja, Europa!" antwortete sie mit großer Begeisterung.
"Dorthin wollte ich unbedingt, dorthin, woher die Musik kommt,
die mir in meinem Leben alles bedeutet.
Europa ist 'mein gelobtes Land', mein Kontinent
der Kunst und Kultur, der Dichter, Denker und Philosophen.
Auch ist Europa der Erdteil mit einer Vielzahl der schönsten Städte,
die überhaupt auf dieser Erde errichtet worden sind.
Nicht zu vergessen die überwältigenden Landschaften
mit Wäldern, Bergen, Flüssen, Meeresküsten und Seen,
die sich vom Polarkreis bis zu dem Land im Süden erstrecken,
'wo die Zitronen blühen' 63) und wo man in imposanten Bauwerken
den Geist der griechischen Antike aufspüren kann.

63) J.W. von Goethe 'Wilhelm Meister'

Heute allerdings scheint Europa seine historische Chance,
die sich in der jetzigen Epoche bietet, zu verspielen,
nach Jahrhunderten mörderischer Kriege auf seinem Boden,
in einer seit der Zeit der Römer kaum zu erfassenden Anzahl,
und seinen nicht zu ermessenden menschlichen Tragödien,
von denen der 30-jährige Krieg und die beiden Weltkriege
in ihrer Brutalität, ihren Menschenopfern und Verwüstungen,
sicherlich die schrecklichsten von allen waren.
Jetzt herrscht in Europa seit über siebzig Jahren Frieden.
Es ist kulturell stark, jedoch wirtschaftlich heterogen,
politisch und militärisch leider schwach 64).
Bereits zu Zeiten des *'Heiligen Römischen Reiches Deutscher
Nation'* stellten eine schwache Zentrale einerseits
und starke Fürstentümer andererseits ein ständiges Problem dar 65).
In diesen Tagen steht Europa erneut vor großen Herausforderungen,
durch die Zunahme separatistischer und nationalistischer
Bestrebungen sowie durch hinterwäldlerische Kleinstaaterei.
In einigen Ländern herrscht zudem eine gefährlich hohe
Arbeitslosigkeit, und das besonders unter den Jugendlichen.
Ferner wird Europa durch eine, sich epidemisch ausbreitende,
zersetzende Europaskepsis bedroht,
die nicht zuletzt durch die Tatsache
einer nicht demokratisch legitimierten Zentrale befeuert wird,
gepaart mit einem zunehmenden Verfall zentraler Werte in einigen
Ländern, wie beispielsweise Einschränkungen der Pressefreiheit
und Eingriffe in die Unabhängigkeit der Justiz.
Außerdem geht von einer nicht gelösten Finanzkrise sowie
einer nicht bewältigten Flüchtlingskrise eine große Gefahr aus.
Wieder einmal hat sich Deutschland in Europas Mitte isoliert.
Alles in allem zeigt sich deutlich die Unfähigkeit der Europäer,
Lösungen für die zahlreichen Probleme zu finden, um das zu sein,
was Europa eigentlich sein könnte, nämlich: der beste Kontinent."

64) s.a. M. Eyskens, ehem. belg. Außenminister
65) s. B. Simms / B. Zeeb 'Europa am Abgrund'

Der Alte staunte nicht schlecht über Suns politischen Diskurs,
der plötzlich wie ein Gewitter über ihn hereingebrochen war,
und so schnell, wie es gekommen war,
wieder beendet zu sein schien.

"Jetzt ist sie also wieder hier, meine Geige",
sagte Sun gänzlich unvermittelt und wie zu sich selbst.
"Aber sie gehört mir nicht mehr.
Wie bekomme ich nur meine Geige zurück?"
Sie schien nicht wirklich eine Antwort des Alten zu erwarten,
denn eine Lösung lag außerhalb des Möglichen,
mehr noch, sie war, für den Augenblick jedenfalls,
nicht einmal vorstellbar.

5

"Du kannst natürlich hingehen zu diesem Herrn *Koofman*
und ihm deine Lebensgeschichte erzählen.
Dann wird er dir wahrscheinlich deine Geige zurückgeben
und, wenn du Glück hast, vielleicht sogar kostenlos."
"Glaubst du das wirklich?" fragte Sun verunsichert.
"Nein, das glaubst du nicht, du spottest nur, nicht wahr?"
"Ja, sicher!" erwiderte der Alte.
"Das ist ironisch gemeint, aber ich denke, es wird auch deutlich,
dass dies kein gangbarer, erfolgversprechender Weg wäre.
Kannst du denn beweisen, dass die *Vuillaume* dir gehört?
Hast du ein Dokument, das dich als Eigentümerin ausweist?
Hast du überhaupt einen Kaufvertrag?"
Sun schüttelte den Kopf und machte einen deprimierten Eindruck.
"Außerdem bin ich mir sicher", führte der Alte fort,
"er, besagter *Koofman*, geht ganz bestimmt davon aus,
einen seriösen Kauf getätigt zu haben, unabhängig davon,
wer auch immer ihm deine Geige verkauft hat.
Er wird eine Expertise über die Echtheit bekommen haben,
selbst wenn sie möglicherweise eine Gefälligkeit gegen Geld
oder sogar eine Fälschung ist, und glaube mir,
es gibt genügend ehrlose Leute, auch unter Geigenhändlern und
Geigenbauern, die für Geld alles tun,
lassen sich doch auf dem Instrumentenmarkt gigantische Gewinne
erzielen.
Beispielsweise fanden in den fünfziger Jahren mehrere Prozesse
in der Schweiz, in Bern statt, die als sogenannter '*Geigenkrieg*' 66)
in die Geschichte eingingen.
Hieran waren maßgeblich fünf Personen beteiligt,
vier aus Europa und eine aus New York.
Sie allein kontrollierten weltweit den Handel mit Altgeigen.
Wann immer es um alte, vorwiegend italienische Geigen ging,
sogenannte 'alte Italiener',
hatten einer, mehrere oder alle fünf Herren ihre Finger im Spiel.

66) s. Magazin 'Der Spiegel' (1958)

Ohne Zweifel war dies im wahrsten Sinne des Wortes zu verstehen,
denn sie reparierten, sie begutachteten und sie veräußerten sie,
die 'alten Italiener'.
Ohne besagte fünf Herren lief weltweit nichts,
wenn es um die vermeintliche Echtheit oder das Gegenteil ging.
Das konnte sowohl eine immense Aufwertung,
oder auch eine Abwertung bedeuten,
je nachdem, wie die Begutachtung ausfiel.
Schon damals ging es um große Summen im sechsstelligen Bereich.
Heutzutage sind es teilweise sogar achtstellige Summen,
wie wir beide wissen.
Allein die Gutachtertätigkeit ließen sich die Herren mit zehn Prozent
des Wertes vergüten.

Bei einem der Prozesse in Bern wurde ein Geigenbauer,
der zugleich als Gutachter und Händler tätig war, verurteilt,
weil ihm, teilweise mit neuen wissenschaftlichen Methoden,
in mehr als zwanzig Fällen nachgewiesen werden konnte,
Geigen 'promoviert' zu haben, wie man es damals nannte,
was ein mit der Bilderfälscherei vergleichbares Verfahren darstellte.
Die Prozesse in Bern waren nicht die einzigen und keineswegs
die letzten, welche wegen Geigenfälscherei geführt wurden.

Warum also sollte Koofman dir deine Geige zurückgeben?"
kam der Alte auf das anfängliche Thema zurück,
"denn er hat sicher einen *Batzen* Geld dafür bezahlt."
"Wie viel ist *ein Batzen*? Ich kenne das Wort nicht."
"Ich glaube, es ist der Name einer alten Münze aus der Schweiz.
Aber man will mit dieser Redewendung zum Ausdruck bringen,
dass es sich um eine große Summe handelt", erläuterte er.

Der Alte erhob sich, und während er ins Wohnzimmer hinüberging,
murmelte er vor sich hin:
"Es muss noch einen anderen Weg geben!"
Er wiederholte denselben Satz ein weiteres Mal
und wandte sich daraufhin erneut an Sun.

"Ich muss mich bewegen, um gut nachdenken zu können!"
Nun begann er, im Zimmer herumzugehen, ruhig,
gleichmäßig schreitend, geradezu majestätisch,
als handelte es sich um eine *Zen Meditation im Gehen 67*).
Und tatsächlich bildete er mit der einen Hand eine Faust,
indem er den Daumen mit den Fingern umschloss.
Die andere Hand legte er nun um die Faust herum
und führte sie so zu seinem Solarplexus.
Sun beobachtete den Alten dabei voller Erstaunen.
Sie war ihm ins Wohnzimmer gefolgt
und hatte es sich in seinem Sessel bequem gemacht.

Lange, sehr lange, schritt der Alte kreisförmig,
genauer gesagt oval, im Zimmer umher.
Dabei hielt er den Kopf leicht nach vorn geneigt
und wirkte ganz und gar auf sich selbst konzentriert.
Er ging an der Couch entlang, wo er Suns Füße massiert hatte
und auf der sie nach der durchzechten Carnevalsnacht
gemeinsam genächtigt hatten.
Von dort ging er hinüber zum Klavier,
wo die Noten des Liedes *Abschied* noch aufgeschlagen waren.
Sodann schritt er an der Gitarre vorüber,
mit der er sich und Sun zu dem Lied *Lorelei* begleitet hatte.

Des Weiteren gelangte er zu seinem Schreibtisch,
auf dem sein PC stand und wo die Finndolche lagen,
vorbei an dem Schachtischchen aus Mangoholz
und von dort wieder zurück zum Sessel.
Hier hatte er aus den *Memoiren von Berlioz* vorgelesen,
und hier hatte Sun es sich nun bequem gemacht.
Auf diese Weise hatte er einige Runden absolviert,
konzentriert, in sich selbst versunken und weitgehend lautlos.
Nur die ruhigen und leise pfeifenden Geräusche seines Atems,
den er durch die Nase einzog und wieder ausströmen ließ,
waren zu vernehmen.

67) sog. Kinhin

Diese Atemgeräusche wurden nur durch ein herannahendes
und sich schon bald wieder entfernendes Martinshorn,
ein anderes Mal von einem überfliegenden Düsenjet überdeckt.

Plötzlich blieb er stehen und sagte leise,
mit einem nachdenklich geheimnisvollen Ausdruck in der Stimme:
"Es gäbe da vielleicht einen ganz anderen Weg.
Ich gebe dir hiermit ein besonders schönes Beispiel
für eine praktische Anwendung von Literatur."
An dieser Stelle machte der Alte eine Pause,
die Suns Neugier noch zusätzlich steigerte.

"Kennst du *Boccaccio?*" fragte er schließlich.
"Kennst du das *Decamerone* von *Giovanni Boccaccio?*"
"Ich habe es nicht gelesen", antwortete sie ein wenig beschämt.
Sie hatte keine Ahnung, worauf der Alte hinauswollte.
"Du hast doch sicher schon davon gehört,
von dieser bedeutenden Novellensammlung
aus der Mitte des 14. Jahrhunderts." Sun nickte zustimmend.
"Dort erzählt *Filomena* am ersten Tag die dritte Geschichte.
Innerhalb dieser Geschichte gibt es eine weitere Geschichte,
die von den *drei Ringen* handelt
und in der folgendes geschildert wird:
'Ein Vater von drei Söhnen
verfügte über ein beträchtliches Vermögen.
Im Besitz des Vaters befand sich auch ein besonders kostbarer Ring,
der durch viele Generationen weitergegeben worden war.
Derjenige, der den Ring erbte, wurde damit zum Familienoberhaupt
und verwaltete den gesamten Nachlass.
Als das Ende des Vaters nahte, konnte er sich nicht entscheiden,
welcher der drei Söhne den Familienring erhalten sollte,
denn er liebte sie alle drei gleichermaßen.
So beauftragte er heimlich einen herausragenden Goldschmied,
zwei Kopien des wertvollen Ringes anzufertigen.
Sie sahen so täuschend gleich aus,
dass selbst der Vater das Original nicht herausfinden konnte.

Nun gab er jedem seiner Söhne einen Ring,
ohne dass die anderen etwas davon bemerkten.
Nachdem der Vater gestorben war, stellten die Söhne fest,
dass jeder von ihnen im Besitz eines Ringes war.
Niemand konnte sagen, welcher der echte, der richtige war.
Doch die Söhne erkannten, was der Vater ihnen mitteilen wollte,
nämlich, dass er sie alle drei gleichermaßen liebte
und keinen von ihnen bevorzugen wollte oder konnte.
So entschlossen sich die drei Brüder,
im Sinne ihres Vaters zu handeln
und das Erbe gemeinsam anzutreten,
was bedeutete, es gleichberechtigt zu verwalten."

Sun schaute den Alten fragend an.
"Eine wundervolle Geschichte", kommentierte sie, sichtlich irritiert.
"Nun gut", erwiderte er,
nachdem er Suns fragenden Gesichtsausdruck registriert hatte.
"Dann erzähle ich dir noch eine andere überlieferte Geschichte,
die sich tatsächlich zugetragen haben soll:

Der legendäre italienische Geiger *Niccolo Paganini*
soll seine Geige, die berühmte *Cannone* von *Guarneri,*
dem Geigenbauer *Jean Baptiste Vuillaume* zur Reparatur
gebracht haben.
Heimlich, so sagt man, hat *Vuillaume* eine Kopie angefertigt.
Als er *Paganini* die zwei Geigen vorlegte ",
ab hier setzte Sun die Erzählung des Alten
mit den folgenden Worten fort:
"…soll *Paganini* das Original weder vom Aussehen noch
vom Klang her herausgefunden haben. Ich kenne diese Geschichte."
"Manche berichten sogar", fügte der Alte hinzu,
"Paganini habe sich damals für die Kopie entschieden."

"Ich glaube, ich habe dich jetzt verstanden", erwiderte sie
und hatte dabei einen ungewöhnlich skeptischen
Gesichtsausdruck.

Der Alte hatte wieder damit begonnen, im Zimmer herumzugehen,
gestikulierte nun aber zusätzlich mit seinen Händen,
um die Bedeutung seiner Worte zu unterstreichen.
"Nehmen wir also einmal an, es gelänge ein Nachbau deiner Geige
in der Kürze der Zeit, die wir zur Verfügung haben.
Nehmen wir weiterhin an, wir bekämen ein in jeder Hinsicht
gleichwertiges Instrument, von wem auch immer hergestellt,
denn nur ein gleichwertiges würde hier einen Sinn ergeben,
dann suchst du dir eine Geige aus, und niemand wird wissen,
welche das Original und welche die Kopie ist.
Weder ich werde es wissen, noch du wirst es wissen,
und auch dieser Serge Koofman nicht."
"Ja, gut, aber eine Bedingung muss erfüllt sein!"
Bei diesen Worten klang ihre Stimme fest und entschlossen.
"Unser Plan soll nur dann gelten, wenn weder ich, noch du,
und auch sonst niemand die echte Geige herausfinden kann,
weder optisch noch akustisch."

"Was wir jetzt unbedingt brauchen, ist ein wenig Zeit",
bemerkte der Alte nachdenklich,
während er sich weiter im Kreis bewegte.
"Wie viel Zeit brauchen wir denn?" fragte Sun.
"Wie viel Zeit haben wir?" fragte der Alte zurück.
"Das Datum für das Konzert bei *Koofman* steht noch nicht fest.
Ich kann natürlich versuchen,
den Termin so lange wie möglich hinauszögern."
"Das Hauptproblem wird die Trocknungszeit des Lackes sein,
denn die Geige müsste auf alle Fälle dreimal lackiert werden.
Sollte allerdings Spirituslack verwendet werden,
so könnte es zeitlich klappen, weil Spirituslack schnell trocknet."
"Die wichtigste Frage von allen aber ist doch",
warf Sun etwas mürrisch ein,
"wer überhaupt könnte es hinbekommen?
Wer könnte eine solch anspruchsvolle Arbeit liefern?"
"Ich kenne nur einen, der es machen könnte.
Man nennt ihn *Yoshi Baptiste*.

Das ist sein Kosename, alle nennen und kennen ihn so.
Sein richtiger Name ist *Yoshitaka Kumamoto*.
Er ist ein exzellenter Geigenbaumeister, aus Japan gebürtig,
der schon lange hier bei uns lebt und arbeitet.
Ich erinnere mich, wie er mir einmal über sich selber sagte:
'Ich habe so oft kopiert und kopiert und wieder kopiert,
bis meine Instrumente besser waren als die Originale.
Dies entspricht einfach dem kulturellen Denken in meiner Heimat.
Unsere Kultur ist zunächst eine Kultur des Nachahmens,
das bedeutet, man kopiert den Meister so lange,
bis man ihn vielleicht irgendwann übertrifft.'
So viel zu *Yoshi Baptiste*. Er ist ohne jeden Zweifel der Richtige,
weil der Beste, und wir sollten auf keinen Fall länger warten,
um nicht kostbare Zeit zu verlieren", schlug der Alte vor.
"Morgen früh rufe ich ihn sofort an, und ich bin mir sicher,
dass er uns auch einen fairen Preis anbieten wird."

Der Alte ging in die Küche hinüber
und kehrte unverzüglich mit der Weinflasche,
in der sich noch ein Rest des Rheingauers befand,
sowie mit den beiden Weingläsern zurück.
Er teilte den Rest des Rieslings auf,
woraufhin sie sich zuprosteten und anstießen.
"Auf ein glückliches Ende!" sagte Sun ein wenig feierlich.
"Nicht alles nimmt ein glückliches Ende", entgegnete der Alte.
"*Kon-Fu-Tse?*" fragte Sun spöttisch und amüsierte sich dabei.
"Nein, eine Binsenweisheit", gab er schmunzelnd zur Antwort.
Ganz ohne Zweifel hatten die beiden ihr Vergnügen
an den vertauschten Rollen in diesem Wortspiel.

In der Zwischenzeit hatte der Alte auf der Couch Platz genommen.
"Hast du schon eine Vorstellung, was du spielen wirst,
bei diesem Hauskonzert?" Sun nickte.
"Ich erinnere mich noch gut an deine Erzählung über Simonetta.
Deswegen habe ich die *G-Dur Sonate* von *Brahms* ausgewählt,
sowie die *Vier Stücke op. 7 von Anton Webern 68, 69)*.

Dann, nach einer ausgiebigen Pause, und
nachdem ich ein paar Worte zu dem Programm gesagt habe,
werde ich beide Stücke in umgekehrter Reihenfolge wiederholen,
also erst den *Webern*, dann den *Brahms*.
Als Zugabe denke ich an den *Carneval in Venedig*
oder an einen Satz aus einer Solosonate von *Bach*,
je nachdem, wie sich die Stimmung entwickelt."
"Du willst dieselben Stücke zweimal spielen?"
wunderte sich der Alte.
"Ja", antwortete sie, "erstens aus pädagogischen Gründen,
denn die Leute kennen diese Stücke ja nicht so gut wie wir Musiker,
die wir uns eine ganze Weile damit beschäftigt haben.
So bekommen sie die Gelegenheit,
die Stücke direkt ein zweites Mal anhören zu können.
Zweitens möchte ich vor allem den zweiten Teil des Konzertes
auf der anderen Geige spielen, du verstehst schon,
auf dem Original oder auf der Kopie,
jedenfalls auf dem anderen Instrument.
Wenn dann niemand etwas bemerkt, ist der Coup geglückt."

"Wie willst du es machen?"
Sun verstand nicht und machte eine fragende Geste.
"Wie willst du in der Pause die Geigen tauschen,
ohne dass jemand etwas davon mitbekommt?"
Der Alte sah bei diesen Worten skeptisch und besorgt aus.
"Ich weiß es noch nicht", antwortete Sun.
Dennoch strahlte sie große Zuversicht aus, als sie hinzufügte:
"Ich hoffe sehr, dass du mir irgendwie helfen wirst."

68) A. Webern, österreichischer Komponist
69) op. 7 für Violine und Klavier, komponiert 1910

6

"Du wirst es mir wahrscheinlich nicht abnehmen,
und ich kann selber kaum glauben, was geschehen ist,
obwohl ich es heute Morgen erlebt habe.
Mitunter ist sogar die Wirklichkeit recht unwirklich."
Mit diesen Worten kehrte Sun auch an diesem dritten Tag
ähnlich erregt vom 'Dienst' zurück,
so wie an den beiden Tagen zuvor.
Der Alte hatte noch nicht einmal die Haustüre hinter ihr geschlossen,
als sie schon anfing, sprudelnd und emphatisch,
von den neuesten Ereignissen zu berichten.

"Die Probe hatte gerade begonnen mit *Rêveries, Passions 70)*,
dem Anfang *der Symphonie fantastique* von *Hector Berlioz*.
Plötzlich betreten zwei fremde Männer den Saal.
Entschlossen und zielgerichtet kommen sie auf die Bühne.
Nach und nach hören die Kollegen auf zu spielen.
Der Dirigent beginnt bereits,
sich lautstark über diese Störung zu empören.
Die beiden Männer aber lassen sich nicht beeindrucken.
Sie sagen nur ein kurzes höfliches 'Entschuldigen Sie'
und bewegen sich ohne Umschweife auf einen Kollegen
in der ersten Geigengruppe zu.
Sie treten an ihn heran,
der eine von links, der andere von rechts, und fordern ihn auf,
ihnen zu folgen.
In diesem Moment, stell' dir vor, hört man sehr leise im Hintergrund
die Trommeln aus dem vierten Satz, dem *Marche au supplice 71)*.
Nach und nach setzen die Bläser ein
und steuern auf die erste Climax zu.
Währenddessen begleiten die beiden Männer den Kollegen hinaus,
und das Orchester spielt, es spielt unbeirrt weiter.

70) Träumereien – Leidenschaften
71) Gang zur Hinrichtung

Nun setzen die Streicher ein, doch der Dirigent winkt ab.
Er bemüht sich energisch, fast schon verzweifelt,
diesen nun einmal in Bewegung gesetzten Klangapparat zu stoppen.
Seine Bemühungen aber gehen ins Leere.
Das Orchester spielt unbeeindruckt weiter und weiter,
so als wolle es diese 'Hinrichtung' unbedingt
zu ihrer endgültigen 'Vollstreckung' bringen.
Derweil steht der 'Pultmagier' da vorn auf dem Podest,
mit herunterhängenden Armen, hilflos, ratlos, resigniert.
Und das Orchester spielt, es spielt allein, es spielt selbstständig,
ganz ohne den 'Maestro', und es spielt gut, sehr gut sogar.

Dann plötzlich, völlig überraschend,
verlässt der Dirigent, der 'Chef d'Orchestre', das Podium.
Er geht hinunter in den Saal, setzt sich und hört,
wenn auch völlig frustriert, dem Spiel des Orchesters zu.
Es ist ein trostloses Bild der Einsamkeit, der Machtlosigkeit,
welches er abgibt. Das Orchester jedoch spielt und spielt.
Manche Stellen gelingen jetzt sogar besser ohne ihn als mit ihm.
Das Unisono der Streicher zu Beginn,
oder später die gepeitschten punktierten Rhythmen,
die normalerweise Gefahr laufen, immer schneller zu werden,
diese beiden Stellen gelingen auf hervorragende Weise,
denn alle Musiker wissen um dieses Problem.
Sie haben verinnerlicht, dass man das Tempo zügeln muss,
um nicht 'davonzurennen'.
Jeder einzelne Musiker ist auf das Äußerste darauf bedacht,
dass alles gelingt.
Er ist mit der größten Aufmerksamkeit bei der Sache,
so als würde er jetzt viel deutlicher seine Mitverantwortung
für das Ganze spüren und auch zur Geltung bringen wollen.

Du weißt natürlich, dass Dirigenten auch stören können,
wenn sie zu sehr 'herumhampeln', wenn sie zu forsch agieren,
zu hektisch, zu plötzlich", sagte Sun.
"Du weißt es, aber viele Musikbegeisterte wissen es nicht,
oder sie wollen es nicht glauben."

"O ja, es ist tatsächlich so. Mitunter stören Dirigenten sogar sehr!"
Der Alte nickte zustimmend mit dem Kopf.
"'Man muss als Dirigent wissen,
wann man das Orchester nicht stören darf',
an diese Worte des legendären Dirigenten *Kurt Sanderling*
erinnere ich mich noch sehr gut", ergänzte der Alte,
"obwohl es lange her ist."

Noch immer standen Sun und der Alte im Flur an der Haustüre.
"Sun, du machst mich schrecklich neugierig.
Wen haben die Männer denn hinausgeführt, und warum?
War es der mit den geringelten Socken?"
wollte der Alte gern wissen.
"Leider nein", entgegnete Sun kleinlaut.
Sie sah jetzt ziemlich niedergeschlagen aus.
"Das muss ja nichts heißen",
gab der Alte zu bedenken, um sie ein wenig aufzumuntern.
"Kurz gesagt", erklärte Sun, als sie wieder gefasst war,
"es handelt sich um einen Kollegen,
der ganz offensichtlich 'über seine Verhältnisse lebt',
ich glaube, so sagt man, nicht wahr?
Er ist ein Musiker mit einem sehr luxuriösen Lebensstil.
Er fährt einen teuren Sportwagen,
feiert seine Geburtstage in diversen Metropolen der Welt,
verbringt regelmäßig Urlaub in den vornehmsten Skiorten
und schickt seine Kinder auf Privatschulen im Ausland.
Es ist schon länger bekannt, dass er,
neben seinem Beruf als Orchestermusiker,
mit Instrumenten handelt, oder genauer ausgedrückt,
in undurchsichtige Geschäfte verwickelt ist.
Von seinem Gehalt jedenfalls kann er diesen Lebensstil nicht
bestreiten." Hier machte sie eine kurze Zäsur und holte tief Luft,
denn sie hatte sehr engagiert erzählt.

"Ich komme noch einmal auf die Ereignisse während der Probe
zurück", fuhr sie lebhaft fort, "denn kurze Zeit später
erscheinen die beiden Männer erneut im Saal.

Das Orchester spielt noch immer, wohlgemerkt,
und man kann den Eindruck haben,
als würden sich die beiden Männer zu der Musik bewegen,
obgleich sie nicht mit Schlag und Rhythmus synchron sind.
Erneut betreten sie die Bühne.
Dieses Mal jedoch kommen sie zu mir und bitten mich hinaus.
Ich bin völlig durcheinander.
Ich habe ja keine Ahnung, was sie von mir wollen.
Und immer noch spielt das Orchester,
weiterhin ohne den Dirigenten.
Im Hinausgehen nehme ich nur noch die schrille Es-Klarinette
mit dem Hauptthema am Ende des Satzes wahr,
bevor sich hinter mir die Saaltüre schließt.

Draußen im Foyer beginnen sie sofort mich aufzuklären.
Sie arbeiten für den Zoll und haben am Flughafen,
so erzählen sie, eine Lieferung mit gestohlenen Geigen abgefangen,
die auf den Weg nach Asien gebracht werden sollten.
Die Entdeckung war reiner Zufall.
Der Zoll hat bei einem Frachtflugzeug eine Stichprobe gemacht
und festgestellt, dass eine Transportkiste falsch deklariert war.
Als man darin die Geigen fand, sei man misstrauisch geworden.
Inzwischen ist klar geworden,
dass es sich um gestohlene Instrumente handelt.
Durch meine Anzeige bei der Polizei weiß auch der Zoll
von meiner entwendeten Geige.
Leider hat man kein Instrument finden können,
das auf meine Beschreibung passt.
'Natürlich verstehen wir viel zu wenig von Musikinstrumenten',
geben die Beamten zu, sodass man mir die Gelegenheit geben will,
mich selbst zu überzeugen.
Dazu überreichen sie mir einen Zettel mit einer Telefonnummer.

'Der Bedarf an guten Instrumenten ist in den asiatischen Ländern
enorm angestiegen', erkläre ich ihnen.
'Die Menschen dort lieben die europäische Musikkultur inzwischen
vielleicht mehr als die Menschen in Europa.'

'Wir wissen Bescheid', sagt einer der beiden Zöllner.
'Die 'Schwarzen Bretter' in Opernhäusern und Konzertsälen sind
hierzulande gespickt mit Meldungen von gestohlenen Instrumenten,
von denen viele auf 'Nimmerwiedersehen' verschwinden.
Sie werden 'umfrisiert' wie Autos und mit neuen Papieren,
sprich Expertisen, ausgestattet
und zumeist im Ausland veräußert.'
Daraufhin verabschieden sich die beiden freundlich,
und ich danke ihnen für die Telefonnummer.
'Die Geigen werde ich mir auf jeden Fall anschauen',
sage ich noch im Weggehen.

Als ich in den Saal zurückkomme, ist alles wieder 'beim Alten'.
Der Dirigent probt erneut den Anfang des Stückes,
jetzt aber derart energisch, als müsse er unter Beweis stellen,
wie unverzichtbar er in Wahrheit ist."

"Auch ich habe dir Neuigkeiten zu berichten",
teilte der Alte schließlich mit.
"Ich habe bereits mit Yoshi Baptiste telefoniert.
Du sollst so bald wie möglich mit der Geige zu ihm kommen.
Selbstverständlich muss er die Geige sehen, sie in der Hand halten,
sie exakt vermessen und eine Menge Fotos von ihr machen."

"Morgen ist es mir möglich", erwiderte Sun.
"Sofort morgen werde ich zu ihm fahren."

7

Die folgende Zeit verging ohne nennenswerte Vorkommnisse,
ganz im Gegensatz zu den drei vorangegangenen Tagen,
an denen die Zeit durch die Ereignisse verdichtet zu sein schien.
Nun war sie zu einem zähen Fließen bis hin zur Langeweile
gedehnt, ähnlich einer Ziehharmonika,
die zusammengequetscht, dann aber im Gegenzug
fast bis zur Schlaffheit auseinander gezogen wird.

Sun war, was ihre 'Krankheit' anging,
mittlerweile völlig wiederhergestellt.
Sie hatte ihren alten Lebensrhythmus wiedergefunden.
Sie übte fleißig und regelmäßig, ganz so,
wie der Alte es aus früheren Zeiten von ihr kannte.

Zwischendurch, wann immer es ihr möglich war,
fuhr sie zu *Yoshi Baptiste,*
einerseits um ihm die zu kopierende Geige vorzuführen,
andererseits aus Neugier,
um das Fortschreiten der Arbeiten zu verfolgen.

Völlig überraschend servierte Sun dem Alten an einem der Tage
ihre Nationalspeise, ein Gericht aus Gemüse,
das unter Zusatz von Chili, Knoblauch und Ingwer
eingelegt und durch Milchsäure vergoren wird.
Es ist dem hiesigen Sauerkraut nicht unähnlich,
wird in Asien allerdings zumeist mit Reis serviert.
Sun tat dies vordringlich, um sich bei dem Alten zu bedanken.
"Weil du so viel für mich getan hast", sagte sie zu ihm.

Nun endlich, und es war längst überfällig,
fand der Alte die nötige Zeit, um die Email seiner Frau zu lesen.
Sie engagierte sich inzwischen in einem neuen Projekt,
das im rauen Bergland, im Südens Ecuadors,
unweit der peruanischen Grenze durchgeführt wird.

'Hier in dem Bergdorf, in dem ich jetzt bin', schrieb sie,
'werde ich wohl noch einige Zeit bleiben, ja bleiben müssen,
denn es gibt unendlich viel zu tun. Es mangelt so gut wie an allem.
Hier werde ich gebraucht, hier tue ich etwas Sinnvolles,
hier fühle ich mich gut.
Durch unsere Arbeit hat die hiesige Schule nicht nur eine Toilette
bekommen, sondern auch einen Sportplatz,
auf dem die Kinder Basketball oder Fußball spielen können.
Wir bohren neue Brunnen, weil die alten verunreinigt
oder versiegt sind. Wir bessern die Straßen aus,
damit die Bauern es leichter haben,
ihre Produkte auf die naheliegenden Märkte zu bringen.
Außerdem unterrichte ich Englisch und Sport an der Schule hier
und ich erteile Nachhilfeunterricht.
Ich habe mich ernsthaft gefragt, ob es sinnvoll wäre,
wenn du auch herkämst, um Musik zu unterrichten.
Ich habe diesen Gedanken aber wieder verworfen.
Die Menschen hier verfügen, was ihre Lieder und Tänze angeht,
über einen nahezu unerschöpflichen Reichtum,
sowie eine sehr alte, intakte, lebendige Tradition der Überlieferung.
Die Eltern und Großeltern geben ihr Kulturgut mündlich
an ihre Kinder und Enkelkinder weiter.
Dabei tritt zum Beispiel die Frage, ob sie Noten lesen können
oder sonst irgendein Verständnis von Musik haben,
gänzlich in den Hintergrund.
Seitdem ich hier bin, habe ich den Eindruck gewonnen,
dass die meisten Menschen in dieser Region trotz Armut,
trotz elementarer Sorgen, trotz karger Lebensbedingungen
ein erfülltes und glückliches Leben führen.
Wenn nach dem Sonnenuntergang, nach getaner Arbeit,
bei den angenehmsten Temperaturen,
auf dem Platz vor der Kirche gegessen, gesungen, getanzt,
geredet und diskutiert sowie Zuckerrohrschnaps getrunken wird,
dann bin ich so zufrieden, so im Einklang mit mir und der Welt,
dann fehlt es mir an nichts.

Doch ehrlich gesagt sind wir, und es ist einfach nicht zu leugnen,
nicht nur aus altruistischen Gründen hier,
sondern auch wegen des guten Gefühls für uns selbst,
wegen der Zuneigung und Dankbarkeit der Menschen,
wegen des erhebenden Gefühls, gebraucht zu werden
und wegen des Glücksgefühls, etwas Sinnvolles zu tun.
Dort bei euch zu Hause,
wo viele Egozentriker nur noch an sich denken,
wo viele Narzissten sich in ihren Smartphones bespiegeln,
wo viel Hektik und Rücksichtslosigkeit,
viel Aggressivität, Feindschaft und Hass existieren,
wo so viele Mitmenschen in ihrer Einsamkeit 'verdorren'
und wo es vielfach nur noch darum geht,
wie man sein Geld anlegen kann,
damit es sich optimal vermehrt,
dort bei euch scheint mir das Leben
völlig sinnentleert geworden zu sein.

Für heute muss ich schließen.
Ich werde jetzt in der Schule zur Aufgabenbetreuung erwartet.
Anschließend werde ich bei der Zuckerrohrernte gebraucht.

Hasta luego, besos.

8

Sun hatte sich nicht davon abbringen lassen,
zum Flughafen zu fahren,
um dort die gestohlenen Geigen in Augenschein zu nehmen.
Natürlich war es klar, dass ihre *Vuillaume* nicht dabei sein konnte,
aber sie war einfach neugierig auf die gestohlenen Instrumente,
auf deren Zustand, sowie auf deren klangliche Qualitäten.
Am Flughafen angekommen, wurde sie am Eingang zum
Cargo-Bereich von einem Zollbeamten in Empfang genommen.
Nach mehreren Ausweiskontrollen gelangten die beiden
in eine Lagerhalle riesigen Ausmaßes.
Der Zollbeamte führte Sun zu einer großen Kiste,
einer solchen nämlich, wie sie für die Flugfracht typisch ist.
Er entsperrte die Schlösser und öffnete die Kiste behutsam.
In dieser befanden sich mehrere Geigenkästen,
vielleicht fünfzehn an der Zahl, die untereinander zum Schutz
vor Beschädigungen mit Schaumstoff gepolstert waren.
Sun öffnete die Etuis, eines nach dem anderen.
Sie entnahm die Instrumente, betrachtete und begutachtete sie.
Dann spielte sie die einzelnen Geigen kurz an.
Es waren nur ein paar Töne, ein paar Floskeln, kleine Melodien
oder kurze Tonleitern, die ihr gerade spontan einfielen.
Auf diese Weise probierte sie auf jeder Geige alle vier Saiten aus.
Es klang ausgesprochen wundervoll in dieser großen Halle.
Zu ihrem Erstaunen war es dort nicht besonders überakustisch,
der Nachhall war überraschend gering.
Vermutlich lag es an den vielen herumstehenden Kisten,
die den Klang brachen oder absorbierten.
Sun hatte bereits einige Geigen angespielt,
als sie eine zunehmende Zahl von Lagerarbeitern bemerkte,
die, angelockt durch den magischen 'Sound' der Violinen,
aus Neugier näher gekommen waren, um zu lauschen.
Viele von ihnen standen verdeckt, hinter großen Kisten,
sodass sich zum Teil nur ihre Köpfe zeigten.

Plötzlich entdeckte Sun eine Geige, die ihr besonders gut gefiel.
Es war ein Instrument von auffälliger Schönheit in Maserung
und Lack, mit einer idealen Ansprache und Spielbarkeit,
von großer Variabilität in der Lautstärke und in den Klangfarben
sowie für den Spieler angenehm am Ohr.
Die Töne, welche als Nachhall zu ihr zurückkehrten,
waren von edler Klarheit und großer Tragfähigkeit.
Angeregt durch die Qualitäten dieses Instruments,
begann Sun, einen kurzen Tanz, eine *Gigue* aus einer *Partita 72)*
von *Johann Sebastian Bach* zu spielen.
Kaum hatte sie dieses bestaunenswerte Meisterwerk beendet,
brach, aus allen Richtungen kommend, tosender Applaus los.
Mehrfach, von verschiedenen Seiten, wurde eine Zugabe gefordert.

"Natürlich musste ich nun noch etwas folgen lassen",
sagte Sun später, als sie dem Alten davon erzählte.
"So wurde dieses Konzert mein erstes in einer Lagerhalle
auf einem Flughafengelände."
Es war zunächst Verwunderung,
dann aber durchaus ein wenig Stolz in ihrem Gesicht zu erkennen,
während sie dies sagte.
"Eigentlich wollte ich nur den ersten Teil der *Ciaccona 73)* spielen.
Also unterbrach ich vor dem zweiten Teil, dem Abschnitt in D-Dur.
Sofort ertönten durcheinander mehrere laute Zurufe:
"Weiter!" "Mehr, mehr!" "Zugabe!"
Daraufhin spielte ich auch noch den zweiten Teil bis zum Ende.
Stell dir vor, die ganze *Ciaccona* von gut fünfzehn Minuten Länge!
Als ich schließlich endete,
war in der ganzen Halle kein einziger Laut zu hören.
Ich verbeugte mich in alle Himmelsrichtungen
und schaute in die Gesichter der Zuhörer.

72) Partita = Folge von Tänzen
73) J.S. Bach, Partita d-moll
   Ciaccona = Tanz im ¾ Takt, Folge von Variationen
   über gleichbleibenden Harmonien, ähnlich einer Passacaglia

Es waren Gesichter mit dem Ausdruck von Kindern,
so beeindruckt, so entrückt, so voller Bewunderung.
Erst etliche Sekunden später, als in der Ferne ein Flugzeug startete,
kehrte die Betriebsamkeit in der Halle allmählich wieder zurück."

Nachdem Sun alle Geigen begutachtet und ausprobiert hatte,
erklärte sie gegenüber dem Zollbeamten,
welcher die ganze Zeit über in einigem Abstand zugehört
und nach Suns Vortrag besonders begeistert applaudiert hatte,
'ihrer Einschätzung nach handele es sich größtenteils
um hochwertige Instrumente, die in hervorragendem Zustand,
also sehr gut gepflegt und sofort spielbereit seien.
Man habe es keinesfalls mit Schülergeigen,
sondern höchstwahrscheinlich mit Instrumenten von Profis zu tun.
Nur ihre eigene Geige habe sie leider nicht finden können.'

Während der Zollbeamte Sun aus der Halle hinausbegleitete,
berichtete er von zwei weiteren Verhaftungen.
Einer der beiden sei ein Musiker aus dem Orchester der
Nachbarstadt, über den anderen sei noch nichts bekannt.
Folglich gäbe es in dieser Sache schon jetzt drei Beschuldigte,
die sich mittlerweile gegenseitig belasteten.
Diese neuen Nachrichten nahm Sun durchaus mit Genugtuung,
und auch mit einer gewissen Erleichterung zur Kenntnis.
Als sie sich von dem Zollbeamten verabschiedete und dieser,
seinem Wunsch entsprechend,
von ihr ein Autogramm erhalten hatte, gestand er abschließend,
'er sei noch nie in einem Konzert mit klassischer Musik gewesen.
Sie und diese Musik von *Bach* hätten ihn derart beeindruckt und
berührt, dass er Sun gern noch einmal in einem Konzert erleben
würde, vielleicht irgendwo in der Nähe.'

"Du siehst verärgert aus!" stellte Sun gegenüber dem Alten fest,
welcher während ihrer Schilderung an seinem Schreibtisch
vor seinem PC gesessen hatte. "Hat dir meine Geschichte
von den gestohlenen Geigen nicht gefallen?"
In dieser Frage war nicht die geringste Spur von Ironie zu erkennen.

"Doch, doch, sehr sogar", entgegnete der Alte,
"und ich wäre übrigens gern dabei gewesen,
bei deinem ungewöhnlichen Konzertdebut in einer Cargohalle.
Doch leider habe ich momentan Ärger mit dem Finanzamt,
wegen meines Arbeitszimmers. Man ist dagegen,
dass ich es weiterhin steuerlich absetzen kann.
Es hat eine merkwürdige Bewandtnis mit diesen Finanzämtern.
Mal schauen sie jahrelang weg, dann wiederum sind sie gnadenlos.
Gerade habe ich einen Brief an sie fertiggestellt.
Interessiert es dich? Kann ich ihn dir einmal vorlesen?"
Sun nickte zustimmend und der Alte begann:

"Sehr geehrte Damen und Herren, werte Steuereintreiber!"

"Wenn ich es recht bedenke, haben Sie gut daran getan
und klug entschieden, nunmehr,
da ich mit meinen künstlerischen Produktionen
nichts in Geld Verwertbares vorzuweisen habe,
mir endlich einen krachenden Riegel vorzuschieben
und mein Arbeitszimmer nicht weiter steuerlich zu begünstigen.
Sie haben mich meiner Illusionen beraubt
und mir die Augen geöffnet,
dass mir die Schuppen nur so von den selbigen herunterfielen.
Sie haben mich auf den Boden der Realität geworfen,
sodass ich mir ein paar Schrammen und blaue Flecken zuzog.
All das war aber notwendig und längst überfällig,
damit ich in aller Deutlichkeit erkennen kann und muss,
wie sinn- und wertlos es ist, anspruchsvolle Kunst zu schaffen.
Warum auch sollte der Staat etwas finanziell fördern,
das keinen finanziellen Ertrag für niemanden erbringt,
schon gar nicht für die Staatskasse,
das also ein rein privates Vergnügen sprich Hobby darstellt,
welchem man, wie *Franz Kafka* es tat,
auch in der Nacht nachgehen kann,
und das einen wie auch immer gearteten Nutzen
für Staat und Gesellschaft nicht erkennen lässt.

Wenn also, wie häufig zu hören, die Künstler selbst Klage führen
über ihre erbärmliche finanzielle Lage,
wie schon bei *ETA Hoffmann* und *Heinrich von Kleist* nachzulesen,
um von den zahllosen nur zwei herauszugreifen,
und von denen der letztgenannte, mutig und konsequent
im Alter von 34 Jahren seinem Leben ein Ende setzte,
wenn also die Künstler selbst Klage führen über ihr Elend,
dann handelt es sich doch um nichts anderes,
als um ein selbstgewähltes, selbstverschuldetes Schicksal,
mit anderen Worten, um weinerliches Selbstmitleid.
Der ungarische Komponist *Bela Bartok*,
um ein Beispiel aus der Musik zu nehmen, mit dessen Werken
gottlob heute viele Musiker, Agenten und Verleger reich werden
und vermutlich auch das Staatssäckel das Seine abbekommt,
dieser Bela Bartok verfügte bei seinem Tode über keinerlei
Barmittel, von denen seine Beerdigung hätte bezahlt werden
können.
Wären nicht Kollegen und Freunde beigesprungen,
was wäre wohl mit ihm geschehen?
Aber war dies notwendig? War dies unvermeidbar?
Hätte er sich nicht mit den Nazis arrangieren
und ihnen ein wenig entgegenkommen können,
was deren Vorstellungen von Kunst und Menschlichkeit anging?
Stattdessen wanderte er in die USA aus, wo ihn niemand kannte.
Hätte er den Nazis nicht ein paar zackige Märsche
und ein paar propagandistische Hymnen liefern können?
Dann allerdings hätte er in seiner geliebten Heimat bleiben
und weiterhin liebevoll die Lieder seines Volkes sammeln können.
Ich jedenfalls bin kuriert und habe mich entschieden,
nur noch nach dem Geschmack der 'breiten Masse',
wie man häufig leider mit Verachtung sagen hört, zu arbeiten
und auf meine Freiheiten als Künstler zu pfeifen,
welche mir doch nichts weiter eingebracht haben
als Feindseligkeiten, Verständnislosigkeit, Verachtung
und, was das Allerwichtigste ist: Kein Geld.
Mit den unterwürfigsten Grüßen
Ihr xxx.

"Das ist Ironie, nicht wahr?" fragte Sun vorsichtig.
" Im 'Land der Morgenröte' würde das sicher niemand verstehen."
"Auch im Finanzamt werden es vermutlich nicht viele verstehen",
erklärte der Alte,
"das ist einfach das Risiko beim Gebrauch der Ironie.
Wenn man zum Beispiel nicht weiß,
dass der Komponist *Bela Bartok* die Nazis hasste
und aus Angst vor ihnen in die USA auswanderte,
obwohl ihn dort niemand kannte,
wenn man nicht weiß,
dass *Bela Bartok* ein Künstler war,
der stets kompromisslos sich selbst treu geblieben ist,
also niemals Märsche oder Hymnen für Nazis geschrieben hätte,
wenn man also all dies nicht weiß,
besteht allerdings die Gefahr, dass man die Ironie nicht versteht,
dass man die Ironie nicht als solche erkennt
und es dann folgerichtig zu Missverständnissen kommt.
"Warum benutzt ihr denn überhaupt diese Ironie?" fragte Sun.
"Warum sagt ihr nicht, was ihr meint,
warum meint ihr nicht, was ihr sagt?"
"Ironie, als eine bestimmte Form der Rhetorik", so der Alte,
"ist schon sehr alt und wurde bereits in der Antike benutzt,
um zu spotten, sich lustig zu machen, Kritik zu üben,
sein Missfallen auszudrücken, auf Unzulänglichkeiten,
Fehler und Schwächen hinzuweisen."
"Jetzt verstehe ich, warum bei uns im 'Land der Morgenröte'
die Ironie völlig unbekannt ist:
Dort kritisiert nämlich immer und ausschließlich der Chef."

Ein anderer Aspekt schien ihr ebenfalls wichtig zu sein,
als sie feststellte:
"Ich wusste gar nicht, dass du auch schöpferisch arbeitest."
"Ich mache ungern viel Aufhebens davon,
denn es ist nichts weiter als ein Hobby.
Gerade habe ich die Komposition einer zweite Solosonate
für die Viola abgeschlossen.

Diese Sonate ist künstlerisch vielleicht nicht sehr bedeutend,
aber sie ist allemal eine dankbare Herausforderung für den Spieler.
Sie verlangt ihm sein ganzes Können ab
und ist so zumindest eine wertvolle Etüde.
Auf keinen Fall möchte ich Musik produzieren,
die nach *quietschenden Straßenbahnen* klingt.
Auch möchte ich die Menschen nicht mit meiner Musik brüskieren
oder gar verstören, sonst könnten sie verständnislos reagieren
und nie wieder ein Konzert besuchen.
Das würde für mich keinen Sinn ergeben.
Zurzeit allerdings versuche ich mich an einem Roman."
"Roman?" rief Sun begeistert aus.
"Ich wünsche und hoffe, dass du mir bei Gelegenheit
mehr darüber erzählst."

9

Der Alte hatte keine genaue Vorstellung davon,
wie oft Sun mittlerweile zu *Yoshi Baptiste* gefahren war.
Er hatte es nicht gezählt, geschweige denn Buch darüber geführt.
Jedenfalls, eines Tages war es dann endlich soweit:
Sun stand in der Tür mit zwei völlig identischen Geigenkästen,
den einen in der linken, den anderen in der rechten Hand.
Sie strahlte über das ganze Gesicht.
"Ich habe keine Ahnung, in welchem die Kopie
und in welchem das Original ist", sagte sie vorsorglich,
um von vornherein keine Zweifel aufkommen zu lassen,
es ginge hier nicht mit fairen Bedingungen zu.
"*Yoshi Baptiste* hat die Geigen und die Etuis mehrfach getauscht,
und das hinter meinem Rücken."

"Dann lass uns direkt um die Ecke in die 'Lichtspiele' gehen",
schlug der Alte vor.
"Es handelt sich dabei um ein Filmtheater aus den 50er Jahren,
welches schon eine ganze Weile nicht mehr in Betrieb ist.
Ich kenne den Hausmeister sehr gut. Er wird uns hineinlassen,
und wir können die Geigen in aller Ruhe ausprobieren.
Es gibt dort, wenn man die Leinwand hochgezogen hat,
noch eine richtige Bühne.
Früher wurde dieser Saal nicht nur als Kino genutzt,
sondern es fanden Kammerspiele, Vorträge, Lesungen
sowie Kammerkonzerte in kleinen Besetzungen statt.
Aber das ist eine *Welt von Gestern* und ist lange her.
Seit vielen Jahren schon wartet man auf einen Investor,
der dieses Theater aus dem Dornröschenschlaf aufwecken
und auf den heutigen Stand der Technik bringen könnte."

Als Sun und der Alte den Theaterraum betraten,
war alles in ein gedämpftes Licht getaucht,
so wie der Alte es von früher her kannte,
wenn kurz vor Beginn der Vorführung noch eben
die Eisverkäufer durch die Reihen gingen.

Die Stuhlreihen waren mit hellen Leinentüchern abgedeckt,
mit Ausnahme der ersten Reihe,
die sich in mächtigen roten Plüschsesseln präsentierte.
An den Wänden, die mit gewellten blauen Tüchern abgehängt
waren, befanden sich nach oben gebogene Lampen,
wie man sie in den 50er Jahren häufig antreffen konnte.
Überall hatte sich bereits eine dicke Staubschicht abgelagert,
und allenthalben sah man Spuren der Abnutzung,
wie man an den roten Sesseln der ersten Reihe
sowie am fleckigen Teppich mit seinen durchgelaufenen Stellen
feststellen konnte.
Im ganzen Raum hatte sich der strenge Geruch von alten Polstern
ausgebreitet.

'Wie viele Filme mögen hier gezeigt oder durch verbranntes
Zelluloid unterbrochen worden sein', dachte der Alte.
'Wie viele Menschen haben hier gefiebert, gezittert, gebangt
oder sich fast zu Tode erschrocken.
Wie viele Tränen wurden hier wohl vergossen,
und wie viele Paare mögen sich hier näher gekommen sein.'

Der Alte liebte dieses Kino über die Maßen, denn es erinnerte ihn,
den Cineasten, an die große, vergangene Zeit des Films,
an *Marilyn Monroe und Audrey Hepburn*, an *Sophia Loren*
und *Claudia Cardinale*, an *James Dean* und *Burt Lancaster*.
An *High Noon, Ben Hur* und an *Alexis Sorbas*.
An die großen italienischen Regisseure
und auch an den ernsten *Ingmar Bergman*.
An *Casablanca* und natürlich an *Some Like It Hot*,
an *Gary Cooper, John Wayne* und *Clint Eastwood*,
an die Filme *Lawrence von Arabien* und *Goldfinger*,
selbstverständlich an *Fritz Lang* und *Alfred Hitchcock*,
nicht zu vergessen *Charlie Chaplin* und *Buster Keaton*,
und nicht zuletzt an die vielen wundervollen Geschichten,
die in diesen Filmen erzählt wurden
und ohne deren Erfindungen diese Filme gar nicht möglich
gewesen wären.

'Vielleicht sollte ich das Kino übernehmen', dachte der Alte,
'aber ich würde nur Filme der 50er und 60er Jahre zeigen,
und es gäbe bei mir während der Vorstellung
ganz sicher kein Popcorn und auch keine alkoholischen Getränke.'
Sofort zog er diesen Gedanken wieder in Zweifel.
Er fragte sich nämlich, ob dieses Konzept heute überhaupt noch
funktionieren würde.

"Weißt du eigentlich, Sun, dass dein Orchester nach dem Krieg
in einem ähnlichen Filmtheater begonnen hat?
Stell dir vor, die Stadt war fast völlig zerstört,
es herrschte Mangel an den elementarsten Dingen des Lebens,
an Essen, Kleidung, Wohnungen, Material zum Heizen.
Und in diese Not, in diese scheinbar hoffnungslose Zeit,
in diese apokalyptische Trümmerlandschaft hinein,
und das ist heute kaum noch vorstellbar,
wurde damals dein Sinfonieorchester gegründet,
das sich zunächst viele Jahre hindurch mit jenem Kinosaal
behelfen musste.
In den Anfängen herrschte dort eine derartige Notlage,
dass die Musiker gezwungen waren, zu den Proben und
sogar zu Konzerten,
Kohlen und Briketts zum Beheizen mitzubringen.
Nur so konnte dieser Saal überhaupt genutzt werden."

Während der Rede des Alten hatte Sun fortwährend genickt.
Dennoch hatte der Alte den starken Eindruck,
sie tat dies hauptsächlich aus Gründen asiatischer Höflichkeit.
Ihre Neugier auf die Geigen schien ihm deutlich größer zu sein
als ihr Interesse, Geschichten aus einer Zeit zu hören,
die sie nicht erlebt hatte und die mit ihrer heutigen
Lebenswirklichkeit nicht mehr viel zu tun zu haben schien.
Folglich konnte sie es verständlicherweise kaum erwarten,
die Violinen nun endlich auszuprobieren und
untereinander zu vergleichen.

Also nahm jeder von ihnen eines der beiden Etuis und öffnete es.
"Immer wenn ich einen Geigenkasten öffne, befällt mich die Angst,
ich könnte darin eine zerbrochene Geige vorfinden",
sagte der Alte.
"Aber wieso? Hast du eine Erklärung dafür?"
fragte Sun beiläufig, während sie schon damit begonnen hatte,
die Geige genauer zu betrachten und zu untersuchen.
"Es hängt mit einem wiederkehrenden Albtraum zusammen",
erklärte der Alte.
"Schon seit meiner Kindheit verfolgt er mich!"

"Schau mal diese kleine Blessur hier am Rand!"
Sun zeigte mit dem Finger auf die entsprechende Stelle und
ging infolgedessen nicht weiter auf die Bemerkung des Alten ein.
"Sie ist entstanden, als ich einmal unvorsichtigerweise
beim Abtreten von der Bühne
gegen einen Türrahmen gestoßen bin", berichtete Sun.
"Auch bei mir findet sich die gleiche kleine Blessur.
Yoshi Baptiste hat wirklich 'ganze Arbeit' geleistet,
indem er auch diese schmerzliche 'Verletzung' exakt kopiert hat."
Während der letzten Worte des Alten hielten sie die beiden Geigen
so nah wie möglich nebeneinander,
um diese Stellen genauestens überprüfen zu können.

Nun wurde jeder handwerkliche Aspekt der Instrumente
abgeglichen und nach und nach präzise begutachtet,
vor allem die Holzmaserungen von Decke, Boden, Zargen
und insbesondere des 'Halses', wo sie deutlich hervortraten.
Ebenso wurde die Farbgebung der Lacke miteinander verglichen,
sowie jedes kleine handwerkliche Detail,
an der 'Schnecke' zum Beispiel, dem Kopf der Violine,
welche bei erstklassigen Geigenbauern ein Kunstwerk für sich
und ein Meisterstück des Schnitzhandwerks darstellen kann.
"Es ist verblüffend, wie sehr sich die beiden Instrumente ähneln!"
Mit diesen Worten brachte der Alte seine Begeisterung zum
Ausdruck. "Nein, ich sollte besser sagen:
Sie sind wie Zwillinge, so kolossal gleichen sie sich!"

"Mehr noch", korrigierte Sun den Alten,
was bislang ausgesprochen selten geschehen war.
"Ich möchte sagen, sie sind wie geklont,
denn es ist unmöglich zu entscheiden,
welche das Original und welche die Kopie ist.
Yoshi Baptiste hat zum wiederholten Mal seine große Meisterschaft
unter Beweis gestellt und mit dieser Kopie erneut
ein echtes Meisterstück abgeliefert."
"Wenn wir denn wüssten, welche der beiden von ihm ist",
fügte der Alte schmunzelnd hinzu.

Nun begann das nächste Kapitel der Prüfung.
Dieses war sicherlich noch entscheidender als der optische Aspekt.
Denn nun ging es um den Klang, den 'Urstoff' des Musizierens.
Es ging also um nichts Geringeres als um die Fähigkeit,
den Spektren der erzeugten Schwingungen nachzuspüren
und die geheimnisvollen Luftvibrationen zu entschlüsseln,
die sich wie kein zweites Medium dadurch auszeichnen,
dass sie unter den günstigen Umständen der inneren Bereitschaft
der Zuhörer einen direkten Zugang zu deren Gefühlsebene,
zu deren Herzen, zu deren Seelen, herstellen können,
um die Menschen zu verwandeln, zu verzaubern
und sie in eine nicht fassliche Klangwelt zu entführen,
wie es zuoberst den Streichinstrumenten vorbehalten ist,
da sie dem Gesang der menschlichen Stimme als *vox humana*
am ähnlichsten sind.

Zum Zweck der besseren Vergleichbarkeit der Instrumente
hatten Sun und der Alte die Bühne betreten
und sich in einigem Abstand zueinander aufgestellt.
Sun begann zunächst mit einer kleinen, aufsteigenden Figur
von nicht mehr als drei verschiedenen Tönen,
die sie dann aber wieder zum Ausgangston zurückführte,
wodurch letztlich eine kleine symmetrische Melodie
von insgesamt fünf Tönen entstanden war.

"Jetzt du!" forderte sie den Alten auf.
Dieser spielte die kleine Melodie nun auf dieselbe Weise nach,
exakt in derselben Lautstärke und Tongebung,
worauf Sun wieder und wieder, jedes Mal mit anderen Tönen,
neue, kleine, leicht zu erfassende Figuren erfand,
und zwar auf allen vier Saiten
und in allen tiefen, mittleren und hohen Lagen,
bis schließlich alle Register der Instrumente nacheinander
durchprobiert waren.
Jede von Sun vorgegebene Tonfolge hatte der Alte getreu
nachgespielt, und nachdem sie die Geigen gewechselt hatten,
begann der ganze Vorgang noch einmal von vorn.

Anschließend tauschten die beiden ihre Rollen,
indem nun der Alte an der Reihe war,
kleine Melodien vorzugeben.
Allerdings tat er es mit einem erweiterten Tonvorrat
von vier verschiedenen Tönen, die er, ebenso wie Sun vorher,
rückläufig zum Anfangston zurückführte,
wodurch nun Melodien mit sieben Tönen entstanden.
Es war jetzt Suns Aufgabe, seine Figuren präzise zu kopieren.
"Diese Übung ist, ganz nebenbei, ein gutes Training,
um die musikalische Auffassungsgabe
und das Erinnerungsvermögen zu verbessern", kommentierte Sun.
"Was die klangliche Gleichwertigkeit der Instrumente angeht,
so bin ich einfach sprachlos wegen der Übereinstimmung."
Der Alte gab ihr recht, indem er deutlich nickte.

Daraufhin ging er in den Saal hinunter,
um von dort aus den Klang zu beurteilen.
Er begann, langsam im Saal herumzuspazieren, und hielt dabei,
aus Gründen der besseren Konzentration,
den Blick zu Boden gesenkt.

Sun spielte jetzt eine kurze Variation aus der *Ciaccona*,
zunächst auf der einen, dann auf der anderen Geige.

"Ich kann beim besten Willen keine Unterschiede erkennen",
stellte der Alte fest, nachdem Sun geendet hatte.
"Ist damit der Mythos um die Geheimnisse der alten Violinen
widerlegt?" fragte er.
"Vielleicht nicht generell, aber in diesem besonderen Einzelfall
wahrscheinlich schon", erwiderte Sun und resümierte:
" 'Alt' bedeutet also nicht in jedem Fall die bessere Qualität,
'neu' bedeutet nicht in jedem Fall die schlechtere."

Während der Alte wieder die kleine Treppe zur Bühne hinaufstieg,
forderte er Sun auf, es ihm nun gleichzutun
und ihrerseits hinunter in den Saal zu gehen,
um die beiden Geigen von dort aus zu beurteilen.
Spontan hatte er sich für das Thema
des *Carnevale in Venezia* von *Paganini* entschieden,
das auf eine alte neapolitanische *Canzone* zurückgeht
und auf den Text *'O cara mama mia'* gesungen wurde.
Dieses Lied hatte einen wahren Siegeszug durch die Gassen Europas
hinter sich, mit häufigen Umdichtungen 74),
wie zum Beispiel: *'Wer lieben will, muss leiden'* oder
'Ich bin ein junges Weibchen' oder *'Ein Mops kam in die Küche'*
oder auch *'Ich lieg im Bett und schwitze'*.
Die bekannteste Version aber ist sicherlich
'Mein Hut der hat drei Ecken', eine Parodie auf den Dreispitz,
dieser militärischen Kopfbedeckung aus napoleonischer Zeit,
aus der auch die folgende politische Textversion überliefert ist:
*'Mein Hut, der hat drei Ecke, drei Ecke hat mein Hut,
Napoleon soll verrecke, mit seiner blech'ne Schnut'*. 75)
Auch heute noch erfreut sich der Dreispitz größter Beliebtheit,
nämlich im rheinischen Carneval.
Nachdem der Alte die *Canzone* in drei verschiedenen Oktavlagen
vorgetragen hatte und dies natürlich auf beiden Geigen,
fiel auch Suns Urteil klar und eindeutig aus,
indem sie die klangliche Äquivalenz der Geigen bestätigte.

74) Kontrafaktur
75) Blechschild an der französischen Grenadiermütze

Der Alte bat Sun, wieder auf die Bühne zu kommen.
"Lass uns gemeinsam etwas musizieren", schlug er vor.
"Ich habe die *Bartok Duos für zwei Violinen* mitgebracht,
und es gibt darunter ein paar Stücke,
in denen die Themen zwischen den Violinen getauscht werden."

"Das ist zu schnell! Und wird fast immer zu schnell gespielt!"
korrigierte der Alte sehr freundlich,
nachdem Sun mit der Nummer 26, dem *Spottlied,* begonnen hatte.
"Es sind ja hauptsächlich Bauernmelodien in diesen Duos,
bis auf zwei.
Bartok hat das Tempo deutlich langsamer gewünscht."
Also begann sie noch einmal von vorn, ohne beleidigt zu sein,
ohne sich persönlich angegriffen zu fühlen,
denn sie hatte im Laufe ihres langen Musikerinnenlebens gelernt,
konstruktiv mit berechtigter Kritik umzugehen.
Immer wieder tauschten sie die Stimmen und die Instrumente,
ebenso bei den *Stücken No 31 und No 40,*
in denen sich ebenfalls die Themen abwechseln.

"Ich weiß beim besten Willen nicht, welche Geige nun welche ist",
triumphierte der Alte voller Zufriedenheit und Genugtuung,
als sie die Instrumente in ihre Etuis zurücklegten.
Suns Reaktion allerdings fiel deutlich zurückhaltender aus,
denn ihr war selbstverständlich bewusst,
dass die eigentliche Bewährungsprobe noch bevorstand,
und das war das Hauskonzert bei *Serge Koofman.*

10

Der Tag des Hauskonzerts bei *Serge Koofman* rückte näher.
Noch immer hatten Sun und der Alte keinerlei Vorstellung davon,
wie der Tausch der beiden Geigen in der Konzertpause
vonstattengehen sollte.
"Doppelkasten", schlug der Alte vor.
"Ich habe einen Kasten, in den zwei Geigen hineinpassen."
"Zu riskant", erwiderte Sun,
"die interessierten Zuhörer und auch *Serge Koofman*
kommen natürlich, wie gewöhnlich, in der Pause zu mir.
Sie wollen mit mir reden, wollen die Geige aus der Nähe betrachten.
Dann bemerken sie die andere Geige
und werden unweigerlich kritische Fragen stellen."

Daraufhin machte Sun einen alternativen Vorschlag.
"Du wartest in der Straße um die Ecke in einem Taxi.
In der Pause komme ich zu dir, und wir tauschen die Geigenkästen."
"Nein, nein, das ist nicht überzeugend!", entgegnete der Alte.
"Man wird dich sehen, wie du das Haus mit einem Kasten verlässt.
Man wird sich darüber wundern
und dir auch in diesem Fall unbequeme Fragen stellen."

"Es muss noch einen anderen Weg geben,
einen offenen sozusagen, keinen heimlichen,
damit niemand Verdacht schöpfen kann", murmelte der Alte,
sodass Sun ihre Mühe hatte, ihn zu verstehen.

Wieder begann er, kreisförmig im Zimmer herumzugehen,
bedächtig, schweigend, nachdenklich den Kopf leicht nach unten
gesenkt, die Hände vor der Brust. -

"Also, meine Idee ist die folgende", begann er nach einer Weile.
Sun hatte während dieser Zeit geduldig abgewartet.
  "Mit einer der beiden *Vuillaume* Geigen, mit welcher auch immer,
bist du zeitig bei *Koofman*, um dich einzuspielen.

Dort an Ort und Stelle musst du beim Öffnen des Kastens
allerdings feststellen, dass sich darin weder ein Bogen
noch ein Ersatzbogen befinden."
Sun hatte den Plan des Alten wohl jetzt schon verstanden
und setzte seinen Gedankengang fort mit den Worten:
"Ich rufe dich an, bin ganz aufgeregt und bitte dich,
mir so schnell wie möglich den anderen Geigenkasten zu bringen,
in welchen ich die beiden Bögen getan habe.
Niemand weiß oder ahnt, dass sich in diesem Kasten
außer den Bögen auch die andere *Vuillaume* Geige befindet."
"Ganz genau!" bestätigte er Suns Darlegung
und sie spann den Faden des Alten auf die folgende Weise fort:
"Zum Beginn des Konzerts trete ich vor das Publikum.
Ich erzähle von der wunderbaren neuen Errungenschaft
des Herrn *Koofman*, nämlich seiner *Vuillaume* Geige.
Ferner teile ich ihnen mit, dass ich zu meinem Bedauern
meine Bögen zu Hause vergessen habe.
Ich entschuldige mich für das Versehen und teile den Zuhörern mit,
ein Freund sei bereits im Taxi unterwegs,
um mir ein Geigenetui mit den fehlenden Bögen zu bringen.
Der Beginn des Konzerts wird sich also etwas verzögern
und ich bitte um ein wenig Geduld."

Nun war der Alte wieder an der Reihe.
"Dann komme ich mit dem Taxi vorgefahren,
läute und übergebe dir den Geigenkasten,
in welchem sich nicht nur die Bögen,
sondern ebenso die zweite *Vuillaume* befinden."
"So habe ich beide *Vuillaume* Geigen vor Ort", vollendete Sun,
"und ich kann, kurz bevor ich mit dem zweitenTeil beginne,
unbemerkt die beiden Geigen tauschen.
Auf diese Weise wird niemand Verdacht schöpfen."

11

Der Alte hatte sich auf der Couch niedergelassen,
seinem Lieblingsplatz, von wo aus er den Garten fast vollständig
überblicken konnte.
Die Rhododendren hatten schon kräftige Knospen ausgebildet.
Der Alte freute sich bereits jetzt auf das Naturschauspiel,
welches sich ihm im kommenden Frühjahr erneut bieten würde,
vorausgesetzt natürlich, dass er noch leben sollte.
Sein Französischbuch lag aufgeschlagen neben ihm.
Er hatte versucht, ein wenig zu lernen.
Er war jedoch zu aufgeregt, konnte sich nicht konzentrieren,
denn er wartete voller Spannung
auf Suns Rückkehr vom Hauskonzert bei *Serge Koofman,*
und das seit dem Zeitpunkt,
da die beiden ihren Plan präzise und dem Anschein nach
mit Erfolg ausgeführt hatten,
und er mit dem Taxi wieder nach Hause zurückgekehrt war.

Der Alte fühlte sich nun stark erinnert an jenen sonnigen Morgen,
als er während Suns erstem 'Dienst' nach ihrer 'Krankheit'
ebenso gespannt auf ihre Rückkehr gewartet hatte
und der Albtraum mit der zerbrochenen Geige zurückgekehrt war,
während er noch einmal am Küchentisch eingenickt war.

"Ist alles gut gegangen?
Hat jemand etwas bemerkt?"
fragte der Alte aufgeregt, als sie endlich zurückgekehrt war.
"Es herrschte große Begeisterung über die Geige", antwortete sie,
"oder, ich sollte vielleicht besser sagen: über die beiden Geigen!"
Sun und der Alte strahlten sich spitzbübisch an.
"*Koofmann* kam nach dem Konzert zu mir,
umarmte mich und bedankte sich überschwänglich.
'Ich sei wundervoll und die Geige sei ebenfalls wundervoll',
erklärte er.
Allerdings habe ihm die G-Saite im zweiten Teil sogar
noch besser gefallen als im ersten Teil.

'Das wundert mich nicht, denn ich habe im zweiten Teil
einen anderen Bogen, einen schwereren, benutzt',
habe ich ihm erklärt."
Der Alte amüsierte sich köstlich.
"Und stell dir vor", setzte Sun fort, "der Zollbeamte,
der mich am Flughafen zu den gestohlenen Geigen begleitet hatte,
war meiner Einladung gefolgt und tatsächlich gekommen.
Nach dem Konzert sprach er mich an
und bedankte sich enthusiastisch.
Durch die zufällige Begegnung mit mir am Flughafen, so sagte er,
habe er *die klassische Musik* für sich entdeckt.
Diese habe nun in erheblichem Maße sein Leben bereichert.
Im Übrigen erwähnte er noch, die polizeilichen Ermittlungen
seien inzwischen weit fortgeschritten,
sodass wohl in absehbarer Zeit Anklage
gegen drei tatverdächtige Musiker erhoben wird,
und ich sicherlich bald eine Vorladung erhalten werde,
um endlich meine Aussage vor Gericht machen zu können."

"Wie ist denn das Konzert gelaufen?"
wollte der Alte endlich wissen.
"Zunächst haben meine Begleiterin am Klavier und ich
mit einigen Klangbeispielen in die *Brahms-Sonate* eingeführt.
Dabei musste ich unbedingt die Liebesgeschichte von *Simonetta* und
dir erzählen sowie die vermeintliche Vertonung ihres Namens,
welche sich ja als rhythmisches Idiogramm
durch die ganze Sonate hindurch zieht.
Die Leute waren sehr ergriffen. Sie mögen solche Geschichten.
Wir haben auch die Beziehung zwischen Violine und Klavier
aufgezeigt, am Beispiel der Hierarchie von Melodie und Begleitung
zu Beginn, und auf welche Weise sich die beiden Instrumente
schon bald, durch ständige Kommunikation,
zu gleichberechtigten Partnern entwickeln, und das,
obwohl die Instrumente gegensätzlicher nicht sein können.
Mit weiteren Klangbeispielen haben wir die Verwandlungen
des Tonmaterials demonstriert und wie sich das Wechselspiel
der Gestalten durch die ganze Sonate zieht.

Daraufhin habe ich die *Regenlieder 76)* vorgestellt,
auf welchen bekanntermaßen der dritte Satz basiert.
So habe ich gezeigt, wie das *Regentropfen-* oder auch *Walle-Motiv*
des Liedtextes als punktierter Rhythmus die gesamte Sonate prägt
und quasi spricht, als eine Art *Musik ohne Worte.*
Wir haben ferner auf die Verwandtschaft und die Andersartigkeit
der Sätze hingewiesen, besonders auf die Frühlingsstimmung *77)*
im ersten Satz, die Trauermusik im zweiten
sowie die g-Moll-Melancholie und Unruhe im dritten Satz.
Die Leute lieben es, wenn man ihnen etwas über Musik erzählt,
was sie beim Hören dann wiedererkennen
und woran sie sich orientieren können.
Dennoch bleibt sie, die Musik, letztlich doch rätselhaft.
Sie lässt sich weder sprachlich noch mathematisch entschlüsseln.
Wir können Takte abzählen, Gestalten beschreiben
und ihnen Eigenschaften zuweisen, Akkorde analysieren,
Formen bestimmen, Diagramme von Anschlagsdichten erstellen
sowie die Wirkung ihrer Dynamiken erklären.
Trotz aller Werkbetrachtung, Formenlehre, Harmonielehre,
Kontrapunktlehre, Musikgeschichte, Rhythmik und so weiter
lässt sich die Musik ihr letztes Geheimnis nicht entreißen.
Und das, genau das ist es ja, was ihre besondere Eigenart ausmacht."

"Hat es den Zuhörern also gefallen?" fragte der Alte.
"Doch, doch", antwortete Sun, "man hat sehr wohlwollend
applaudiert und die Gelegenheit begrüßt,
so hörte ich jedenfalls sagen, die Stücke zweimal hören zu können.
Dies galt in besonderer Weise für die *Stücke* von *Webern.*
Mehrfach bat man mich, unbedingt bald wiederzukommen,
woraufhin *Koofman* mich zu einem zweiten Hauskonzert einlud
und mir zugestand, die Geige noch länger behalten zu dürfen.
Sie sei ja im Übrigen hinreichend versichert."
"Lass uns in den Garten hinausgehen", schlug der Alte vor,
"es ist heute so schön draußen."

76) Texte: K. Groth / Musik: J. Brahms
77) s. J. Brahms in Pörtschach am See

12

Es war einer jener sonnigen und heißen Spätsommertage,
von dem niemand mit Gewissheit sagen konnte,
ob dieser nun der letzte dieser Art im Jahr sein würde.
Sun und der Alte hatten es sich im Garten bequem gemacht,
auf einer Bank, im Schatten des üppigen Apfelbaumes,
welcher dieses Jahr deutlich mehr Früchte ausbildete,
als er dem Anschein nach zu tragen vermochte.
Sie hatten den Schatten des Baumes aufgesucht,
denn im direkten Sonnenlicht war es noch zu grell und zu heiß,
obwohl die Sonne den Zenit ihrer Laufbahn längst überschritten
hatte.

"*Geheimrat Oldenburg*", sagte der Alte,
indem er auf den Apfelbaum zeigte,
"eine alte, süß-säuerliche Sorte
mit festem Fleisch und dünner Schale.
Sehr schmackhaft."

Die Sonne trat nun allmählich in eine Phase ein,
in der sie alles zunehmend in ein warmes Licht einhüllte
und ein intensives Farbspektrum von goldgelben
bis rotbraunen Tönen entfaltete.
Sun hatte ihnen den köstlichen Ingwertee mit Zimt zubereitet,
den sie sich in den Garten mitgenommen hatten.

"Nun haben wir ein gemeinsames Geheimnis", begann sie.
"Wir sind verschworene Komplizen, ein Duo von Ganoven",
setzte der Alte schmunzelnd fort.
"Fast so wie *Bonnie und Clyde*", ergänzte Sun mit ein wenig Stolz.
"Nur fast", widersprach der Alte entschieden und mit großem Ernst,
"denn wir sind keine Kriminellen."
"Aber auch keine Engel", entgegnete sie.
"Niemand wurde geschädigt", betonte der Alte.
"Und im Grunde sind alle zufrieden", beendete Sun den Dialog.

Genau in diesem Moment wurde auf dem Nachbargrundstück
mit großem Getöse ein Rasenmäher angeworfen,
sodass einige Raben infolge des Lärms laut krächzend aufflogen
und die Unterhaltung der beiden schlagartig unterbrochen wurde.
Als der Rasenmäher sich dann allerdings langsam entfernte
und die Lautstärke etwas nachgelassen hatte, fragte der Alte:

"Was wirst du jetzt tun?"
"Man kann immer etwas tun", antwortete Sun verschmitzt,
in Anlehnung an eine frühere Episode,
"zum Beispiel eine Partie Schach spielen."
"Du musst mir noch einmal eine Revanche gewähren, Sun."
"Wenn du mir dann wieder wie gebannt auf meine Brüste schaust",
antwortete sie lächelnd, "hast du keine Chance gegen mich.
Und du? Was wirst du tun in nächster Zeit? Was sind deine Pläne?"
"Sterben natürlich", sagte der Alte spontan und stutzte,
als habe seine Antwort ihn selber erschreckt.
Er hatte die Selbstkontrolle schnell wieder zurückgewonnen
und fügte erläuternd hinzu: "Diese Antwort soll der betagte
Richard Strauss 78) einer englischen Journalistin gegeben haben,
auf ihre Frage nach seinen Zukunftsplänen."
Der Rasenmäher kehrte nun allmählich zurück,
sodass ihre Kommunikation erneut für eine Weile stockte.

"Aber ich hoffe, ich habe noch etwas Zeit mit dem Sterben",
setzte der Alte fort, als der Rasenmäher sich erneut entfernte,
"denn es gibt für mich noch viele offene Fragen,
denen ich unbedingt nachgehen muss, demnächst,
wenn das Semester an der Universität beginnt.
Insbesondere den antiken griechischen Philosophen *Epikur 79),*
diesen frühesten Aufklärer und Kämpfer für Vernunft
und Wissenschaft muss ich noch genauer kennenlernen,
denn jener betrachtete es als seine wichtigste Aufgabe,
den Menschen die Angst vor den 'Strafen der Götter'
und somit die Angst vor dem Sterben zu nehmen.
78) R. Strauss, deutscher Komponist   (1864 - 1949)
79) Epikur - Lukrez, 'De rerum natura'

Sollte dieser Kampf der Vernunft und Wissenschaft
gegen Aberglauben und Religion irgendwann einmal gelingen,
so wäre das wahrscheinlich die größte kulturelle Leistung
und Errungenschaft der gesamten Menschheitsgeschichte.
Aber so weit sind wir noch nicht, noch lange nicht.
Die notwendige Voraussetzung hierfür ist allemal, dass die
Menschheit sich nicht vorher ausrottet, genauer gesagt,
von barbarischen, gewissenlosen Machthabern in den Abgrund
geführt und dieser einmalige, unvergleichliche Planet vernichtet
wird, aus Gründen der Habgier, des Hasses, der Ideologie,
der Religion oder des Aberglaubens.
Und dann", der Alte atmete tief durch,
"und dann beginnen vielleicht das Wunder des Lebens
und die Evolution noch einmal von vorn,
mit dem ersten Zucken einer Zelle irgendeines Protoplasmas,
um sich eventuell über Abermillionen von Jahren
wieder zu höheren Lebewesen zu entwickeln und möglicherweise
erneut einen *homo erectus* oder *homo sapiens* hervorzubringen.
Von ihm wäre allerdings zu wünschen,
dass seine Entwicklungslinie nicht über die aggressiven,
gewaltbereiten *Schimpansen* als deren Vorfahren verläuft,
sondern über die *Gorillas*, welche niemals andere Tiere angreifen,
oder besser noch, über das *Matriarchat der Bonobos*,
die ihre Konflikte mit Zuneigung und Sex regulieren
und in allen Belangen niemanden zu kurz kommen lassen.
Voraussetzung wäre auch, dass unsere Sonne bis dahin 'durchhält',
denn von ihr hängt ja alles Leben auf dieser Erde ab."
In diesem Moment kehrte der Rasenmäher zurück, und
die beiden warteten geduldig, bis er sich wieder entfernte.

"Du bist mir eine Antwort schuldig geblieben, Sun", setzte er fort,
"was wirst du jetzt tun? Dein Gesicht operieren lassen?"
Diese Frage des Alten klang durchaus ein wenig provozierend,
hatte er Sun, was diesen Punkt anging, doch niemals verstanden.
'Ihr Gesicht ist so viel schöner geworden', dachte er,
'so viel lebendiger, ausdrucksstärker, vielfältiger und interessanter,
kurz gesagt, wie befreit seit ihrer sogenannten Krankheit.'

"Es wird Zeit, dass ich in meine Wohnung zurückkehre",
erwiderte Sun, ohne auf die letzte Frage des Alten einzugehen.
"Erst einmal werde ich das *Feng-shui* überprüfen
und daraufhin wahrscheinlich meine Wohnung umgestalten.
Außerdem, so hoffe ich jedenfalls,
kann ich wieder halbwegs ruhig schlafen,
denn jede Nacht habe ich schreckliche Albträume
wegen der Ereignisse auf der Brücke, zusätzlich zu jenen,
die mich schon von früher her verfolgen.

Jede Nacht wiederholt sich der gleiche Traum,
wie ich von der Brücke in den Fluss gestürzt werde.
Ich falle, falle und falle, und es dauert eine Ewigkeit.
Wiederholt höre ich die Stimme eines jungen Mädchens:
"Would the fall never come to an end?"
"Would the fall never come to an end?" 80)
Dann, irgendwann, schlage ich auf dem Wasser auf.
Unweit von mir entfernt schwimmt mein Geigenkasten.
Ich versuche nach ihm zu greifen, aber vergeblich.
Ich kann ihn nicht erreichen, denn die Strömung reißt ihn fort.
Die ganze Zeit hindurch höre ich das Es-Dur-Rauschen
des *Rheingold-Vorspiels*
mit seinen zunehmenden Wellenbewegungen.
Am Ufer steht meine Großmutter, sie winkt,
sie ruft mir etwas zu, aber ich verstehe sie nicht.
Ich spüre nur, wie die Strudel mich in die Tiefe ziehen,
in meinem Körper breitet sich Todesangst aus.
Ich schlage um mich, ich versuche zu schreien,
aber ich höre mich nicht.
Ich höre nichts als die immer stärker ausschlagenden Wellen
der *Rheingoldmusik*.
Dann plötzlich wird alles schwarz vor meinen Augen.
Ich denke nur noch: Das also ist das Ende.
Doch mit dem abrupten Schluss des Vorspiels wache ich auf,
schweißgebadet und mit rasendem Herzschlag.

80) Lewis Caroll, 'Alice's adventures in Wonderland'

"Immer wieder spielt uns unser Gehirn Streiche", sagte der Alte,
"indem besonders in unseren Träumen bizarre Erinnerungsfetzen
oder chaotische Halluzinationen aus dem düsteren Bodensatz
der Seele nach oben, an die Oberfläche des Bewusstseins
gelangen und uns verstören,
uns aber mitunter auch der Wahrheit näher bringen können.
Mit meinem Albtraum von der zerbrochenen Geige,
von dem ich dir in dem alten Filmtheater erzählt habe,
ging es mir jedenfalls genauso."

Erneut mussten die beiden ihre Unterhaltung unterbrechen.
Allerdings kamen zu dem Rasenmäher weitere Störfaktoren hinzu.
Der Hund nebenan hatte begonnen anzuschlagen
und die Nachbarin machte ihn mit ihrem Geschrei
"Bes de jeck? Hörst de op! Isch schnigge der de Uhre af!"
noch verrückter.
Dieses schaurige Schauspiel setzte sich eine ganze Weile so fort,
und es dauerte lange, bis der Hund sich wieder etwas beruhigt hatte.

"Ja, die zerbrochene Geige", wiederholte der Alte nachdenklich,
leise, wie zu sich selbst und kaum wahrnehmbar,
nachdem sich der Rasenmäher wieder entfernt hatte
und der Hund offenbar ins Haus gebracht worden war.

Der Alte hatte diese Worte wahrscheinlich noch einmal wiederholt,
um sich selbst an das zuletzt Gesprochene zu erinnern.
"Die zerbrochene Geige in meinen Albträumen,
sie ist doch im Grunde nur ein Symbol",
sagte er bedeutungsvoll und nun viel verständlicher.
"Ein Symbol? Wie meinst du das?" fragte Sun.
"Als ich noch Schüler war, drohte mein Vater,
als Reaktion auf meine schlechten schulischen Leistungen,
meine Geige auf der Balkonbrüstung zu zerschlagen.
Als Folge dieser 'überaus sinnvollen Erziehungsmethode'
waren meine Leistungen in der Schule nicht besser geworden,
die Beziehung zu meinem Vater aber war vollständig zerbrochen.

Seinerseits war mein Vater selbst aus dem Krieg als gebrochener
Mensch zurückgekehrt, das habe ich inzwischen kapiert.
Im Krieg zerbricht alles, der Krieg zerstört alles und letztlich
bedeutet Krieg das Zerbrechen jeglicher menschlicher Ordnung.
Aber man muss bedenken, Krieg fällt nicht aus 'heiterem Himmel',
ihm voraus geht immer erst einmal das Zerbrechen des Friedens."

Noch nie hatte Sun den Alten so traurig und in sich gekehrt erlebt,
und es schien ihr, als würde er mehr zu sich selbst
denn zu ihr sprechen.
Dann aber wandte er sich wieder an Sun.

"Ich schulde dir noch eine Geschichte, erinnerst du dich?
Sie hat mit meinem zweiten Vornamen zu tun,
und sie handelt von Johann, meinem Onkel, der Geige spielte
und mit zwanzig Jahren während des Zweiten Weltkrieges
in Polen zu Tode kam.
Die Umstände seines Todes konnten nie wirklich aufgeklärt werden.
Offiziell heißt es in dem Schreiben von Johanns Offizier
an die Eltern, also meine Großeltern,
er habe sich von der Gruppe entfernt
und sich dann beim Reinigen seines Gewehres tödlich verletzt.
Das klingt fast so, als sei er im Umgang mit dem Gewehr noch
ungeübt gewesen, was aber angesichts seiner Gefechtserfahrung
wenig glaubhaft erscheint, letztlich also nicht überzeugen kann.
Seine Mutter jedenfalls, also meine Großmutter,
hat diese Geschichte nie geglaubt. Für sie stand fest,
dass es sich bei ihrem Sohn um eine Selbsttötung handelte.
Nun war die Selbsttötung im Krieg eine Möglichkeit der Desertion
und ist wohl nicht selten verübt worden,
wie Friedhöfe mit sogenannten 'unehrenvoll' beerdigten Soldaten
vermuten lassen.
Allerdings wissen wir nicht viel Genaues,
denn dieses Thema ist bis heute weitgehend unerforscht
und vielleicht sogar noch immer tabuisiert.
Es ist auch sehr wohl möglich, dass persönliche Gründe
eine Selbsttötung Johanns glaubhaft erscheinen lassen.

Mein Onkel hatte nämlich zu Hause, in der Heimat,
wie man damals zu sagen pflegte, eine Freundin.
Mit ihr stand er in regelmäßigem Briefwechsel und
gedachte sie zu heiraten, falls er lebend aus dem Krieg
wieder nach Hause kommen sollte.
In einem ihrer Briefe an Johann, einer Feldpost an die Front,
die sich heute in meinem Besitz befindet,
hatte sie ihm die Affäre mit einem anderen Mann gestanden,
beteuerte aber, sie habe diese in der Zwischenzeit beendet.
Sie bat Johann flehentlich, fast schon verzweifelt, um Verzeihung
und betonte ihre große Liebe zu ihm,
verbunden mit den heftigsten Treueschwüren.
"Es war ihretwegen", hörte ich meine Großmutter häufig sagen,
und von dieser Überzeugung war sie nicht abzubringen.
Johann war übrigens ihr jüngstes und ihr liebstes Kind,
und immer wieder betonte sie, wie schön er Geige spielte."
"Du hast seine Geige dann bekommen, nicht wahr?" fragte Sun.
"Ja, ich habe sein Erbe angetreten.
Ich bekam nicht nur Johanns Vornamen,
ich bekam auch seine Geige, als sich bei mir in der Grundschule
eine gewisse musikalische Begabung zeigte.
Meine Großmutter setzte durch, dass ich Unterricht erhielt,
und so hat sie mein Leben nachhaltig geprägt, wie niemand sonst.
Fortan war ich von den neun Enkeln, die sie insgesamt hatte,
ihr Lieblingsenkel. Es ist aber auch sehr gut möglich,
dass sie nur deswegen nicht am Schicksal ihres Sohnes zerbrach."

In der Zwischenzeit war der Rasenmäher wieder abgestellt worden,
was Sun und der Alte allerdings erst mit einiger Verspätung
registrierten, zu sehr waren sie in ihr Gespräch vertieft gewesen.
"Den Einfluss der Großmütter darf man nicht unterschätzen",
fügte der Alte noch an.
"Auch meine Großmutter hatte eine zerbrochene Seele",
sagte Sun selbstversunken, "und auch ich habe eine.
Nur die Musik hat mich gerettet."
"Es gibt noch einen weiteren Albtraum, der häufig wiederkehrt
und mich immer wieder heimsucht", sagte der Alte nachdenklich.

"Der ist überaus grotesk und vielleicht noch schlimmer
als derjenige mit der zerbrochenen Geige.
Im Traum befinde ich mich vor einem gewaltigen Fußballstadion.
Tausende von Menschen strömen den diversen Eingängen zu.
Ich befinde mich mitten unter ihnen
und werde mitgerissen von den Sog der Massen.
Überall ist Polizei zu sehen, riesige Fahnen werden geschwenkt,
aus allen Richtungen hört man das Gegröle diverser Fangruppen
mit ihren Gesängen und Sprechchören.
Dann steigt bengalisches Feuerwerk in den Himmel.
Plötzlich gibt es eine Massenprügelei, ganz in meiner Nähe.
Mehrere Gruppen von Hooligans sind aneinandergeraten,
und ich kann ihnen gerade noch entkommen.
Dann frage ich einige Leute in meiner Nähe:
"Kennst ihr *Hemingway* oder *Begley*?"
"Wer soll das sein? Neue Spieler?"
"Wie findet ihr *Büchner, Kleist, Kafka* oder *Mörike*?"
Ich werde derart feindselig angeschaut, dass ich denke,
man will mich jetzt umbringen."
"Bist du für den Gegner?" schreit mich einer hasserfüllt an
und spuckt mir mitten ins Gesicht.
"Magst du *die Mann-Brüder* oder *Matthias Claudius*?"
frage ich weiter, jetzt jemand anderen.
"Kenn' ich nicht! Muss man die kennen?
Oder willst du mich jetzt verarschen?"
"Was bedeuten dir *Schubert* oder *Wagner*?"
"Kriegt der Verein 'nen neuen Trainer?
Hoffentlich kann der's besser!" erhalte ich als Antwort.
"Wie denkst du über *Kon-Fu-Tse*?" frage ich weiter.
"Den neuen Japaner? Der ist gut, der kann echt was!"
Daraufhin frage ich nach *Hoffmann, Schiller* und *Heine*.
"Was sind das für Namen? Du hast ja überhaupt keine Ahnung!
Du bist ja 'ne Lachnummer, du Spinner!"
Alle in meinem Umkreis schütten sich aus vor Lachen.
Sie zeigen mit ihren Fingern auf mich,
sie verspotten und verhöhnen mich.
Dann wache ich auf, mit den Nerven völlig am Ende, und denke:

'Niemand kennt diese Namen, niemand vermisst sie,
und anscheinend braucht sie auch niemand'.
In ihren Köpfen ist Fußball, Fußball und immer nur Fußball.
Dann frage ich mich: *Warum bin ich doch so sonderlich? 81)*
Warum kann ich nicht so sein wie sie?"

"Magst du keinen Fußball?" fragte Sun.
"Oh doch, durchaus", erwiderte der Alte.
"Ein spannendes Fußballspiel kann sehr unterhaltsam sein.
Es ist dann wie ein kurzer heftiger Rausch,
verbunden mit dem Eintauchen in eine scheinbare Kollektivität,
welche aber tatsächlich auf Gegnerschaft und Rivalität beruht.
Nach dem Spiel ist alles schnell wieder verflogen.
Viele müssen dann zurück in ihr bedrückendes Leben,
alles ist wieder wie vorher.
Doch sofort fiebern sie dem nächsten Spiel entgegen.
Der alles dominierende Fußball hat alles andere verdrängt,
ja völlig unbedeutend werden lassen.
Selbst andere Sportarten sind kaum noch von Belang.
Für die Fans gibt es nur den Fußball und ihren Verein.
Fußball ist ihre Kultur, und Kultur bedeutet für sie Fußball.
Dann habe ich manchmal Angst", sagte der Alte,
"dass die Parolen der Stammtische Wirklichkeit werden:
'Eure Kultur? Nicht für uns! Brauchen wir nicht, kostet nur Geld!
Subventionen sollte es nicht mehr geben für diesen abgehobenen
Kulturbetrieb, für diese kleine unbedeutende Minderheit,
die mit Steuergeldern künstlich am Leben erhalten wird'.
Und dann sehe ich leer stehende Konzerthäuser, Opernhäuser,
Theater, Museen, Bibliotheken, und alles ist verstaubt, abgenutzt
und heruntergekommen, wie das alte Filmtheater um die Ecke."
Daraufhin entstand zwischen Sun und dem Alten eine lange Pause
des Schweigens.-

81) Thomas Mann, Tonio Kröger

"Ich bin in dich verliebt, Sun", sagte der Alte plötzlich,
mit einem fast unmerklichen Zittern in der Stimme.
"Ich weiß es längst", antwortete Sun verständnisvoll
und ließ es dabei bewenden.

"Lass uns wegfahren, Sun, für ein paar Tage!",
begann der Alte nach einer Weile erneut.
"Wohin?" fragte sie. "In die Stadt im Norden?"
"Nein, lass uns nach Frankreich fahren, an den Atlantik",
schlug der Alte in einem schwärmerischen Tonfall vor,
"nach *Soulac-sur-Mer* oder *La Canau,*
oder am besten irgendwo dazwischen.
Dort suchen wir uns einen Platz ohne Rasenmäher,
ohne hysterische Hunde und ihre gestörten Besitzer
sowie ohne krächzende Raben.
Die Hähne mögen krähen, so viel und wann immer sie wollen,
sie sind stets willkommen, haben sie doch, wie jeden Morgen,
wenn die Dunkelheit vorübergeht, das Licht der Sonne begrüßt
und künden noch immer von den Freiheitsrechten der Revolution.

Dort am Meer,
wo die Luft gesättigt ist von dem Duft der Pinien,
wühlen wir uns in den warmen Sand.
Wir öffnen eine Flasche besten Rotweins
aus dem *Médoc 82)* oder aus *Saint-Émilion 83)*
und essen Baguette und Käse.
Wir hören *Claude Debussy*
Les sons et les parfums tournent dans l'air du soir '84)
und anschließend, wenn du magst, *Reflets dans l'eau 84),*
gespielt von *Arturo Benedetti Michelangeli 85),*
und die ganze Zeit über schauen wir dem Sonnenuntergang zu."

82) Landschaft zwischen Atlantik und Gironde
83) französischer Weinort, östlich von Bordeaux
84) C. Debussy, Prelude IV / Image I
85) italienischer Pianist (1920 - 1995)

"Und dann, sobald die Sonne untergegangen ist",
fuhr Sun mit Begeisterung fort,
"fliegen wir schnell in das 'Land der Morgenröte'
und erwarten dort die Feuerkugel,
wie sie glühend wieder aus dem Meer emporsteigt,
so wie seit vielen, vielen Millionen von Jahren schon,
die göttliche Sonne."
Bei diesen Worten erstrahlte Suns Gesicht zu einem Lächeln,
wie es nur wirkliche Prinzessinnen hervorzuzaubern vermögen.
Sie hatte es keineswegs verlernt.

15

Wie erwartet, erhielt Sun die Ladung zur Gerichtsverhandlung,
mit der sie aufgefordert war, als Zeugin ihre Aussage zu machen.
Von dem Zollbeamten am Flughafen hatte sie ja bereits
von den drei Musikern erfahren, die über Jahre
einen Instrumentenhandel der besonderen Art betrieben hatten,
indem sie im ganzen Land Instrumente stahlen
und anschließend, überwiegend nach Asien, verschoben.
Auf dem Weg zum Gericht stiegen noch einmal alle Erinnerungen
und vor allem alle Ängste in ihr auf,
wie man sie auf der nächtlichen Brücke überfallen
und ihr die kostbare Geige gestohlen hatte.

"Was machen Sie denn hier?
Ich habe nicht erwartet, Sie hier zu treffen!"
Überraschenderweise stand *Serge Koofman* plötzlich vor Sun,
die auf einer Bank vor dem Gerichtssaal Platz genommen hatte
und völlig in Gedanken versunken war.
"Man hat mich als Zeugin vorgeladen,
weil man mir meine Geige gestohlen hat", antwortete sie verwirrt.
"Und Sie?" fragte sie ebenso erstaunt zurück.
"Sind Sie zu demselben Verfahren geladen wie ich?"
"Es scheint so zu sein", antwortete *Koofman*.
"Mein Name ist im Zusammenhang mit meinem Ankauf
einer wertvollen alten Geige genannt worden",
erklärte er und fragte Sun daraufhin:
"War es eine wertvolle Geige, die Ihnen gestohlen wurde?"
Als er von ihr erfuhr, dass es sich vermutlich um eine echte
Vuillaume handelte, kam ihm ein erhellender Gedanke.
"Ich habe, wie Sie ja wissen, eine *Vuillaume* gekauft.
Gibt es hier vielleicht einen Zusammenhang?
Handelt es sich hierbei möglicherweise um genau das Instrument,
welches Sie noch bei sich haben,
um das nächste Hauskonzert bei mir vorzubereiten?"

"Ich möchte Ihnen Ihre Geige zurückgeben",
sagte Sun überraschend.
"Aber wieso? Möchten Sie das nächste Hauskonzert nicht spielen?"
fragte *Serge Koofman* erstaunt.
"Ich möchte Ihnen gern Ihre Geige zurückgeben", wiederholte Sun,
"wenn ich nur wüsste, welche es ist."
Koofman verstand nichts, wie sollte er auch.
Er sah Sun völlig verwundert an.
Es hatte sich plötzlich in Suns Kopf der Wunsch ausgebreitet,
die ganze Geschichte jetzt und hier aufzuklären
und ins Reine zu bringen.
Dabei ist auch nicht völlig auszuschließen,
dass ihr der Satz des *Kon-Fu-Tse* ins Bewusstsein gekommen war,
der da lautet: *'Wer einen Fehler gemacht hat und nicht korrigiert,
begeht einen zweiten."*
Sie war davon überzeugt, genau das Richtige zu tun, als sie sagte:
"Das können Sie nicht verstehen, die Sache ist etwas kompliziert,
ich werde es Ihnen erklären."
Nun begann Sun, *Koofmann* die ganze Geschichte von Beginn an
zu offenbaren.
Sie erzählte von dem Überfall auf der Brücke und dem Diebstahl,
von dem Zufall der Wiederbegegnung mit der Geige bei *Koofman,*
von dem Anfertigen einer Kopie durch *Yoshi Baptiste*
sowie von den zahllosen Vergleichen,
die sie und der Alte mit den beiden Geigen durchgeführt hatten.
Gerade in dem Moment, da Sun begonnen hatte,
von dem Geigentausch bei *Koofmans* Hauskonzert zu erzählen,
wurde er in den Gerichtssaal gerufen.
'Nun nehmen die Dinge ihren Lauf' dachte sie,
vermutlich in ihrer Muttersprache.
Selbstverständlich konnte sie nicht wissen,
was man drinnen im Saal verhandeln würde. -

Als *Koofman* nach einer ganzen Weile,
welche sich für Sun wie eine Ewigkeit angefühlt hatte,
den Gerichtssaal wieder verließ, kam er direkt auf sie zu
und setzte sich neben sie.

"Ich habe soeben vor Gericht die folgende Erklärung abgegeben",
begann er.

"Da ganz offensichtlich die Violine von *Jean Baptiste Vuillaume*,
welche ich kürzlich käuflich erworben habe,
in Wahrheit einer Musikerin gestohlen wurde,
bin ich 'ohne Wenn und Aber' bereit,
dieses Instrument an die Eigentümerin zurückzugeben.
Die Geige wurde ihr gewaltsam entwendet,
also ist und bleibt sie immer noch ihr Eigentum.
Für mich bedeutet es hauptsächlich einen materiellen Schaden,
den ich ohne große Probleme verschmerzen kann.
Für die Musikerin hingegen hat der Verlust des Instruments
ideelle und auch existenzielle Bedeutung größten Ausmaßes,
der für sie nur mit dem Verlust eines Armes oder eines Fußes
zu vergleichen wäre.
Außerdem werde ich die Eigentümerin darum bitten,
gewissermaßen als Dank für mein Entgegenkommen,
in meinem Haus ein Konzert zu spielen.
Ich bin mir sicher, sie wird es mir nicht abschlagen.
So weit meine Erklärung."

Als *Koofman* Sun mit einem Augenzwinkern seine Hand
zum Handschlag entgegenstreckte und hinzufügte:
"Ich möchte Sie allerdings um den Gefallen bitten,
und niemand außer uns beiden sollte darin eingeweiht sein,
das nächste Konzert bei mir wieder auf den zwei Geigen zu spielen.
Ich möchte mir gerne anschließend eine der beiden aussuchen."
"Das wird nicht ganz einfach sein", gab Sun zur Antwort
und reichte ihm ihre Hand.

Schließlich und endlich bleibt noch zu erwähnen,
dass das Gericht die Schuld der drei Musiker als erwiesen ansah
und sie zu mehrjährigen Haftstrafen verurteilte.

Ihr 'schmutziges Geschäft' hatten sie über etliche Jahre 'erfolgreich'
betrieben, wobei nicht mehr präzise festzustellen war,
wie viele Instrumente sie insgesamt verschoben hatten
und wie groß der verursachte Schaden tatsächlich war.
Sogenannte 'Papiere', also Gutachten mit Werteinschätzung,
hatten sie sich bei anerkannten Sachverständigen besorgt,
und das zumeist gegen stattliche Honorare,
die sie dann später ihren 'Kunden' in Rechnung stellten.

Die drei Beschuldigten hatten sich bei den Vernehmungen
immer häufiger in Widersprüche verstrickt
und sich anschließend gegenseitig belastet,
was der Wahrheitsfindung durchaus förderlich war.
Nach Abschluss der Ermittlungen waren entsprechende Hinweise
an mehrere Dienststellen von Zoll und Polizei in Asien
weitergegeben worden.

In dem Verfahren wurde auch deutlich, durch welche
Lebensumstände die drei zu Kriminellen geworden waren.
Es reichte ihnen nicht, gut zu leben, nein, sie brauchten mehr,
und sie strebten nach mehr, viel mehr, anders gesagt:
Ihre Gier kannte keine Grenzen.

Der Eine hatte eine unersättliche Freundin zufriedenzustellen.
Je mehr sie erhielt, desto größer wurden ihre Ansprüche.

Der Zweite war aufgrund seines sehr aufwändigen Lebensstils
in eine Schuldenspirale geraten.
Er stopfte die Löcher der Vergangenheit mit neuen Schulden.
Dabei hatte er völlig den Grundsatz aus den Augen verloren,
dass man letztlich nicht mehr ausgeben kann,
als an geregelten Einnahmen zur Verfügung steht.

Der Dritte träumte vom Besitz einer echten *Stradivari,*
die er durch einen Kauf zu erwerben suchte.

Dass er zur Erfüllung dieses Wunsches sehr viel Geld benötigte,
war ihm durchaus klar.
Allerdings hatte er dabei nicht wirklich überlegt,
ob alle Geigen des genialen *Antonio Stradivari,*
die dem großen Meister zugeschrieben werden,
tatsächlich von ihm gebaut worden sein konnten.
Wäre das der Fall gewesen, so hätte der überragende Meister
aus *Cremona* circa zweihundert Jahre alt werden müssen.
Folglich konnte man sich der Echtheit seiner Geigen nie wirklich
sicher sein.

Dieser dritten Person war anscheinend auch nicht bekannt,
dass bei der *Cremoneser Geigenausstellung im Jahre 1937*
von zweitausend angeblich von *Stradivari* gebauten Violinen,
gerade einmal vierzig, also lediglich zwei Prozent,
als echt eingeschätzt wurden.
Auch die Echtheit der berühmten sogenannten *Messias,*
die als die schönste Geige *Stradivaris* angesehen wird,
jedoch leider vor über hundert Jahren zum letzten Mal gespielt
wurde und seitdem in einer Glasvitrine im *Oxford Museum in London* zu bewundern ist, wird mittlerweile angezweifelt.
Manche Experten halten sie sogar für eine Fälschung,
und zwar von keinem Geringeren als *Jean Baptiste Vuillaume.*

Der Mordversuch an Sun wurde zu einem späteren Zeitpunkt
in einem abgetrennten Prozess verhandelt.
Der vorsitzende Richter ließ jedoch die Mordanklage fallen,
indem er bekundete,
er sei zwar von der Unschuld der Beklagten nicht wirklich
überzeugt, aber eine Tötungsabsicht konnte keinem der drei
zweifelsfrei nachgewiesen werden.
Zeugen für den Mordversuch gab es nicht.
Geständnisse oder brauchbare Täterbeschreibungen
fehlten ebenfalls, sodass die beiden Männer,
die Sun auf der Brücke überfallen hatten,
nicht belangt werden konnten.

Demzufolge mussten die drei in dieser Angelegenheit
in dubio pro reo 86) freigesprochen werden.
Ihre Haftstrafen aus der ersten Verurteilung
hatten sie zu diesem Zeitpunkt bereits angetreten.

86) im Zweifel für den Angeklagten

16

Hier nun endet die Geschichte von dem Alten
und dem Mädchen Sun aus dem 'Land der Morgenröte',
von zwei Menschen also und auch von zwei Musikern,
unterschiedlich im Geschlecht und auch im Alter,
aus verschiedenen Teilen dieser Welt herstammend
und den jeweils unvergleichlichen Kulturen,
aber doch verbunden durch Respekt und Neigung
und die Pflege und natürlich die Verehrung
dieser einzigartigen Musik Europas.
Ebenso endet hier, neben den vielen kleinen Novellen,
diese Geschichte von einer kostbaren Violine
oder ich sollte doch besser sagen: zwei Violinen,
welche in allen Belangen sich so völlig gleich waren, dass
sogar Spezialisten sie nicht auseinanderzuhalten vermochten.
Auch die Geschichten von Ängsten und Albträumen enden hiermit.
Allerdings kann man sich niemals darüber ganz sicher sein, dass
diese nicht, ebenso wie auch persönliche und historische
Erinnerungsspuren unverhofft wiederkehren und
unser aller Leben durcheinanderzubringen vermögen.
Jedoch nicht zum Abschluss mit dieser Geschichte kommt
die Erkenntnis
von der Zerbrechlichkeit, von der Vergänglichkeit und
von der Endlichkeit von allem,
ebenso nicht die Gewissheit, dass wir sterben müssen.

'Weg mit den Tränen, du Narr, und lass dein Klagen und Jammern!
Alles, was schön ist im Leben, das hattest du, nun bist du fertig.' 87)

Fine

87) Epikur (341 - 270 v. Chr.) / Lukrez (96 ? - 53 ? v. Chr.)
  'De rerum natura'

Geschätzter Leser!
Ich danke Dir aufrichtig, dass du bis zum Ende dieses Romans durchgehalten hast.
Ich hoffe und wünsche mir, du hast es nicht bereut,
da die Zeit doch so kostbar ist
und du vielleicht etwas viel Wichtigeres hättest tun können.

Mit tief empfundenem Dank, H.E. Schröder-Conrad

(geschrieben 2014 – 2018)